Klaus Göbel

Dschungel gebucht

Bibliografische Information der Deutschen Nationalbibliothek:
Die Deutsche Nationalbibliothek verzeichnet diese Publikation
in der Deutschen Nationalbibliografie, detaillierte bibliografische
Daten sind im Internet über http://dnb.dnb.de abrufbar.

Impressum:
Klaus Göbel - Dschungel gebucht (2021)
1. Auflage
© Klaus Göbel, 2021
Umschlagfoto, Illustrationen und Gestaltung: © Klaus Göbel
Herstellung und Verlag:
BoD - Books on Demand, Norderstedt
ISBN: 9783753418247

Immerwährendes Flüstern,
das Tag und Nacht ergeht:
etwas Verborgenes -
gehe hin und finde es!
Gehe und blicke
hinter die Grenzen;
etwas Verlorenes
hinter den Grenzen,
Verlorenes wartet auf dich.
Mache dich auf!

Rudyard Kipling

Britischer Schriftsteller und Dichter

1865 - 1936

Samstag

Alles ging blitzschnell. Schreie. Ein ohrenbetäubendes Surren. Ein Schlag, ein unvorstellbar lauter Schlag. Ein Schlag in der Luft. Ein Schlag gegen ihren Körper. Ein Schlag an den Kopf. Schreie. Furchtbare Schreie. Todesschreie. Angst. Panik. Ihre Hände krallten sich schweißnass in Holz. Permanente Schläge gegen ihren Schädel. Tosen von rauschendem Wasser spülte die Schreie der Menschen davon. Panische Hilferufe. Immer wieder die Schläge gegen ihren Schädel. Schmerzen an Kopf und im Gesicht. Nasenbluten. Ihre Füße verloren Halt. Sie hing. Zehn Finger, zwei Fäuste, krallten sich ins Holz. Sie hing am Leben. Nicht loslassen! Dennoch blieb ihr nichts anderes übrig, als loszulassen. Mit einer Hand über sich greifend, in Stoff gekrallt, versuchte sie, die Schläge abzuwehren, die pausenlos gegen ihren Schädel tretenden Füße von sich zu reißen und in die Schlucht unter sich zu werfen. Tod! Schreie! Ein Mensch! Unter größter Anspannung versuchte sie, die Situation zu erfassen.

Die Hängebrücke war gerissen. Mit einem gewaltigen Schlag. Mit einem nicht minder gewaltigen Schlag war sie an die Felswand geschlagen, die Finger in Holz gekrallt. Über ihr klebte ein Mensch und strampelte um sein Leben, schrie ohne Unterlass und trat ihr ständig gegen den Schädel und die Schultern. „Halte dich fest, gib Ruhe! Wir leben!", schrie sie nach oben. „Halte dich fest! Du schlägst mich tot mit deinen Füßen!", wiederholte sie.

Da endlich, der Mensch über ihr schien es geschafft zu haben. Er hielt still, das Strampeln und Treten gegen ihren Schädel hörte auf. Der Mensch über ihr hatte Halt gefunden, stemmte die beiden Füße nun auf ihre schmerzenden Schultern. Sie atmete tief ein. Rauschen von Wasser. Kreischen wilder Vögel. Keine Schreie mehr. Sie hing am Leben. Sie atmete. Sie hing an einer Felswand, die Hände immer noch ins Holz gekrallt. Der Mensch über ihr presste ihr seine Füße gegen die Schultern. „Wir leben", wiederholte sie. „Wir leben", dachte sie, schwer atmend. „Ich lebe!" Noch.

Wurzeln und Äste stachen wild aus der Felswand. Farne klebten an nacktem Fels. Kleine Sträucher ragten aus Ritzen. „Ich bin wie die Pflanzen", dachte sie weiter. „Meine Hände sind wie Wurzeln, krallen sich in Felsritzen, halten mich." Blickte nach unten. Tosendes Wasser. Bäume. Felsen. Ein reißender Fluss.
„Wir müssen nach oben!", schrie sie. „Ich kann nicht. Ich sterbe!" Eine Frauenstimme. „Du lebst. Wir leben! Wir werden das hier überleben!", schrie sie. Und weiter: „Suche mit deinen Füßen Halt am Holz. Du musst von mir herunter!" „Ich kann nicht!" Sie versuchte nach oben zu blicken. „Leck mich! Stell dich nicht so an", rief sie hoch. „Atme!", sagte sie dann zu sich selbst. „Atme!" Sie spürte furchtbare Schmerzen an ihren Ohren. „Hör auf, Halt zu suchen. Du scheuerst mir die Ohren weg! Kannst du hochklettern? Kommen wir nach oben?" - „Nein." „Zu steil?" - „Ich sehe nur das Seil von der Brücke!" - „Das reicht doch zum Hochziehen!" - „Nein, das Seil hängt an einem Stück Baum, die ganze verdammte Brücke, an der wir hängen, hat sich in einem Baum verheddert. Darüber nur glatter Fels."

Endlich. Sie stand über ihr still. Ihre Füße ruhten. Das Scheuern an den Ohren ließ nach. Wie Feuer brannten ihre Ohren. Überall am Körper fühlte sie Schmerzen. Die Hände begannen zu krampfen. „Dann müssen wir nach unten!" - „Wie?" - „Klettern!"- „Wir werden sterben. Abstürzen!" - „Einen Scheiß' werden wir! Suche mit deinen Füßen Halt an einer Holzstrebe!" - „Ich kann nicht!"

Wut stieg in ihr auf. Ihr Atem wurde schwer. Adrenalin schoss durch ihren Leib. „Ich werde mich jetzt retten", schrie sie nach oben. „Bleib du hängen und stirb!"

Die Schreie. Ihr fielen die Todesschreie ein, die sie gehört hatte. Die grauenvollen Todesschreie. Menschen starben in den letzten Sekunden und Minuten um sie herum. Wie viele? Männer. Frauen. Kinder? Sie konnte die Frau über sich nicht sterben lassen. Es befanden sich viele Menschen auf der Brücke. Wie ein schlechter Film spielten sich die Szenen vor ihren Augen ab. Die abenteuerliche Brücke. Die Sensation. Der Ausblick. In die Weite. Und in die Tiefe. Natur von ihrer schönsten Seite. Junge erwachsene Männer. Grölend, lachend. Sie begannen, an den Geländerseilen zu rütteln, sprangen stampfend auf der Brücke herum. Böse Blicke. Menschen, die unsicher begannen, sich an den Seiten festzuhalten. Immer wilder schaukelten die Heranwachsenden unter grölendem Gelächter an der Brücke herum. Ein Spaß. Angst und Unsicherheit in den Gesichtern der Touristen, die auf der Brücke waren.
Dann geschah es ohne Vorwarnung. Alles ging blitzschnell. Schreie. Ein ohrenbetäubendes Surren. Ein Schlag, ein unvorstellbar lauter Schlag. Ein Schlag in der Luft. Ein Schlag gegen ihren Körper.

„Ich kann sie nicht sterben lassen", dachte sie und sah erneut nach unten in die Tiefe. Hinab auf den reißenden Fluss, der sich mit hoher Geschwindigkeit unbändig durch die schmale Felsschlucht fraß.
„Schaffst du es ein Stück tiefer? Komm zu mir. Halte dich an mir fest, an meinen Schultern!" Unter Stöhnen begann die Frau über ihr, sich zu bewegen. Versuchte, sich Stück für Stück herabzulassen, wobei sie der Frau unter ihr auf den Körper rutschte. „Ich habe klatschnasse Hände und

Angst", stöhnte sie erneut. „Ich auch, aber wir müssen das hier schaffen. Noch leben wir. Die Reste der Brücke unter uns lassen uns noch ein ganz schönes Stück tiefer klettern, dort unten sind die Felsen nicht mehr so glatt. Vielleicht können wir von dort aus nach unten klettern."

„Rutsch mir den Buckel runter", musste sie kurz denken, als die andere Frau an ihr klebend an ihrer Rückseite hinter sie rutschte und sich dann mit einer Hand um ihren Hals klammerte, mit der anderen Hand eine Strebe der Brücke umfassend. „Du drückst mir die Gurgel zu", würgte sie unter Anstrengung heraus. „Nimm den zweiten Arm und hänge dich auf mich, aber lass mir Luft zum atmen!" Dann spürte sie plötzlich die Last der zweiten Person auf dem Rücken an sich kleben. Zitternd, ohne weiter nachzudenken, suchten ihre Füße unter größter Anstrengung Halt an den rauen Holzstreben. Die Zähne aufeinander beißend, ließ sie mit einer Hand los und griff eine Strebe darunter. Dann mit der zweiten Hand. Salziger Schweiß rann in ihre Augen. Sie schmeckte Blut auf ihrer Zunge, das aus der Nase lief. Sie zog das Blut in die Nase hoch, musste husten und schnäuzte es dann doch wieder aus. Hustete. Der nächste Tritt mit dem Fuß ein Stück tiefer. Dann die Hand. Die eine. Dann die andere. Die Last auf dem Rücken unerträglich schwer. Und weiter. Die Holzstreben vor ihren Augen, die Pflanzen, welche aus dem Fels wachsend ihr Gesicht streiften, wurden unscharf. Verschwommen. Ihr wurde schwarz vor Augen. Tief atmete sie ein. Wenn sie jetzt das Bewusstsein verlor, würden sie beide abstürzen. In den Tod. „Ich glaube, ich kann das auch", hörte sie eine Stimme über sich und die Last am Körper, auf ihrem Rücken, ließ nach. Unter Schmerzen dehnte sich ihr Brustkorb, ein lauter, greller Schmerzensschrei entfuhr ihr, dann atmete sie weiter und der Blick wurde wieder klar. Weiter hangelte sie sich Stück für Stück nach unten, wagte einen Blick über sich und sah, dass die andere Frau es ihr nachtat. „Das wird!", schrie sie hoch und hielt die Schmerzen fast nicht mehr aus. Noch ein Stück nach unten. Und noch ein Stück. Das wilde Rauschen und Toben des Flusses wurde lauter. Vögel kreischten. Es klang unwirklich. Wie höhnisches Gelächter. „Wir leben", dachte sie. Und immer wieder: „Wir leben! Ich lebe!"

Nach einer Zeit, die einzuschätzen sie nicht fähig war, trat ihr rechter Fuß auf die unterste Strebe der Reste der Hängebrücke. „Sieht gar nicht so schlecht aus", schnaufte sie und spuckte Blut aus, das aus ihrer Nase in den Mund lief. Ob es Mut war oder Todesangst, was ihr Kräfte verlieh, wusste sie nicht zu sagen. Sie funktionierte einfach und streckte ihren Körper aus, um nach einem geeigneten Halt zu greifen. Ihr Fuß platzierte sich, sie zog den anderen Fuß nach. Für den Bruchteil eines Momentes hielt sie inne, dann ließ ihre Hand das raue Seil des Brückengeländers los und griff steinigen Fels. Sie ließ die Brücke hinter sich und war nun auf das Klettern an den Felsen angewiesen. „Scheiße", rief die Frau, die versuchte, ihr zu folgen. Zum ersten Mal nahm sie deren Aussehen wahr. Sie war schlank, lange dunkelbraune Haare hingen ihr wild und verschwitzt ins Gesicht. Schrammen und Risse bluteten im Gesicht. Shirt und Hose waren zerrissen. „Wir kleben hier wie Fliegendreck an der Felswand", fauchte sie, die das Wort „Scheiße" in die Schlucht geschrien hatte. „Wir schaffen das. Weiter!", rief die Frau unter ihr. Immer wieder musste sie Sträuchern und Farnen ausweichen, die aus der Felswand wuchsen und ihr den Weg erschwerten. „Nach oben klettern ist einfacher, als nach unten", fluchte sie vor sich hin, wobei immer wieder auch Steine und Geröll nachgaben und in die Tiefe stürzten. Die Sonne am wolkenlosen Himmel brannte auf ihren geschundenen Leibern. Ihr Kopf glühte. Die langen schwarzen Strähnen ihres Kopfhaares klebten im Gesicht, während Seiten und Hinterkopf millimeterkurz geschoren waren. Ihr Knie blutete. Die Hände wirkten geschwollen. Mit gespreizten Armen und Beinen drückte sie ihren Leib gegen den Fels und suchte mit der rechten Hand neuen Halt, als sie mit weit aufgerissenen Augen den Atem anhielt. Ihre Augäpfel schienen aus dem Schädel zu springen. Auf ihrem Arm saß eine Spinne. Daumennagelgroß. Ihr glatter schwarzer Leib glänzte in der Sonne, ihre langen Beine zuckten. Ihr wurde schlecht. Giftspinne? Angst kroch in ihr hoch, schnürte ihr die Kehle zu. Sie war zu keiner Bewegung fähig. Ihre Sinne drohten zu schwinden. „Was ist? Geht es nicht weiter?", fragte die Frau dicht hinter ihr. „Eine Spinne! Auf meinem Arm sitzt eine Spinne! Wenn sie beißt oder sticht …!" „Puste sie weg!" Sie holte Luft, doch war wie gelähmt und starrte auf die Spinne, die wie hinterhältig bewegungslos auf ihrem Arm saß und ihr zu drohen schien. „Aahh!", ein kurzer Aufschrei entfuhr ihrer trockenen Kehle, als ihr ein dürrer Ast über den Arm schlug. Die Frau hinter ihr hatte sich gegen sie gedrückt und mit einem dürren Ast, den sie abbrach, die Spinne weggefegt. „Danke!"

Mühsam kletterten sie weiter nach unten. Die Schlucht mit ihren tobenden Wassermassen, dem dichten Wuchs aus Urwaldpflanzen und Bäumen warf ihnen etwas Kühle entgegen. Was lachend von der glutheißen Sonne sofort gefressen wurde. Immer schwerer atmend wurde sie schneller und ihre Füße fanden auf einem kleinen Felsvorsprung Platz, auf dem sie sich zum ersten Mal, seit sie an die Felswand geklatscht war, umdrehen konnte. Den Rücken an den Fels gepresst, reichte sie der anderen Frau die Hand. Dann standen sie aneinander und an die Wand gepresst schwer atmend da und starrten in die Tiefe.

Nach schier endloser Zeit nahm sie erneut ihr Umfeld wahr. Sie spürte die linke Handfläche an ihrer Seite an den Fels gedrückt, während ihre rechte Hand ganz verkrampft die Hand der anderen Frau hielt. „Wir sind fast unten!", sagte sie mit einem herausgepressten Lachen. „Was?", schluckte die Frau an ihrer Seite, die ihrerseits die Hand krallend festhielt. „Es geht nicht weiter! Senkrecht nach unten! Wie tief mag es sein? Dreißig Meter bis nach unten?" – „Nein, dreißig Meter sind es nicht. Schwer zu schätzen. Fünfzehn oder zwanzig vielleicht?" – „Toll! Das ist ja mal ein Unterschied! Fliegen wir den Rest? Oder knoten uns wie in einem schlechten Film aus unseren Kleidern ein Seil?", fauchte die braunhaarige Frau.

Die andere schaute an sich hinab. Sie trug ein schwarzes Shirt und eine dunkelblaue Jeans, die aufgerissen war und ihr nur bis zu den Knien ging. Dann wagte sie einen Blick zu der anderen Frau. Betrachtete sie. Schweiß tropfte dieser an der Nase ab. Ihr Kopf war hochrot. Sie atmete schwer. Eine beigefarbene Bluse hing in Fetzen an ihrem Oberkörper. Ihre dunkelbraune Short war schmutz- und blutverschmiert. „Das gibt kein langes Seil!" – „Was?", fragte die Frau neben ihr. – „Das gibt kein langes Seil, wenn wir unsere Kleider aneinander knoten und in Unterwäsche weiterklettern." „Dann knoten wir eben unsere Unterwäsche dazu", hauchte die Frau mit der beigefarbenen Bluse und dem dunkelbraunen Haar und schaute zu ihr herüber.

„Ich trage keinen BH und ich glaube kaum, dass mein String hält", lachte die Kurzhaarige mit einem Anfall von Angsthumor, während sie die lange, schwarze Strähne aus ihrem Gesicht blies und schmerzverzerrt das Gesicht verzog. „Und da unten hocken wir dann nackt im Urwald, wenn uns die Retter finden", vervollständigte sie ihren Satz und spürte, dass sie beide dieses dumme Geschwätz wohl brauchten um ihre Angst abzubauen und ins Leben zurückzufinden.

„Die Hitze ist unerträglich", schrie die Braunhaarige gegen das Rauschen des wilden Stromes unter ihnen an. „Wir werden hier an der heißen Felswand geröstet! Ich kotze gleich!"

„Du wirst ganz blass. Ist dir schlecht? Kotzen kannst du. Hat ja Platz hier nach unten. Aber kollabiert wird nicht! Ich kann dich hier weder hinlegen, noch ärztlich versorgen."

„Ich", stöhnte die Braunhaarige, „ich kann die Blase nicht mehr halten, ich platze! Es schmerzt nur noch!" – „Pinkeln? Du musst pissen? Tja, schwierig hier oben. Sobald du dich bewegst, stürzt du ab. Hier sind Männer im Vorteil, Hose auf, Pimmel raus und im hohen Bogen ab damit! Vielleicht wenn ich dich halte und du deinen Hintern über den Abgrund hälst ---?" – „Du spinnst! – Ich – ich kann nicht mehr, verdammt!" – „Dann lass es laufen. Ich kann ja ein wenig weggehen, fragt sich nur wohin? Eine Bewegung und ich stürze ab." – „Ich kann doch nicht – wie soll ich hier die Hose -?" – „Die Hose sieht eh' aus wie Sau. Wir haben die gerissene Hängebrücke überlebt, den Schlag, als die Brückenreste gegen den Fels geknallt sind, haben stundenlang unzählige Meter Steilwandklettern abwärts überlebt und jetzt willst du an einer geplatzten Blase krepieren?"

„Ich fasse es nicht", stöhnte die geplagte Frau, schloss die Augen, versuchte zu atmen. „Ich kann hier nicht einfach in die Hose machen!", stöhnte sie gepresst. „Wetten, dass du kannst?" Erneut schloss die andere Frau die Augen, atmete tief und lehnte den Kopf hinten an die Felswand. Dann atmete sie aus. Immer wieder und sank dabei erschöpft etwas in die Knie. „Na also, du hast es geschafft. Besser jetzt?" – „Ja, mit entleerter Blase stirbt es sich wahrscheinlich leichter. Und jetzt?" – „Keine Ahnung, wir kommen hier nicht weg. Nach oben ausgeschlossen. Nach unten ausgeschlossen. Übernachten können wir hier auch nicht. Schnarchst du?" – „Lass den Scheiß!"

Die Schwarzhaarige murrte: „Mir schlafen die Beine ein, ich muss was unternehmen. Ich springe." – „Waaaas?" – „Ich springe." Wieder blies sie ihre schwarze lange Strähne aus dem Gesicht. „Wir könnten springen. Das könnten wir überleben. Dann sind wir unten." – „Da unten hat es Bäume und Felsen und Urwald! Das Wasser ist dort, ein rauschender wilder Fluss, womöglich voll mit Krokodilen!" – „In dem reißenden Fluss halten sich keine Krokodile, schätze ich. Wir müssten uns allerdings ordentlich hier abstoßen und nach draußen springen, nicht einfach nur runter, sonst zerschellen wir dort unten auf den Steinen oder die Bäume schlitzen uns auf und reißen uns in Stücke. Hier können wir nicht warten, bis uns jemand holt, wir können uns noch nicht einmal setzen, geschweige denn hinlegen. Was glaubst du, wie lange wir hier stehen können? Das halten wir nicht lange durch." – „Wir geben uns jetzt die Hand und springen? Auf Drei?" – „Wenn du willst, dass ich unten angekommen von dir zur Erinnerung wenigstens einen abgerissenen Arm und ein Stück Schulter habe, ja. Was glaubst du, was für eine Wucht uns aus dieser Höhe ins Wasser schlägt und der Strom reißt uns sofort mit. Ich springe. Ich bleibe nicht hier, bis ich vor Schwäche einfach hinunterfalle. Du springst nach mir, aber warte ein paar Sekunden. Und springe weit nach vorn, sonst zerschellst du am Ufer. Wenn du überlebst, ist deine Hose frisch gewaschen. Hat doch was, oder? "

„Eklig ist das", dachte die andere Frau und schaute ihre durchnässte Hose an, die in der Hitze streng nach Urin roch. „Einfach nur eklig! Aber immerhin, ich lebe noch. "

Dann starrte sie in die Tiefe, versuchte abzuschätzen, wie weit sie nach vorne springen musste, sich von der Felswand abstoßen. „Glaubst du, du schaffst das?", fragte die Schwarzhaarige. Und ihre Strähne hing diesmal wieder ins Gesicht, wobei sie ganz kurz schielte um die Strähne zu erfassen. Reflexartig fasste sie sich an ihr rechtes Ohr, um zu prüfen, ob sie ihre 5 Ohrringe noch trug, nachdem die andere Frau vor Stunden, als sie über ihr hing, mit den Füßen grob an ihrem Schädel und ihren Ohren scharrte, um Halt zu finden. Das Ohr schmerzte extrem, aber die 5 Ohrringe waren noch vorhanden. „Wir haben Spätnachmittag, wir sollten springen. Wenn es erst einmal dunkel wird, sind wir zu erschöpft um hier noch stehen zu können und springen können wir erst recht nicht mehr in der Dunkelheit." Erst jetzt fiel ihr auf, dass die Frau neben ihr nur noch einen Schuh trug. „Halte die Hände dicht an deinem Körper, umfasse deine Beine, mache dich zu einem Paket, dann schlagen wir nicht zu tief ein. Hoffen wir, dass der Fluss tief genug ist." Sie begann, sich zu konzentrieren. Noch einmal fixierte sie die braunhaarige Frau neben sich, die ein gutes Stück älter zu sein schien als sie selbst. „Wir haben doch beschlossen, zu überleben, oder?" Die Braunhaarige: „Was, wenn der Aufschlag auf das Wasser uns in Stücke reißt?" – „Keine Angst, das tut dir dann nicht lange weh. Aber im Ernst, ich bin davon überzeugt, dass wir das schaffen. Es sind vielleicht zehn oder fünfzehn Meter." Sie verzerrte das Gesicht. Zwanzig, sicher waren es mindestens zwanzig. Sie fasste sich an die linke Brustseite. „Ich glaube, ich habe mich übel geprellt, als ich an die Wand schlug oder Rippen gebrochen." Dann holte sie tief Luft, wobei ihr ein Schmerzenslaut aus der Kehle zischte, und sprang.

Panisch fieberten die Gedanken der anderen Frau: „Wenn ich jetzt nicht …", dann stieß sie sich mit aller Kraft von der Felswand ab und sprang ebenfalls in die Tiefe.

Drohend und höhnisch rauschte das Wasser. Das Dröhnen klang wie ein gieriges Lechzen nach Opfern, sie spürte ihren Magen von unten gegen die Kehle drücken, die Bäume schienen in rasender Geschwindigkeit nach ihr zu greifen um sie in der Luft zu zerreißen als sie die junge Frau unten ins Wasser einschlagen sah. Dann ein dumpfer Schlag! Dunkelheit erfasste sie, sie wurde herumgeschleudert und umher gewirbelt. Jede Orientierung fehlte, sie zappelte und strampelte und hielt panisch die Luft an. Millionen von Luftblasen schienen sie zu umringen, als wollten sie sie in einen todbringenden Kokon einschließen. Sie durchbrach die Oberfläche, schrie, schluckte Wasser, hustete und wurde wieder nach unten gespült in die fremde wilde Welt, die der reißende Fluss unter sich verbarg. Dunkelheit sein größter Gefährte.

Sie hatte schwer mit sich zu kämpfen, die jüngere der beiden, die Schmerzen im Brustbereich waren unerträglich, sie konnte sich nicht orientieren, hatte gesehen, dass es die andere Frau auch ins Wasser geschafft hatte, dass sie aufgeschrien hatte um in der gleichen Sekunde vom wilden Strom verschluckt zu werden. Der Strom wurde breiter, dann wieder sehr eng und felsig, die Geschwindigkeit rasend zunehmend, Bäume streckten ihre Äste entgegen, bei jedem Griff wurde ihr der Halt entrissen, sie wurde gegen Felsen und Gestein geschleudert, schrie auf, schluckte Unmengen von Wasser und wurde weitergespült, der Lärm des tosenden Wassers unerträglich laut. Ohne sich besinnen zu können, schlug sie beide Arme um einen gewaltigen Baumstamm, der faulig und moosbewachsen weit über das Wasser hing und stemmte sich mit beiden Beinen, die sie weit spreizte, gegen zwei Felsen. Es krachte in ihrem Körper, ihr Arm wurde aufgerissen, Blut mischte sich ins Wasser und wurde weggespült. Dann ein Schlag von ungeheurer Wucht gegen ihren Rücken. Ihr wurde schwarz vor Augen, sie verlor das Bewusstsein und wurde fortgespült.

Als sie sah, dass die Frau vor ihr in immer größerer Entfernung fortgerissen wurde, überkam sie Panik. Mühsam versuchte sie zu schwimmen, wurde aber immer wieder herumgewirbelt, verschluckte sich am Wasser, musste husten und würgen, schlug mit den Armen wild ins Wasser und versuchte, sich zu beschleunigen, um den Abstand zu verringern. In weiter Entfernung war eine Engstelle zu sehen, auf die ein Baumstamm mit wild abstehenden, dürren Ästen gestürzt war. Die Geschwindigkeit nahm zu. Immer wieder spritzte und klatschte ihr Wasser scharf und hart in die Augen. Dennoch erkannte sie wie die Frau in weiter Entfernung vor ihr sich urplötzlich mit beiden Armen an den Baumstamm krallte und mit den Beinen wohl gegen die Felsen rechts und links stemmte. Sie schrie und rief der Frau zu, dass sie auf sie zugeschossen kommt, doch sie wurde nicht gehört. Zu laut war das Tosen und Rauschen. Immer schneller schoss sie auf die Frau zu, rasend schnell verringerte sich der Abstand. Mit aller Kraft versuchte sie, die Geschwindigkeit zu drosseln, was ihr nicht gelang. Ungehindert schoss sie auf ihre Leidensgefährtin zu, schrie und rief, als sie mit einem Schlag in den Rücken der Frau schlug, diese mit sich riss, fünf Meter in die Tiefe geschleudert wurde, umspült von wilder Gischt und Schaum. Verzweifelt schlugen ihre Hände nach der bewegungslosen Frau, die ihr durch den Aufprall entglitten war, sie krallte sich an ihr fest, bemerkte deren Bewusstlosigkeit, hielt unter größter Anstrengung deren Kopf über Wasser und ließ sich auf dem schnellen Strom dahintreiben.

Irgendwann wurde der Fluss deutlich breiter und die Geschwindigkeit ließ nach. Unter Aufbringung allerletzter Reserven versuchte sie, Richtung Ufer zu schwimmen, die bewusstlose Frau mit sich führend. Die Angst, sie könne möglicherweise bereits eine Leiche mit sich zerren, zehrte an ihrem Verstand, Panik schüttelte sie, ihr wurde schlecht. Leblos hing die Frau auf ihr, der Kopf schaukelte hin und her.

Es dämmerte. Mit letzter Kraft hatte die Braunhaarige sich und ihre Gefährtin an das Ufer ziehen können. Sie legte die junge Frau auf den Rücken, überstreckte vorsichtig den Kopf nach hinten, damit die Atmung gewährleistet blieb. Sofort beugte sie sich über sie, wischte flüchtig Blut und Nasenschleim von deren Lippen, presste ihren Mund auf den Mund der jungen Frau und wollte mit einer Beatmung beginnen, als ein Ruck das Opfer durchfuhr, diese zuckte und ihrer Retterin hustend in den Mund spuckte. Erschrocken wich die Ältere zurück. Weiter röchelte die am Boden Liegende, hustete, spuckte Blut, Schleim und Wasser. Dann sank ihr Kopf zur Seite. Schwer atmend blieb sie im warmen Sand liegen. Die andere strich ihr die schwarze Haarsträhne aus dem Gesicht. Dann sank sie erschöpft daneben, dicht an den Körper der anderen, um hören und spüren zu können, ob sie atmete und schlief ein.

Die Sonne verlor an Kraft. Der Himmel färbte sich dunkelblau und orangerot. Vögel flatterten wild umher, ihr exotischer Gesang, ihr Gurren, Zwitschern und Schnattern schwebte in der Luft. Das Rauschen des Flusses schien hier wie ein Rufen aus der Ferne. Aus dem naheliegenden dichten Urwald klang ein hässliches Geräusch, ein Krächzen, das einem Lachen, einem spöttischen Lachen gleichkam. Es surrte, schnarrte, piepte und krächzte im Smaragdgrün des Waldes. Ein unheimliches Heulen mischte sich in die Vielfalt der fremden Geräusche. Eine Schlange huschte durch den warmen Sand, hinterließ eine wellenartige Form. Ein spinnenartiges Wesen hüpfte leichtfüßig über die Wasseroberfläche, huschte aus dem Wasser über den Sand und grub sich dort ein. Ein dumpfes Röhren drang aus dem Wald. Dann das Fauchen einer großen Wildkatze. Der Tag legte sich zur Ruhe, der Urwald erwachte.

Wasser und Schleim lief aus ihrer Nase, sie zog die Nase hoch und wischte sie mit dem Handrücken ab. Sie spuckte Wasser und musste husten. Die Schmerzen in ihrem Oberkörper ließen sie aufschreien. Achtlos wischte sie ihre Haarsträhne aus dem Gesicht. Unter Schmerzen drehte sie sich auf den Rücken und stützte sich auf die Ellbogen im warmen Sand. Sie fröstelte. Feucht klebten Shirt und Jeans an ihr. Blutige Risse an Armen und Beinen waren geschwollen. Sie atmete schwer. Ein paar Meter vor ihr saß die andere, braunhaarige Frau am Ufer des Flusses, die Arme um die aufgestellten Beine geschlungen, den Kopf dazwischen versenkt.

Mühsam versuchte sie, ihre Glieder zu bewegen und sich aufzurichten. Unter Stöhnen gelang es ihr. Auf einem Bein humpelnd schleppte sie sich zum Flussufer und ließ sich neben der Frau niederfallen, den Oberkörper aufrecht, die Beine lang ausgestreckt. Es herrschte Schweigen. Nur der Urwald schickte seine geheimnisvollen Geräusche in die Abenddämmerung.

„Danke", flüsterte die Schwarzhaarige und räusperte ihren vom vielen Wasserschlucken strapazierten Hals, „Sie haben mir das Leben gerettet." Die andere Frau neigte das Gesicht zu ihr. Fragend zog sie die Augenbrauen hoch. Wieder räusperte sich die Schwarzhaarige und fügte hinzu: „Wie heißen Sie eigentlich?" Die andere Frau lachte kurz auf. „Echt, wir haben in den letzten Stunden Teile der Hölle durchgemacht, wir haben uns angeschrien. Leck mich, hast du geschrien und ich habe Hand in Hand mit dir in meine Hose uriniert. Und jetzt förmlich „Sie?" – „Entschuldigung, aber ich kenne Sie – okay – dich – äh- ja gar nicht wirklich." - „Nadine", stellte sich die Frau vor und warf mit einer Hand ihre braunen Haare nach hinten, während sie die Nase hochzog.

„Aurora", erwiderte die andere und schielte dabei auf ihre Haarsträhne. „Das war der Horror", Aurora umfasste sich mit ihren Armen, um gegen das Frösteln anzugehen, „Was denken Sie – was denkst du, wie viele Menschen", sie musste schlucken, „gestorben sind? Denken Sie, wir sind die einzigen Überlebenden?" „Keine Ahnung", antwortete Nadine, „es ging alles so rasend schnell, ich hörte nur Hilferufe, Schreie und Todesschreie. Furchtbar." „Es wird kalt", schüttelte sich Aurora, „wenn wir nur nach oben hätten klettern können. Bestimmt hat man uns gesucht." „Ich glaube nicht", erwiderte Nadine, „vergiss nicht, dass unser Gepäck in einem kleinen Camp liegt und nach der Expedition durch den Urwald zusammen mit dem führenden Ranger noch eine exotische Urwaldübernachtung geplant war. Wenn das Festland nicht informiert wurde, vermisst uns vor morgen Abend niemand." „Denkst du, der Ranger ist auch ... ? Irgendjemand wird doch Hilfe verständigt haben." „Keine Ahnung, ich habe ihn nicht mehr gesehen, keine Ahnung, wer sich wo befand. Ich fand nur auch unmöglich, wie da eine Gruppe junger Erwachsener blöde an der Hängebrücke herumrüttelte. Ich hörte den Rancher nur irgendetwas rufen, dann geschah es auch schon. Hilfe rufen? Wer? Es waren alle Personen auf der Brücke. Ich glaube kaum, dass während des Absturzes jemand Muße hatte, zu telefonieren. Und Tote telefonieren eh' nicht." – „Aber so eine Brücke muss doch was aushalten!" – „Hey, Kleine, wir sind hier nicht im bürokratischen Deutschland, wo sowas einmal pro Woche von einem ausgebildeten Fachmann geprüft, dokumentiert und protokolliert wird. Hast du den Zustand der Brücke gesehen? Mir war eh' schleierhaft, wieso der Ranger so viele Menschen zeitgleich auf die Brücke ließ." – „Vielleicht liegen oder hängen noch irgendwo Verletzte oder schweben in Lebensgefahr!" – „Was willst du tun? Dem Fluss aufwärts folgen? Und dann? Hochklettern? Da wo wir runtergesprungen sind? Außen herum nach oben wandern? In einer Stunde ist es stockfinster hier und der Urwald lebt."

Wie zur gehässigen Antwort schickte der Urwald seine Vielfalt an Geräuschen, Rufen, Fauchen, Zischen, Schnarren und Raunen zu ihnen ans Flussufer. „Ich habe Hunger", sagte Aurora, um das Knurren ihres Magens zu erklären. „Sorry, das viele Wasser", fügte sie schnell hinzu, als sie im gleichen Atemzug lauthals rülpsen musste. „Hunger?", lachte Nadine herb, „das haben die Tiere im Urwald jetzt auch. Und sie haben die ganze Nacht Zeit, Beute zu reißen." – „Du machst mir Angst, Nadine." – „Tut mir leid, das wollte ich nicht." Wieder rieb sich Aurora ihre Arme und Schultern. Es wurde kühl. „Zwei junge Frauen alleine auf einer einsamen Insel. Wahnsinn. Der Traum eines jeden Mannes", meinte Aurora. Nadine musste lachen: „Ja klar, die eine pisste sich heute schon die Hose voll, die andere zieht ständig Rotz in der Nase hoch und schau' mal wie wir aussehen, überzogen mit blauen Flecken, Schrammen und Risswunden. Und ich rieche nach Flusswasser und Algen." „In der Parfümerie geben sie für sowas viel Geld aus", lachte jetzt Aurora und schielte einmal mehr auf ihre Haarsträhne. „Was überlegst du?", fragte sie Nadine. „Ich überlege, wo und wie wir die Nacht verbringen." Aurora rieb überlegend ihre Hand am Kinn: „Gehen wir zu mir oder zu dir?" – „Ist das hier ein Date?", fragte Nadine zurück, mit müden Augen, die eine Augenbraue fragend hochgezogen. „Es wird kalt werden." – „Sollen wir uns in den warmen Sand eingraben? Wir brauchen ja nicht wie die Schildkröten auch noch Eier legen. Obwohl ich vielleicht eines hätte in meinem Unterleib", grinste Aurora.

„Im Sand eingraben?", entgegnete Nadine, „zwei panierte Schnitzel für den Tiger oder Leoparden? Ich weiß nicht. Ich habe schon Dschungelgeschichten gelesen. Ein

Baumhaus bauen wir heute sicher nicht mehr. Ansonsten schläft man im Urwald wohl am sichersten hoch oben in Bäumen, wo Tiger, aber auch allesfressende Ameisen nicht so schnell hinkommen." – „Und Schlangen?" – „Die kommen überall hin." – „Gruselig." – „Tja, Aurora, im Urwald haben alle Hunger, nicht nur du. Besser, wir fressen den Tiger, bevor er uns frisst." – „Im Ernst, ich bin Vegetarierin", schnaufte Aurora resigniert, „Beeren, Früchte und Samen sind mir lieber. Samen manchmal besonders", kicherte sie flüsternd hinzu und leckte kurz mit ihrer Zunge über die Lippen.

Nadine schaute sie fragend an, während sie sich längs hinlegte, den Kopf auf den Arm gestützt. Eine Weile schaute Aurora verträumt auf das vor sich hinfließende Flusswasser. Als sie zu Nadine sah, war diese tief und fest eingeschlafen. Mit rissigen, schmerzenden Händen, unter denen der Sand wie schmirgelndes Sandpapier wirkte, grub sie um Nadine herum den Sand weg, rollte Nadine hinein, scharrte sie zum Teil mit Sand zu und legte sich eng anschmiegend daneben. „Nadine?" Sie rückte noch enger an die Frau, drückte ihren geschundenen Körper gegen den der Frau und spürte Wärme, die ihr gut tat.

Ein neues Geräusch legte sich mit der Stille der Nacht an. Immer lauter werdend flirrten hoch oben über den Bäumen des Urwaldes unzählige schwarze Schatten rasend schnell gespenstisch hin und her, kreischten und schnarrten. Immer mehr Fledermäuse stießen aus dem Dickicht hervor durch die Baumkronen und wieder hinein und ließen die Baumriesen zu nervös zuckenden, mysteriösen Wesen im vom Mond nur schwach erleuchteten Nachthimmel werden.

Hilferufe, Schreie und Todesschreie von Menschen, die Abenteuer erleben wollten. Hilferufe, Schreie und Todesschreie, vom Schicksal den Menschen entrissen, von der Natur in alle Winde zerstreut, geflohen ins Unterbewusstsein zweier Frauen, die erschöpft und geschunden, sich der Nacht hingaben.

Sonntag

Viele Stunden musste sie sich den Naturgesetzen beugen und der finsteren Nacht weichen, dann durfte die Sonne wieder Himmel und Welt erobern, die Nacht musste weichen, der Himmel wurde wolkenlos blau, die Sonne blies sich auf zu voller Kraft. Es wurde heiß.

Nadine schmeckte Sand an ihren Lippen, Sand knirschte zwischen ihren Zähnen, sie lag mit dem Gesicht auf der Erde. Sie drehte sich, schüttelte Erde und Sand von sich. Aurora lag neben ihr auf dem Bauch, den Kopf auf die verschränkten Arme gestützt. Der Urwald schwieg.

„Hammer", sagte Nadine und streckte sich dabei in alle Richtungen, „ich habe geschlafen wie ein Stein. Und du?" Sie schaute auf Aurora, die immer noch auf dem Bauch lag, auf ihre Arme gestützt und auf den naheliegenden Wald schaute. Stumm nickte Nadine. Ihr war auf eine unbestimmte Weise klar, dass Aurora kein Auge zugetan hatte. Dass sie sich die ganze Nacht aus Angst und Sorge wach hielt und auf den Urwald blickte und auf jedes Geräusch lauschte. Und sie, Nadine, musste das gespürt haben. Sie verließ sich unwillkürlich auf diese andere, ihr immer noch fremde Frau. „Die Geräusche im Wald waren grauenhaft, ich konnte gar nicht einschlafen. Ich will nicht im Schlaf gerissen und gefressen werden", hauchte Aurora total übermüdet vor sich hin. „Ist gut, danke, Aurora, ich bin jetzt wach. Du kannst ..." Dann merkte sie, dass Aurora eingeschlafen war.

Dem Sonnenstand nach zu urteilen, war es spät am Nachmittag, als Aurora wach wurde. Ihr Magen knurrte, sie hatte Hunger und fühlte sich schwach. Sie lag im Halbschatten leuchtend grüner Palmblätter. Aus groben Baumästen war ein behelfsmäßiges Gerüst gebaut und mit großen grünen Blättern behangen, die in der Sonne leuchtend grün ein wenig Schatten spendeten.

„Guten Morgen, Aurora, der Tisch ist gedeckt", sagte Nadine und lächelte etwas gezwungen. Vor ihr ausgebreitet lagen ein paar Kokosnüsse, ein paar apfelähnliche Früchte, unbekanntes Obst, das nicht Apfel und nicht Aubergine war, aber aussah wie ein Ding genau dazwischen, sowie ein toter handgroßer Fisch. „Wie bekommen wir die auf?", fragte Aurora mit zittrigen Händen und wog eine Kokosnuss in den Händen. Nadine legte eine der Nüsse auf einen großen Stein und schlug mit einem anderen so darauf, dass die Nuss krachte, aber nicht gänzlich zerbarst. Einen anderen kleinen speerspitzenähnlichen Stein setzte sie als Meisel ein und knackte die Nuss vorsichtig so entzwei, dass sich Aurora sofort darauf stürzte, das Kokoswasser gierig verschlang und mit der scharfkantigen Steinspitze Kokosmark herauskratzte. Dann verschlang sie gierig von dem Obst.
„Immerhin", sagte Nadine, „scheint das Obst nichts Giftiges zu sein. Ich habe vor Stunden schon davon probiert und habe weder Magenschmerzen noch Durchfall bekommen. Aurora riss die Augen auf, schlug dann aber beruhigt wieder ihre Zähne in das nächste Stück Obst, um auch ihren Durst zu stillen. „Das Wasser aus dem Fluss ist ja auch genießbar, hier unten aber recht schlammig, wir müssten ein ganzes Stück flussaufwärts zwischen die Felsen, um an klares Wasser zu gelangen." „Was ist mit dem Fisch?", schmatzte Aurora mit vollem Mund. „Du weißt, ich bin Vegetarier!" „ Ja, aber ich nicht, ist doch genial, oder? Ich habe ein Stück Bambusrohr mit einem Stein abgeschlagen und mit der scharfkantigen Spitze des

Bambusrohres tatsächlich den im seichten Wasser gründelnden Fisch erwischt. – Nur – wir haben kein Feuer. Dann nahm sie den kalten, nassen Fisch, biss ihm den Schwanz ab, spuckte ihn aus und begann, dem Fisch mit ihren Zähnen das Fleisch von den Gräten zu ziehen. Aurora schüttelte sich: „Igitt, toter kalter, glitschiger Fisch!" „Ein Döner wäre mir jetzt auch lieber", gab Nadine zur Antwort und nagte an dem Fisch, wobei sie alsbald die Innereien mit Fingern herausschabte und beiseite warf. Aurora schüttelte sich bei dem Anblick. „Ungerecht verteilt", nickte Aurora, „bei uns im Viertel gibt es fünf Dönerbuden nebeneinander, vier Chinesen, ein vegetarisches Schnellrestaurant und sechs Currywurstbuden! Und hier? Toter Fisch!" „Hey, immerhin mit frischer Kokosnuss und einem Ding aus Apfel und Aubergine!", konterte Nadine und warf dabei ihre schulterlangen braunen Haare nach hinten.

„Wie ich aussehe", wunderte sich Aurora plötzlich, sah an sich hinab, ihr T-Shirt war linksseitig ganz aufgerissen, so dass ihre linke Brust zu sehen war. Kurz streifte sie mit den Fingern über ihre Brust. „Naja, viel raushängen kann ja nicht, ich finde meine Brüste schon immer etwas zu klein. Aber mir gefallen meine schönen großen Brustwarzen." Nadine musste schmunzeln. „Zum Glück sind die beiden unversehrt geblieben", sagte Aurora aufatmend und sah von oben in ihr Shirt, um auch die andere Brustwarze zu inspizieren. Dann zog sie ihr Shirt aus. „Eigentlich brauche ich das jetzt gerade gar nicht. Der verschmutzte Stoff scheuert nur unnötig an meinen Brustwarzen." Sie lachte. „Findest du meine Brüste auch etwas zu klein?"

Das Grätengerüst des abgenagten Fisches aus dem Mund nehmend, schaute Nadine sie an. Sich mit dem anderen Handrücken die nassen Fischreste am Mund abwischend, meinte sie: „Ehrlich gesagt: Nein. Du bist jung, echt sportlich schlank mit durchtrainierter Figur. Deine Brüste sind vielleicht nicht besonders groß, aber schön fest in der Form. Ich finde, du kannst zufrieden sein."

„Bist du mit deinen Brüsten zufrieden?", fragte Aurora weiter neugierig. Nadine lachte auf: „Also du hast Sorgen! Was hälst du davon, wenn wir uns Gedanken machen, wie wir hier so schnell wie möglich weg kommen. Ich habe absolut keine Lust auf ein Robinson-Dasein auf dieser Insel. Im übrigen hat es heute mehrfach seltsam gerumpelt. Das klang wie Donner und irgendwie doch nicht. Merkwürdig. Kann aber nur Donner gewesen sein. Hoffentlich bekommen wir keinen Taifun oder sowas in der Art. Ich finde, wir sollten uns darum kümmern, wie wir schnellst möglich wieder nach oben auf die Spitze des Gebirges zu unserem Camp kommen, wo wir unsere Schlafsäcke haben, Besteck, Proviant, Messer, Taschenlampen und alles weitere. Am besten auch ein Telefon, um Hilfe rufen zu können oder auf andere Überlebende zu stoßen." „Du hast recht", nickte Aurora und schielte auf ihre Haarsträhne vor den Augen. Sie hob den Blick an und schaute in die Ferne über niedrig gewachsene Bäume und Dickicht. „Das Meer! Wie schön blau und unschuldig es daliegt. Warst du schon dort?" „Nein, Aurora, ich ließ dich nicht aus den Augen, während du schliefst." „Lass uns zum Meer gehen", sprach Aurora weiter. Ich möchte ans Meer und den Strand sehen. Dann marschieren wir los. Denkst du, wir schaffen es bis zum Einbruch der Dunkelheit nach oben?" „Keine Ahnung." Nadine hob die Schultern. „Keine Ahnung, wo hier ein Weg nach oben führt. Wir können dem Flusslauf folgen, bis zu der Stelle, wo die Seilbrücke riss und wir abstürzten. Aber ob ein Weg nach oben führt? Oder ob wir die Steilwand umwandern können und von der anderen Seite nach oben gelangen?" Aurora stand auf, reckte sich ein wenig und bog das Kreuz durch, fast als wollte sie ihren nackten

Brüsten etwas mehr Geltung verschaffen, wobei ihr wieder ein Schmerz durchfuhr. „Komm, lass uns an den Strand gehen. Nehmen wir unseren Proviant und unsere provisorische Strandvilla mit?" „Ja, ist vielleicht besser", meinte Nadine, „falls wir heute am Strand bleiben und dort übernachten müssen." Sie griffen Obst, Kokosnüsse, von den Palmblättern und ein paar Äste des provisorischen Sonnendaches und marschierten los. In Richtung Meer.

Immer wieder zischte Nadine mit dem Mund, während sie auf heißem Erdboden und durch heißen Sand liefen, denn spätestens beim Sprung in den Fluss hatte sie ihren zweiten Schuh verloren. Schweigsam liefen sie durch ein kleines Waldstück und Dickicht. Schweigsam um auf irgendwelche Geräusche zu achten. Wildkatzen oder züngelnde Schlangen am Boden oder auf Bäumen. Dann lagen Strand und Meer vor ihnen. Sanft schäumten kleine Wellen ans Ufer und mischten den feinen Sand auf, wurden zurück gespült um sogleich von neuem ans Ufer zu spülen. Die Sonne brannte leuchtend gelb am wolkenlosen blauen Himmel. Der Strand war weit, zog sich dann durch Gräser, Gebüsch und Dickicht hin zu einem gewaltigen, aus den unterschiedlichsten Grüntönen zusammengesetzten Wald, der wiederum eine stetig ansteigende Felslandschaft überwuchs.

Aurora atmete tief durch. Ein kurzer Aufschrei durch die Schmerzen in ihrer Seite. „Glaubst du, es gibt hier Haie? Oder giftige Quallen oder Seeigel?" Sie zog die Augenbrauen zusammen. „Woher soll ich das wissen?", entgegnete Nadine, „ich habe mich leider überhaupt nicht belesen über den Abenteuertrip und die damit verbundene Tierwelt. Im flachen Wasser sind bestimmt keine Haie und das Wasser ist so klar, dass man Seeigel sehen müsste. Aber du hast Recht. Die Situation ist miserabel. Wir haben um ein Haar eine Katastrophe überlebt, haben uns bis hierher geschleppt, haben keine Ahnung, wie viele Tote dort in der Felswand hängen oder abgestürzt sind oder langsam verblutet ..." – „Nadine, bitte, hör auf!", schrie Aurora. Und weiter: „Was hätten wir denn tun sollen? Nach oben klettern und helfen, ging nicht. Wir hingen an der glatten Wand und am Überleben. Wir kletterten stundenlang an einer glatten Felswand nach unten, sprangen todesmutig aus waghalsiger Höhe in einen unbekannt tiefen reißenden Fluss, wurden davongespült, lagen dem Tode nah in einer Wildnis gefräßiger Wildtiere herum und haben jetzt eine Mahlzeit im Bauch, die uns noch hungriger machte!" Sie schnaubte und wischte sich schroff eine Träne aus dem Auge. Nadine fühlte sich schlecht. Ein Schmerz durchfuhr ihren Magen. Sie war die Ältere und sie fühlte sich hilflos. Aurora war es gewesen, die ihr in den ersten Sekunden nach der schrecklichen Katastrophe rau und hart Mut gemacht hatte, nicht loszulassen und sich aufzugeben. Aurora hatte sie gezwungen, vor ihr in die Hose zu urinieren, um nicht schmerzgepeinigt wahnsinnig zu werden an der senkrecht steilen Wand. Sie ging auf die mit hängenden Schultern und schluchzend dastehende Aurora zu und nahm sie in den Arm. Sie spürte und roch, wie sich ihr Schweiß mit dem Auroras vermischte. Schweißperlen glitzerten auf Auroras nacktem Oberkörper und glänzten in der heißen Sonne. „Wir bringen das hier zu Ende, Aurora", flüsterte sie ihr in das Ohr mit den fünf Ohrringen, die heiß an ihren Lippen lagen. Lass uns uns frischmachen, etwas baden und entspannen. Vielleicht noch eine Kleinigkeit essen und dann abwechselnd schlafen und morgen marschieren wir zum Camp und beenden dieses kurze Abenteuer, ja?" Aurora schaute sie an. Die braungrünen Augen Nadines blickten in die dunkel graublauen Augen einer verängstigten Aurora. „Warum war sie so stark? So hart und rau dort oben festgekrallt an der Seilbrücke? War es Mut? War es nackte Todesangst?" Nadine überlegte, während ihre Augen in den Augen der anderen Frau die Antwort suchten. Sie löste sich und schritt im heißen Sand auf das Wasser zu. Sie zog die in Fetzen an ihr hängende Bluse aus und ließ sie fallen. Dann öffnete sie ihren BH und ließ auch diesen fallen. Friedlich umspülten die kleinen Wellen ihre rissigen und strapazierten Füße. Das Salzwasser brannte in den Wunden. Sie schwenkte zuerst das eine dann das andere Bein etwas hin und her. „Komm' Aurora, es ist echt schön, es tut gut und ist richtig warm." Dann trat sie etwas vom Wasser zurück und streifte ihre Short über die Beine ab und trat, nur in einem verschmutzten Slip, der einmal weiß gewesen war, bis zu den Knien ins Wasser und schwenkte die Arme hin und her, immer wieder Wasser aufnehmend und in die Luft werfend.

Aurora kam näher. Prüfend mit zur Seite geneigtem Kopf beobachtete sie die Szene. Dann zog sie an ihrem Gürtel und streifte ihre Jeans ab. Wieder musste Nadine unmerklich schmunzeln, als sie die nun fast nackte Frau in einem dunkelblauen String auf sich zukommen sah. Das kleine Dreieck des Strings verbarg wirklich nicht besonders viel. Arme und Beine wiesen blaue Flecken, Kratzer und Risse auf. Verkrustetes Blut klebte an den Wunden. Am Bauchnabel blitzte eine silberfarbene Piercingperle in der Sonne. Während sich kleine weiße Wolken am Himmel bemerkbar machten, spülten sich die kleinen Wellen einen Meter weiter hinein in den Sand. Aurora beugte sich nach unten, griff ihre Jeans und Schuhe und trug sie ein Stück weiter an Land. Nadine sah ihr nach. Aurora lief etwas einseitig, zog das eine Bein etwas nach. Hauchdünn war das schmale blaue Bändchen des Strings, das ihre Pospalte ein kleines Stückchen verlängerte um sich dann hauchdünn zu beiden Seiten um ihre Hüfte zu winden.

Auroras Hände und Finger griffen nach den Bändchen, es löste sich vom Po und fiel an den Beinen ab. Aurora stieg heraus und legte es auf ihre Jeans, drehte sich und kam vollkommen nackt auf Nadine zu. „Wasser warm?", fragte sie nun wieder sichtlich gelöster. Nadine betrachtete sie. Ihr Piercing am Nabel glitzerte wie ein Diamant. Auroras Scham war glatt rasiert. Am Beginn ihrer kleinen schmalen Spalte glitzerte eine weitere silberfarbene Piercingperle. Sie wurde schneller und rannte in das Wasser hinein, an Nadine vorbei. Sie griff mit den Händen ins Wasser, warf es hoch, rannte ein Stück weiter, stürzte nach vorn, fing sich mit den Händen auf und ließ sich dann rücklings ins Wasser fallen. „Es brennt, die Wunden brennen im Wasser", verzog sie etwas das Gesicht, „aber das Wasser ist herrlich, es tut so gut!" Dann drehte sie sich um und schwamm etwas hin und her.

Das flaue Gefühl in Nadines Magen war weg. Ihr gefiel, dass sich Aurora für kurze Momente wohl zu fühlen schien. Sicher genoss sie ihren ansonsten durch die Strapazen geschundenen Körper. Ihre blasse Haut war in der Sonne schon deutlich rot geworden. Blass zeichnete sich die Haut ab, die unter den Fetzen des Shirts und der Jeans vor der Sonne geschützt waren.

„Pass auf, sonst holst du dir auf deinem Hintern einen üblen Sonnenbrand", rief sie zu der im Wasser umher tobenden Aurora hinüber. „Streck die blassen Pobacken nicht so in die pralle Sonne!" Sie lachte.

„Komm' zieh dich aus, es ist so herrlich im Wasser", strahlte Aurora, drehte sich, tauchte ab und streckte dabei ihren Hintern erneut aus dem Wasser um kurz darauf wieder prustend aufzutauchen. Sie schüttelte ihre Strähne aus dem Gesicht, zog die Nase hoch und saß auf den Knien im Wasser. „Hey, du hast total schöne große Brüste!", bewunderte sie mit großen Augen die im freien

Oberkörper auf das Wasser zulaufende Nadine. „Hey, starre mich nicht so an!" Nadine schüttelte mit verzogenem Mund das Gesicht. Dann schritt sie mit einem Fuß ins Wasser.

„Du willst doch nicht im Ernst in Unterhose baden?", fragte Aurora ernst. Nadine verzog den Mund noch etwas schräger, zerrte dann an ihrem Slip und streifte ihn ab. Zügig ging sie ins Wasser, zog nach vorne gebeugt ihre Arme durch die warmen Wellen. Sie richtete sich auf, schloss die Augen und genoss das Wasser, das ihre Waden sanft umspülte. Sie genoss die heiße Luft und Sonne auf ihrem nackten Körper. Für einen kurzen Moment begann sie sich zu konzentrieren, wo im Körper überall sie Schmerzen empfand. Doch sie verscheuchte diese Gedanken und stand still im Sand, ihre Füße gruben sich durch die Wellenbewegung tiefer in den Grund. Sie atmete. Sie wusste, soweit hatte sie Aurora immerhin kennengelernt, dass diese sie nun betrachtete. Ihre Brüste und ihre Brustwarzen vermutlich genau fixierte. Ihren Körper vermutlich auch. Röte stieg in ihr auf. Ihre Scham war nicht rasiert. Dunkles dichtes Schamhaar das nur an den Seiten minimal schmal gehalten war, hob sich deutlich vom ansonsten blassen Körper ab. Was würde sie davon halten? Sie öffnete die Augen, ließ sich neben Aurora ins Wasser fallen. Gemeinsam schwammen sie etwas nach draußen und wieder zurück. Aurora sagte nichts. Auf allen Vieren krochen beide im Sand ans Ufer, drehten sich, stützten sich auf die Ellbogen, streckten die Beine von sich und atmeten tief durch. Wie unzählige kleine glitzernde Piercingperlen liefen Wassertropfen an ihren Körpern ab. Nadine sah zu Aurora. Sah ihren Piercingknopf im wassergefüllten Bauchnabel und ein Stück tiefer das gleiche kleine Schmuckstück, das blendend und glitzernd den Beginn ihres rasierten Geschlechts markierte. Sie sah an sich hinab, auf ihre eigene dunkle Scham. Wassertropfen saßen auf dem kleinen Busch dunkler, nasser Härchen. Schnell und kurz wischte sie mit der Handfläche darüber. Aurora sagte nichts.

Lange saßen sie da, nebeneinander, nichts sagend, das Wasser umspülte ihre Leiber, zwängte sich an den Beinen entlang zwischen ihre Schenkel.

Es war wunderschön. Das Gefühl, nackt im warmen Wasser im Sand zu sitzen und vom Wasser an allen Stellen des Körpers sanft liebkost zu werden. Vom weichen Sand überdies gekitzelt und massiert zu werden. Aber es war nicht wirklich wunderschön. Nichts sagend saßen sie da, konnten die Gedanken der anderen nicht erraten und doch lief in beiden zur gleichen Zeit der gleiche Film ab. Der Ausflug, das Abenteuer, der Urwald, die exotische Luft, das laute Quasseln der Touristen. Das schreckliche Surren der gerissenen Seilbrücke, der Schlag, als die Teile der Seilbrücke gegen die Felswand schlugen, die Schreie, die Todesschreie ...

Wehmütig erkannte die Sonne, dass es wieder an der Zeit war, sich zurückzuziehen. Glutrot mischte sich in Samtrot und Orange, wurde von dunklem Violett nach oben geschoben und verdrängte tiefes Blau am Himmel. Die fremden Geräusche, das Rufen und Zwitschern, Sirren und Schnattern aus dem Urwald drang wie aus weiter Ferne zu ihnen.

Aurora drehte sich auf den Bauch und legte den Kopf auf die verschränkten Arme. Sie bohrte einen Finger in den nassen Sand und sah, wie schnell sich der Sand durch die Nässe wieder schloss. „Erzähle mir von dir, Nadine. Wer bist du?" Nadine betrachtete Aurora. Die Wasser- und Schweißperlen, die im Wettlauf am Körper und über den Rücken Auroras liefen. Ein schmaler Rücken der sich erhob zu der wohlgeformten Wölbung von Auroras Hintern, der vom Sand wie paniert in der Sonne lag und sich etwas rot gefärbt hatte. An der Seite des Hinterns war ein deutlich großer dunkler Fleck zu sehen. Vermutlich ein Bluterguss.

„Ich bin Nadine", begann sie. „Das weiß ich", konterte Aurora schnell. „Was machst du beruflich? Warst du überhaupt alleine hier, wie ich?" – „Ja, klar bin ich alleine hier auf dieser Reise. Hätte ich hier bei dem Absturz einen Partner, eine Freundin oder Verwandte verloren, säße ich jetzt nicht so relativ entspannt hier. Ich habe keinen Partner. Beruflich bin ich Architektin und plane seit vielen Jahren vom normalen Mehrfamilienhaus bis hin zu großen Hotels, Villen und Palästen alles. Je teurer und ausgefallener, desto attraktiver und lukrativer für mich. Ich habe gutes Geld verdient und habe ein Haus, das sich sehen lassen kann. Ich fahre einen dunkelroten Ford Mustang und einen schwarzen Lamborghini." – „Wow!", staunte Aurora sichtlich und Nadine fuhr fort: „Je exotischer die Baustoffe von Gebäuden, desto mehr steigere ich mich mit Leidenschaft hinein. Obwohl ich alles liebe: Edelstahl, Stahl, Glas, Holz, Marmor, Granit, Bernstein selbst Beton, wenn er architektonisch und mit raffiniertem Design integriert wird. Schwebende Glasbauten, Stelzenhäuser mit integriertem Wasserfall, konische Wohngebilde, die sich drehend mit ihrer Glasfassade immerzu dem Sonnenstand hinwenden, bei zu großer Hitze dann die eher fensterlose Seite der Sonne zuwenden. Ein bisschen mache ich auch Innenarchitektur, wenn mich das Gesamtkonzept reizt. Alles auf dieser Welt ist konstruiert, gestaltet. Hinter allem steckt eine Idee, ein Konzept. Das ist es, was mich am Architekturberuf fasziniert. Zu planen, zu konstruieren, zu definieren. Nichts geschieht durch Zufall. Selbst wenn wie durch Zufall etwas entstanden ist, gingen dem Gedanken Arbeiten, Planungen, Ideen, Konstruktionen voraus und das Zufallsgebilde ist wieder nur das Ergebnis von Idee, Planung, Konstruktion und Ausführung. Aber auch in der Natur: Dass ein Baum eine Rinde hat, ist kein Zufall, die Photosynthese von Pflanzen, die Entstehung von Bernstein, die Entstehung von menschlichem Leben. Hinter all dem muss ein Architekt stecken. Ein ganz gewaltig großer, genialer Architekt, der mit gewaltiger Hingabe mit allen kosmischen, physikalischen und chemischen bis zu biochemischen Vorgängen plant, konstruiert und ausführt. Deshalb glaube ich irgendwie auch an einen Gott. Nicht unbedingt den Gott, den Maler über Jahrhunderte hinweg so angestaubt alt darstellten. Nein, irgendetwas großes Kosmisches.

Ich führe ein Leben mit vielen Kongressen, Veranstaltungen, Eröffnungen, Galas und Partys. Viele reiche Menschen, Millionäre, Industrielle, sogar Scheichs. Ich habe viele attraktive Männer kennengelernt. Auch wirklich gutaussehend. Aber meistens waren sie letztendlich doch nur an meinem Körper, oder nur an meinem Geld interessiert. Das stumpft ab. So bin ich seit langem alleine und komme auch ganz gut damit zurecht."

„Du bist ein echter V.I.P. – Wow, echt cool!", sagte Aurora, patschte mit der Hand in den nassen Sand, bohrte immer wieder einen Finger hinein und sah zu, wie sich das Loch im Sand sofort wieder schloss. „Du scheinst ein cooles Leben zu leben, wie kommt es, dass du so einen Abenteuertrip im Urwald buchst?"

„Ich denke, ich hatte vor ein paar Jahren ein einschneidendes Erlebnis. Wir waren mit einer Gruppe von Ingenieuren, Geldgebern und am Wettbewerb teilnehmenden Architekten in den Regenwäldern von Papua – Neuguinea im südwestlichen Pazifik. Ein milliardenschwerer Scheich – Kabdar Ragal Ahfjid wollte zusammen mit einem weiteren bis dahin unbekannten Investor mitten im Regenwald eines der weltgrößten Hotels bauen.

Ökonomisch und ökologisch aus Holz und extrem viel Glas. Allerdings in 150 Metern Höhe auf versenkbaren Stelzen, den Baumbehausungen der Korowai nachempfunden. Die Korowai sind primitiv steinzeitartig lebende indigene Ureinwohner, die nahezu nackt im Sumpfgebiet des Dschungels leben und ihre Behausungen in schwindelerregender Höhe in Bäume bauen. In Zeiten des Friedens bauen sie die Häuser ca. 20 bis 30 Meter hoch, in Kriegszeiten durch Stammesfehden oder Ähnlichem in bis zu 50 Metern Höhe. Nicht nur, um sich vor Feinden zu schützen, sondern auch vor Parasitenplagen, wilden Tieren, übertragbaren Krankheiten oder Überschwemmungen. Sie haben dort oben sogar Feuerstellen in mit Lehm ausgekleideten hängenden Mulden aus Pflanzenfasern und Blättern .." – „Waas?", fuhr Aurora herum, „mitten im dichten Urwald Feuerstellen in Bäumen? Fackelt da nicht das ganze Baumhaus ab?" –„Nein, die Feuerstelle ist durch Rattan festgebunden. Droht Brandgefahr, kappen die Korowai die Rattanschnüre und die Feuerstelle fällt durch ein Loch in die Tiefe. Ich war total begeistert von den genialen Erfindungen auf primitivstem Niveau. Mit einem Male kamen mir meine Ideen und Konstruktionen gar nicht mehr so genial vor. Diese fast nackt im Regenwald lebenden Menschen wurden von den anderen Teilnehmern wie wilde Tiere behandelt ohne Gefühl und Verstand. Mir taten sie nicht nur leid, ich bewunderte diese Schlichtheit, in der sie leben und dennoch geniale Tricks und primitive Erfindungen beherrschen. Sie arbeiten mit unbearbeiteten Materialien, die auf natürliche Weise wieder verrotten. Abfallberge kennen die nicht.

Das uns vorgesetzte Festmahl aus Baumratten, essbaren Pflanzenfasern, übel riechenden Pilzen und den Larven des Capricorn-Rüsselkäfers ekelte uns dann aber an. Und doch lag eine Faszination darin." – „Das ist ja voll ekelhaft was die essen." – „Ja, gewöhnungsbedürftig. Oft kratzen sie die Larven hinter morschen Baumrinden hervor. Die Larven sind eine gesunde, leckere, sehr eiweißreiche Nahrung. Das steht uns hier vielleicht noch bevor." – „Ich kotze gleich. Vorher verhungere ich." Nadine lachte. „Stimmt, du hast ja noch nicht einmal von dem kalten Fisch probiert, bist ja Vegetarierin. Auf jeden Fall hat diese Expedition etwas in mir bewirkt. Selbstverständlich unterliegt die ganze Region dort dem Naturschutz, aber wo Geld und Macht regieren, da entstehen die skurrilsten Dinge, da fließen durch dunkle Kanäle finanzielle Mittel – Moment, hast du das gehört? Eben rumpelte es wieder, wie ein seltsamer Donner irgendwo in der Ferne. Komisch." – Aurora hob den Kopf. „Nein, ich habe nichts gehört." – „Naja, egal, also da fließen plötzlich Mittel und Wege öffnen sich, wo kein Naturschutz mehr greift und diese primitiven Menschen werden zu Marionetten, müssen weichen oder sollen später von steinreichen Urlaubern wie blöde wilde Tiere im Dschungel begafft werden. Bei allem was sie machen. Und wenn es beim Kacken oder bei der Paarung ist. Perverser Voyeurismus!"

Aurora rollte die Augen: „Ich will nicht gaffen, aber ich glaube, das würde ich gerne mal sehen! Also jetzt nicht wie sie kacken oder es miteinander treiben, aber wie sie da rauf klettern in ihre Baumhäuser und wie die leben!" Gesenkten Hauptes schüttelte Nadine den Kopf: „Ja, das kannst du noch sehen. Wie sie primitiv und nackt in ihren Baumhäusern sitzen. Aber mittlerweile ziehen sie sich nur noch aus und sind nackt, wenn Filmteams teuer dafür bezahlen. Und die Baumhäuser werden auch nur noch für die Filmdokumentationen provisorisch erstellt. Längst ist ihre Kultur dem Untergang geweiht, sie wurden nahezu vollständig aus den Urwäldern vertrieben, da Regierung und Wirtschaftsmächte die Wälder roden für erträgliche

Plantagen. Den Korowai verspricht man ein angenehmes Leben in Dörfern! Lieblos zusammen genagelten Baracken, sie tragen bunt zusammen gewürfelte Klamotten, hantieren mit alten Radios und ausrangierten Handys und wittern die Zivilisation. Der Beginn schadstoffbelasteter Müllberge. Angelzeug, Munition für Waffen oder Boote zum Fischen, das alles ist nur noch für teures Geld, horrende Summen, zu haben und die Ureinwohner wissen, wie sie an Geld kommen. Sie mimen nur noch die nackten Wilden, denn Kcamerateams wollen exotische Wildheit sehen und liefern und nicht in Baracken hausende frustrierte, zum Teil regelrecht korrupt gewordene Halbwilde in ausrangierten bunten Modeklamotten und Flip Flops.

Mit dem gigantischen, futuristisch anmutenden Glasbaumhaus der Superlative wollte man nicht mehr Filme in die Welt tragen, sondern die Welt in den Urwald holen und ihnen spektakulär das Wilde zeigen. Aber die Nackten in ihren Baumhäusern ringsum wären lediglich horrend teuer bezahlte Mimen, Schauspieler, die sich für Geld begaffen lassen von den Touristen.

Anfangs war ich begeistert vom Dschungel, vom Reiz unvorstellbarer architektonischer Herausforderungen des zu planenden Superhotels, aber auch verstört, verunsichert über alles, was ich seither dachte und lebte. Das Wilde zog mich an. Vielleicht war es der extreme Kontrast zu meinem zivilisierten, in Normen und Strukturen funktionierenden Leben. Und mit Abscheu erkannte ich, wie sich die in Normen und Strukturen denkende Welt, getrieben von Macht, Geld- und Profitgier in die unberührten wilden Urwälder dieser Welt frisst wie ein Parasit!

Im architektonischen Gestalten dachte ich immer, absolut frei zu sein. Aber nun fühlte ich mich gefangen in mir und meiner ach so tollen und hochentwickelten Welt. Also nahm ich mir vor, noch einmal eine wilde Insel, einen

Dschungel für wenige Tage aufzusuchen, um das wilde, primitive Leben an mir selbst ein wenig zu spüren. Und dieses Urlaubs-Schnäppchenangebot hier bot sich an. Reise mit dem Katamaran auf eine große Insel, von einem Ranger geführter Abenteuertrip durch den Urwald, eine legendäre, von früher hier lebenden, ausgestorbenen Ureinwohnern geflochtene Seilbrücke bestaunen, eine Übernachtung unter freiem Himmel und dann erfolgreiche Rückreise."

„Ja, stöhnte Aurora auf", das Konzept las ich auch. Und die exotische, historische Seilbrücke haben wir ja kennengelernt." –„Ah", zuckte sie auf, „mein Arsch tut weh!" – „Kein Wunder, Kleine", lachte Nadine und strich ihr vorsichtig den getrockneten Sand von den knallroten Pobacken, wobei Aurora sofort aufschrie: „Auaaah, du scheuerst mir den Arsch auf!" – „Du hast einen gewaltigen Sonnenbrand da hinten bekommen." Schnell richtete sich Aurora auf und versuchte sich nach hinten zu biegen, um ihren Hintern betrachten zu können. Was ihr nicht gelang. Schon durch die Schmerzen in ihrer Seite konnte sie sich nicht so biegen. „Lass uns noch etwas von den Resten essen, es wird dunkel", sagte sie, nahm ihre Kleider und zog Nadine am Arm hoch. „Wo übernachten wir?" „Am besten hier, schön weg vom Dickicht, damit wir sehen, wenn sich ein Wildtier daran macht, uns zu verspeisen."

Sie bastelten ihren provisorischen Unterstand aus Ästen und Blättern, was keinen Sinn machte, weil die Sonne bald unterging, aber gemütlich wirkte. Sie legten ihre Kleider beiseite und nahmen von den Früchten und den Resten des Kokosnussmarkes. „Also satt ist was anderes", nörgelte Aurora. Aber sie hatten keinen anderen Proviant. „Lass uns morgen auf der Rückreise nach etwas Nährstoffreicherem suchen", sagte Nadine. „Aber keine ekligen krabbelnden Larven von irgendwelchen noch ekligeren

Käfern!", murrte Aurora. „Mein Hintern brennt wie Feuer", stöhnte sie und suchte vergeblich nach einer Möglichkeit, sich zu setzen. „Mir brennen die Schultern", entgegnete Nadine, „wir müssen uns morgen mehr im Schatten aufhalten. Aber erzähle mir von dir. Wer bist du? Wo kommst du her und was verschlug dich zu dieser Reise?"

„Das erzähle ich dir morgen, während wir wandern. Ich bin echt müde." Sie legte sich auf die Seite längs hin, nackt wie sie war. Die Luft war schwül warm, die Geräusche aus dem Urwald wurden jetzt wieder viel deutlicher wahrgenommen, wenngleich es viel ruhiger war als in der ersten Nacht. Auch Nadine legte sich lang hin, auf den Rücken, die Arme hinter dem Kopf verschränkt. Sie beobachteten den langsam dunkler werdenden Nachthimmel. Ein Schmetterling oder ein Falter flatterte kurz über ihren Körpern hin und her und verschwand. Aurora rückte ein wenig näher an Nadines Körper heran. „Darf ich dich hier mal anfassen?", fragte sie leise und vorsichtig und deutete mit einem Finger auf Nadines Brust. „Hm" – Nadine presste kurz die Lippen aufeinander, „wenn du möchtest. Warum nicht?" Vorsichtig näherten sich die Fingerspitzen Auroras der Brust Nadines und strichen sanft die Form der Brust ringsherum nach. Ihr Zeigefinger umkreiste langsam die Brustwarze der anderen Frau, immer wieder kreisrund, um seinen Radius dann enger zu ziehen und die feste aufgerichtete Spitze, die Knospe der Brustwarze zu berühren. „Deine Knospe ist hart und aufgerichtet", flüsterte sie leise, „bist du erregt?" – „Vielleicht ist mir kühl." –„Quatsch, es ist schwül und heiß. Das erregt dich." Nadine antwortete nicht. Dann umfasste Auroras Hand die ganze Brust und hielt sie in ihrer Handfläche fest, drückte sachte, löste sich wieder und strich noch einmal hoch zu der kleinen, immer fester werdenden Knospe inmitten der Brustwarze. Nadine stöhnte leise. Aurora wiederholte das gleiche Spiel behutsam an

42

der anderen Brust. „Du hast so wunderschöne feste, große Brüste", schwärmte Aurora und strich abwechselnd über die beiden Brüste und kniff immer wieder vorsichtig in die Spitzen. „Ich bin total neidisch."

„Aurora, jeder ist auf seine Art schön, deine Brüste können sich doch auch locker sehen lassen, sie sind klein, aber fest und haben schöne große Brustwarzen." Aurora atmete hörbar. „Darf ich dich auch hier ganz kurz berühren?" Sie strich mit der Fingerspitze über den flachen Bauch über die kleine Vertiefung des Bauchnabels bis zum Beginn des dunklen schmalen Haarbusches zwischen den Beinen Nadines. Nadine atmete schwerer. „Willst du wirklich?" „Ja, Nadine, bitte." Nadine schloss die Augen. Langsam strichen die Fingerspitzen Auroras durch das dunkle krause Schamhaar. Kreuz und quer erkundeten die Fingerspitzen das schmale dunkle Dreieck, dann wagte sie sich noch ein paar Zentimeter tiefer. Ihre Fingerspitze drückte sich in das krause Haar, bis sie die verborgene Falte spürte, mit der Fingerspitze kreisend sanft in die Falte fuhr, warme Feuchtigkeit spürte, den kleinen festen Punkt fühlte, ihn sanft drückte, mit dem Finger über die Schamlippe strich, was Nadine einen Seufzer entlockte, die Wärme und Form der anderen Schamlippe erkundete. „Wenn du ganz rasiert wärst, würde man bei dir die Schamlippen sehen können. Das sieht bestimmt voll erotisch aus. Mir gefällt sowas. Bei mir liegen die Schamlippen mehr innen, bei mir sieht man wirklich nur die Spalte." Dann ließ sie den Finger sanft und behutsam zwischen den feuchten Lippen in die Spalte gleiten. „Aurora, bitte nicht ...", stöhnte Nadine lauter. Sie zog ihren Finger wieder langsam zurück, liebkoste mit den Fingerspitzen noch einmal die Schamlippen, drückte ihren Handballen gegen die Spalte, wobei sie spürte, wie Nadine ihre Beine einen Hauch breit weiter öffnete, strich durch das Schamhaar und ließ die Hand darauf liegen.

„Ich wusste gar nicht mehr, wie sich Schamhaare anfühlen. Weich und doch so kraus und schön und irgendwie duftet es", hauchte Aurora. Sie schmiegte sich eng an Nadine, ließ die Hand auf deren Scham ruhen. Eine ganze Weile lagen sie so da, dann atmete Nadine gleichmäßiger und schlief ein.

Irgendwann in der Nacht erwachte Nadine und spürte, dass Aurora nicht mehr an ihrer Seite lag. Es war klar, sie würde Wache halten. Nadine hatte nicht das Gefühl, dass sie lange geschlafen hatte, aber ein Zeitgefühl hatte man nachts, wenn man sich nicht nach der Sonne richten konnte, gar nicht. Sich nach dem Lauf des Mondes zu richten war schwieriger. Sie setzte sich auf und sah einige Meter von ihr entfernt in der Dunkelheit nur schwach im Mondlicht erkennbar die Silhouette von Aurora. Sie stand mit dem Rücken zu ihr und schien auf das Meer zu blicken. Nadine erhob sich. Noch immer war auch sie nackt. Langsam ging sie auf Aurora zu. Der Sand unter ihren Füßen schob sich bei jedem Schritt zwischen ihre nackten Zehen. Er war warm und weich. Aurora hatte wirklich eine gute Figur, so wie sie da in der Dunkelheit nur hauchzart und schwach erkennbar im Mondlicht stand. In der Ferne rauschten wie in der Nacht zuvor in den Baumwipfeln entweder große Fledermäuse oder Flughunde mit ihrem gespenstischen Geschrei.
Sie ging weiter auf Aurora zu, wollte ihren Namen sagen, um sie nicht zu erschrecken, als sie inne hielt. Aurora stand immer noch mit dem Rücken zu ihr. Sie hatte beide Hände vor dem Körper, vermutlich eine Hand an einer Brust und die andere deutlich tiefer. Sie stöhnte leise. Nadine konnte erkennen, dass sich ihr Hintern immer wieder rhythmisch zusammenzog. Nadine wich einen Schritt zurück. „Sie ist mit sich selbst sexuell beschäftigt", wurde ihr klar und sie wollte auf gar keinen Fall stören.

Sie zögerte. Überlegte. Ihr Herz begann schneller zu schlagen. Fast glaubte sie, man könne es hören. Blitzartig fiel ihr ein, wie Aurora noch vor wenigen Stunden bat, ihren Körper berühren und streicheln zu dürfen. Auch an intimen Stellen. Aurora presste ein leise gehauchtes „Ahh!" in die Nacht. Nadine machte einen weiteren lautlosen Schritt zurück zum Lager, hielt inne, drehte sich noch einmal um, zögerte, hörte, wie Aurora ein weiteres leises „Nnnhh" in die Nacht hauchte. Sie holte leise Luft, tief Luft, und ging auf Aurora zu. „Aurora", sagte sie leise um sie nicht zu erschrecken. Sie kam ihr nahe, nahm sie von der Seite, etwas von hinten in den Arm, vermied aber, sich gegen den Hintern Auroras zu drücken wegen des Sonnenbrandes, legte ihr einen Arm um die Schulter und einen anderen auf ihre linke Brust.

„Du bist aufgewühlt, Aurora. Dein Körper verlangt nach dir?" Dabei streichelte sie ihr die Brust, umfuhr mit den Fingerspitzen die hart aufgerichtete Knospe ihrer großen Brustwarze, huschte kurz zur anderen Brust, um auch diese Knospe mit ihren Fingerspitzen zu liebkosen. Die andere Hand führte sie tiefer, spürte den kalten Metallknopf am Bauchnabel, strich tiefer, spürte den kalten kleinen Metallknopf an ihrer Vulva. Mit den Fingern fuhr sie langsam über die rasierte Scham Auroras und spürte die warme Glätte aber auch winzig kleine Stoppeln rund um die kleine schmale Spalte. Ihr Finger strich mit sehr sanftem Druck die Spalte nach unten entlang. Sie spürte heiße Feuchtigkeit.

„Ich weiß nicht, ob ich das kann, so dass es dir gefällt, hauchte sie in Auroras Ohr. „Aber ich kann es ja versuchen." Ihr Finger wurde etwas forscher. Aurora drehte ihr Gesicht in der Dunkelheit zu Nadines. Sie spürten ihren Atem, konnten sich in der Dunkelheit nicht wirklich in die Augen sehen. Aurora öffnete leicht den Mund. Ihre Lippen berührten sich. Es war wie ein winzig kleines elektrisches Prickeln. Nadine wich zurück mit den Lippen. Momente vergingen während Nadines Finger weiter vordrang. Ihre Lippen berührten sich erneut. Nadine spürte die Zungenspitze Auroras. Ihre Lippen lösten sich, ihre Zungen verloren jede Hemmung und fielen wild übereinander her.

Irgendwann tief in der Nacht schlichen sie eng umschlungen zum Lager, Nadine bettete die völlig erschöpfte Aurora auf das Lager aus ihren Klamotten und Blättern, setzte sich aufrecht daneben und hielt Wache.

Montag

Der neue Morgen startete mit mehreren Wolken am Himmel. Viele kleine weiße Wolken sammelten sich dort. Die Luft war kühl und frisch. Lange räkelten sich beide auf dem Lager, streckten ihre Gliedmaßen, gähnten fast ohne Unterbrechung. „Schlafe du jetzt, ich besorge uns Frühstück", sagte Aurora und machte dabei einen glücklichen und zufriedenen Gesichtsausdruck. In ihren Augen lag ein Glanz innerer Zufriedenheit. Nadine lehnte ab. Sie würde sich heute am Nachmittag ausruhen, wollte jetzt mit Aurora den Vormittag verbringen. Sie standen auf und gingen ein paar hundert Meter zum Fluss, tranken dort von dem hellbraunen, aufgewühlten Schlammwasser, um ihren ersten Durst zu stillen. Dass beide nackt waren, war zur Gewohnheit geworden und solange beide den Sonnenbrand an verschiedenen Stellen hatten, wollten sie ohnehin keine scheuernden Kleider tragen. Und nur im Slip oder Tanga herumzulaufen, erschien ihnen albern, solange sie mutterseelenallein waren. Aurora setzte sich kurz neben Nadine in die Hocke ins Gras, um zu pinkeln.

Dann rannten sie, Hand in Hand, nackt und unbeschwert bis zum Strand, rannten gegen die kleinen Wellen ins Wasser, ließen sich fallen, bespritzten sich mit Wasser, schwammen ein paar Meter und schritten erfrischt an Land.

Nadine griff ein wenig Sand. „Was hast du vor?", fragte Aurora, immer noch mit dem Glanz von Glück in den Augen. „Ich ertrage den Belag auf den Zähnen nicht", antwortete Nadine, nahm den Sand in den Mund und fuhr mit einem Finger kreuz und quer im Mund herum, um sich die Zähne blank zu scheuern. Aurora musste lachen und staunen und tat es ihr nach. Mit dem gen Meerwasser spülten sie ihren Mund aus.

Zurück am Lager machte sich Aurora auf, nur ein paar Meter in den dichten Wald hinein zu gehen um die kostbaren saftigen Früchte von Bäumen zu ernten, die aus ihrer Ferne zu erkennen waren und von denen sie schon gekostet hatten. Sie nahm den langen Bambusstab mit der abgebrochenen scharfkantigen Spitze mit. Damit wollte sie sich im Ernstfall gegen ein Raubtier oder eine Schlange verteidigen können. Nackt, nur mit ihren ausgewetzten Schuhen bekleidet, um im Urwald nicht in Schlangen, giftige Spinnen, Käfer oder Dornen zu treten, ging sie los.

Nadine überlegte, ob sie beginnen sollte, eine Feuerstelle zu bauen, wenngleich ihnen nicht klar war, woher sie Feuer nehmen sollten, aber zum Braten von Fleisch wäre es ein Vorteil gewesen, sollten sie je Fleisch erbeuten. Dann fiel ihr ein, dass sie heute so schnell wie möglich zurück wollten zum Camp und weg von dieser Insel. So blieb sie sitzen und hing ihren Gedanken nach. Nach einer ganzen Weile legte sie sich auf Kleider und Blätter und döste mit wachsamen Ohren vor sich hin.

Ein Fauchen ließ sie hochfahren. Aus dem Wald drang ein Fauchen. Geräusche von Wildtieren, einer Raubkatze oder Ähnlichem. Vielleicht auch von aggressiven Affen. Es klang schauderhaft. Schnell stand sie auf, wollte nach irgendetwas greifen, das als Waffe dienen konnte, fand jedoch nichts. Gebannt starrte sie auf den Wald, wusste nicht, aus welcher Richtung das Fauchen und raubtierhafte Schreien kam oder in welcher Richtung Aurora in den Urwald gegangen war. Sie zitterte, spürte Angst und Adrenalin ihren nackten, schutzlosen Körper durchdringen.

Sie hatte kein Zeitgefühl, da kam Aurora aus dem Dickicht hervor.

Die Welt kam ihr urplötzlich so fremd vor. Ihr, die sie die vornehmsten Häuser und Hotels gewohnt war, ihr hochmodernes Büro mit all dem technischen Schnickschnack. Ihr Ford Mustang und ihr Lamborghini. Nun stand sie splitternackt im Sand und ihr kam die ebenfalls nackte Frau Aurora mit einem Bambusstock in der Hand, das eine Bein etwas nach sich ziehend, aus dichtem satt grünen Urwalddickicht leichenblass entgegen.

Nadine packte Aurora und nahm sie fest in den Arm. Sie lösten sich, Nadine sah sich Aurora von oben bis unten an, um sicherzustellen, dass sie unversehrt war. „Was ist passiert?" – „Ich muss mich setzen." Sie setzte sich in den Sand, zischte kurz auf, da ihr immer noch der Hintern vom Sonnenbrand schmerzte, atmete tief durch.

„Ein Leopard! Ich dachte, das sei trotz der vielen Geräusche im Urwald Quatsch, hier gäbe es sicher gar keine Raubkatzen. Aber plötzlich sah ich ihn. Im Dickicht vor mir sitzen, niedergekauert. Ich sah nur furchtbar gelbe Augen und dass sein Schwanz immer hoch schlug. Er sah mich einfach nur an, bewegte sich sonst nicht. Es war grauenhaft, ich griff mit beiden Händen die Bambusstange, aber ich fühlte mich schon wie tot und bei lebendigem Leib auseinandergerissen. Die war riesig, die Raubkatze! Es ist furchtbar, so nackt und schutzlos dazustehen, es war grausam! Ich wagte kaum zu atmen, jeden Moment würde er mich anspringen und mit seinen fetten Pranken niederreißen und mich ..." – sie schluckte, Schweiß rann ihr aus allen Poren. Nadine hielt sie fest. „Ich hatte keine Ahnung, ob ich pissen musste, oder schreien sollte, wegrennen oder einfach sterben. Tot umfallen. Ich wollte nicht bei lebendigem Leibe gefressen werden, das stelle ich mir furchtbar grausam vor. Mir scheißegal, ob diese Bestie einfach nur Hunger hat!"

„Tja, Schätzchen, das sind die Regeln der rauen Natur. Fressen und gefressen werden. Überleg mal, wie wir Menschen in der weltweit gängigen Massentierhaltung mit den Tieren umgehen. Kennt der Mensch da Skrupel?"
Schätzchen! Sie hatte Aurora Schätzchen genannt, fuhr es ihr durch den Kopf. „Du lebst!" – „Ja, ich verstehe gar nichts mehr, ich stand einfach nur gelähmt da und wahrscheinlich lief mir auch schon aus Todesangst und Schockstarre Urin aus der Blase am Schenkel runter, als eine noch mächtigere ganz schwarze Bestie aus dem Unterholz schlug. Ein richtig schwarzer Panther, so etwas habe ich im Leben noch nicht gesehen! Er riss den Rachen auf, ich konnte seine gelben scharfen Zähne sehen! Aber er ging auf den Leoparden zu, fauchte ihn an, sie fauchten sich an und schlugen mit den Pranken aufeinander ein. Ich konnte immer noch nicht wegrennen, sie würden mich eh wie ein Hähnchen in zwei gleiche Hälften reißen, aber sie kämpften weiter, der schwarze Panther biss und schlug und fauchte und verletzte den Leoparden, bis dieser schließlich brüllend und blutend davon schlich schnell wie der Blitz. Der Panther stand da, leckte sich seine Pranken und blickte mich mit seinen hässlichen gelben Augen an. Schön, dachte ich, jetzt gehöre ich ihm und ich spürte nun echt Urin an meinen Beinen runterlaufen, es ist schrecklich, wenn man spürt, dass man stirbt. Da schnurrte er, zog die Nase hoch, als würde er wittern, senkte den Kopf – ich fasse es nicht, und war im gleichen Augenblick im Dickicht verschwunden. Ich lief rückwärts mich nach allen Seiten umsehend zurück, rannte, fiel hin, stand auf und – hier bin ich!"
„Bagheera!", flüsterte Nadine. „Was??" – „Bagheera", wiederholte Nadine. „Der schwarze Panther aus dem

„Dschungelbuch" von Rudyard Kipling. Eine erfundene Geschichte. Mir kommt das hier so langsam vor, wie eine Variante der Geschichte vom Dschungelbuch, nur mit zwei weiblichen Mowglis!"

Aurora weitete die Augen: „Ich kenne die lustige Geschichte, die bekam ich als Kind einmal vorgelesen und sah einmal einen Film darüber. Hey, wir sind hier in der echten Welt, ich wäre fast gefressen worden!"

„Ja, aber du lebst und ein schwarzer Panther hat dir definitiv das Leben gerettet. Naja, obwohl, vielleicht hat er auch nur sein Revier verteidigt und hatte im Moment schon gefressen und hebt sich das mit uns für später auf."
– „Toll, super!", raunte Aurora mit deutlich verzogenem Gesicht. Ihre Mine wurde ernst: „Du glaubst doch nicht im Ernst, dass uns hier ein schwarzer wilder Panther beisteht!" – „Ich glaube nur, dass über allem Leben ein gigantischer kosmischer Architekt steht, der auch mit den noch so kleinsten Details die Dinge hier auf der Erde plant, konstruiert und gestaltet. Mit Materialien, allen vier Elementen Feuer, Wasser, Luft und Erde, Naturgewalten, Menschen, Tieren, Pflanzen, bis hin zu winzig kleinen Teilchen wie Pilzen, Sporen, Bakterien, Viren, Amöben, Atomen oder Molekülen." – „Gott?" – „Vielleicht." - „Dann ist dein Gott, dieser komische Architekt aber mitunter ganz schön grausam, bei all dem was auf der Erde so passiert an Naturkatastrophen, Unfällen, Missbrauch, Mord, Terroranschlägen, Kriegen bis hin zum Reißen der Seilbrücke, bei der auch wir beide fast draufgegangen wären." „Ja, ich weiß, Aurora, immer fragen wir Menschen, warum Gott das zulässt. Aber sind es nicht meist die Menschen, die letztendlich Dinge zulassen?" – „Warum lässt dann Gott zu, dass Menschen so etwas zulassen?" – „Das kann ich dir nicht beantworten. Lass uns jetzt lieber hier verschwinden, bevor es sich Leopard und Panther anders überlegen. Wir fühlen uns hier

51

am Strand immer so sicher gegenüber dem Wald, aber wenn sich ein hungriges Raubtier mal hier postiert und geduldig wartet, bis wir uns im Meerwasser auflösen, von hinten vom Konkurrenten Hai gefressen werden oder doch an Land müssen, wird es spannend." – „Aber im Wald sind der Leopard und ein Panther. Wo sollen wir hin?" Nadine strich Aurora ihre Strähne aus dem Gesicht und meinte: „Vertrauen wir einfach dem Plan des Architekten, bis jetzt leben zumindest wir beide noch." Sie zogen ihre Kleider an, auch wenn die Jeans an Auroras Hintern genauso scheuerte wie die Bluse an Nadines Schultern und liefen los in Richtung Fluss.

Sie kamen nur mühsam voran. Während Aurora ihre Schuhe besaß, musste Nadine barfuß gehen. Der Weg führte über Geröll, Sand, Gras, Gestrüpp, Sträucher. Bei jedem Schritt galt es, darauf zu achten, nicht auf Schlangen, Dornen oder giftige Spinnen und Käfer zu treten. Immer wieder stieß sie ihre Zehen an Steinen oder Wurzelwucherungen in der Erde.

„Aurora", begann Nadine, „Aurora, ich – ich habe noch nie zuvor in meinem Leben mit einer Frau, ich meine, ich habe noch nie zuvor eine Frau geküsst oder mit ihr ..." – „Sex gehabt?", fragte Aurora forsch ohne sie anzublicken. „Und wie war es?", fragte sie weiter. Nadine wirkte verlegen: „Nun, neu, es war total neu und – schon auf eine Art aufregend." Aurora lächelte.
„Wer bist du, Aurora? Wo kommst du her? Wieso bist du auf dieser Reise?"
Aurora schwieg. Sie setzte sich auf einen Felsblock und blickte auf Farne, Gräser und nicht zu beschreibende pflanzliche Gewächse zu ihren Füßen.

„Aurora?", fragte Nadine erneut und sah, wie krampfhaft

diese auf ihrer Unterlippe herumkaute. „Aurora, sage mir, warum bist du auf dieser Reise? Wo kommst du her? Wer bist du? Du brauchst dich nicht zu verstecken, nur weil ich von Luxus und anderen tollen Dingen erzählt habe. Und, ich bitte dich, lüge mich nicht an. Ich vertraue dir."

„Ich", Aurora schniefte und zog die Nase hoch. Nadine bemerkte, dass Aurora Tränen in die Augen quollen. An der Wange lief eine Träne über ihr Gesicht, „ich wollte nur noch weg. Weit weg. Ich hatte kein Ziel. Ich wollte irgendwo hin, wo mich niemand kennt und wo mich niemand findet und wo mich niemand vermisst." – „Vermisst?" Der Tränenfluss brach. Aurora ließ schluchzend und weinend ihren Kopf auf die Knie fallen und weinte bitterlich. Nadine kniete daneben, drückte Aurora fest, küsste ihr an der Wange Tränen weg und hielt sie fest. „Liebes, hör mir zu: Wir beide haben mehrere Katastrophen hier überlebt, die Seilbrücke, die Felswand, den Leopard, Hitze, Hunger und Durst. Vielleicht sind wir sehr unterschiedlich, aber uns trennt hier nichts! Wir haben uns geküsst, berührt, geliebt. Stimmt hier etwas nicht?"
Verneinend schüttelte Aurora den Kopf ohne aufzusehen. Immer wieder zog sie die Nase hoch, bitterlich weinend. Nadine zerrte an ihrem Shirt und riss ein Stück Stoff heraus. Sie reichte es Aurora: „Hier, schnäuze dich." Aurora putzte sich die Nase und ließ das Stoffstück fallen.

„Ich wollte mich umbringen." Nadine schluckte. Sie wurde schlagartig blass. Sie spürte die Schmerzen in ihrem Magen.
„Umbringen? Liebes, Aurora, man fliegt doch nicht in Urlaub, um sich umzubringen?!" – „Urlaub? Ist das Urlaub? Im Urwald rumstreunen, übernachten, wandern und rundherum nichts als Wildnis? Ich wollte so weit weg wie

möglich, mich irgendwo in einer Wildnis in eine Schlucht stürzen, wo mich niemals jemand findet. Damit ich einfach weg bin!" Nadine wurde immer blasser. Sie schluckte. Ihr Mund war trocken, ihre Kehle zugeschnürt. „In eine Schlucht stürzen? Mädchen, du hingst an glatter Felswand in unglaublicher Höhe! Du brauchtest dich nicht zu stürzen, du wurdest gestürzt! Warum hast du dich festgekrallt? Warum ließest du dich dann nicht einfach fallen?" – „Der Schock! Ich erfasste ja gar nicht, was geschehen war." – „Aber du hast es schnell realisiert. Du hättest doch nur loszulassen brauchen! Fertig, aus! Abgestürzt! Du mit Absicht, alle anderen ohne Absicht." Aurora weinte immer heftiger. Nadine hatte losgelassen, ihre Hände und Arme waren schweißgebadet. „Du bist doch gesprungen! Aber nicht in den Tod, sondern ins nach Möglichkeit rettende Wasser! Ich verstehe das alles nicht. Warum hast du da nicht einfach Schluss gemacht? Du hattest alle Gelegenheit! Und niemand hätte je einen Suizid bei dir in Erwägung gezogen. Stimmt, du wolltest anonym Schluss machen. Hier hätten sie dich wahrscheinlich zusammen mit den anderen Toten geborgen und deine Angehörigen verständigt. Ist es das, warum du nicht Schluss gemacht hast, oder hast du es dir anders überlegt?"

„Ich wollte nicht, dass <u>du</u> stirbst! Ich hatte keine Ahnung, wer da über mir hängt und mich in Todesangst ständig mit den Füßen tritt, aber ich hörte die Hilfe- und Todesschreie und wusste, dass hier viele starben und wollte nicht, dass der Mensch über mir auch noch stirbt! Ich war diejenige die sterben wollte!"

Nadine wischte sich selbst Tränen aus den Augen. Was war das für ein Schicksal? Was hatte sich dieser großartige, kosmische Architekt im Universum, von dem sie sprach, dabei gedacht? Was plante und konstruierte er hier? Eine blutjunge Frau geht in den Urwald, um zu sterben. Viele andere sterben an ihrer Stelle und die, die sterben wollte, überlebt. Zusammen mit ihr. Dann die Zärtlichkeiten. Sie, Nadine, die nie etwas mit einer Frau im Sinn hatte. Sie war selbst sehr verstört darüber was hier geschah und was sie zuließ. Eine junge, lesbische Frau weinte bitterlich vor ihren Augen, wollte sterben und hatte innerhalb von zwei Tagen schon vielfach überlebt. „Nein", schoss es ihr widersinnig durch den Kopf, „ich kann mir einfach nicht vorstellen, dass es mir bestimmt ist, künftig an der Seite einer Frau zu leben. Und doch spürte sie von Anbeginn an, als sie zusammen an der Felswand klebten, eine unbeschreibliche Zuneigung für diese fremde Frau.

„Und wie endet das hier, falls Hilfe naht? Ich lasse mich finden und du nicht? Glaubst du, ich lasse dich hier zurück? Niemals! Ich glaube noch nicht einmal, wenn du den ausdrücklichen Wunsch oder Befehl hegst, mich gerettet zu sehen und dich dann umzubringen!" – „Nein!", schrie Aurora laut und aggressiv heraus. „Ich will nicht mehr sterben, ich verstehe gar nichts mehr, ich werde verrückt im Kopf! Wieso sind so viele andere gestorben? Wegen mir?" – „Fang bloß nicht an, dir das einzureden, meine Liebe! Du hättest auch so springen können. Es kam einfach so. Lass uns nicht grübeln. Es geht um unser Überleben. Jetzt wollen wir beide einfach nur noch überleben und nicht von Riesenschlangen verschluckt, vom Leoparden gerissen werden oder an Malaria oder irgendwelchen Parasiten im Körper verrecken! Ich brauche dich! Und du brauchst mich! Basta!" Mit gesenktem Haupt sah Aurora zu Nadine. „Komm', hoch mit dir", sagte Nadine, während sie Aurora hochzog und an sich drückte. Noch eine Weile standen sie da, eng umschlungen, Nadine hielt Aurora fest, so fest und zärtlich wie sie nur konnte. Aurora weinte. Zwischen ihren Füßen schlich eine Schlange durch das hohe Gras und verschwand mit züngelnder Zunge.

„Ich lebe auf der Straße", begann Aurora kompromisslos. „Ich wohne, wie man so schön sagt, unter der Brücke, schlafe mal hier, mal dort. Wohne mal bei dem einen Freund oder Bekannten, mal bei einem anderen. Hause gelegentlich in einer WG oder wieder unter freiem Himmel, eben unter der Brücke. Ich bin von zuhause ausgerissen. Ich hielt es einfach nicht mehr aus. Mein Vater war ständig arbeitslos, war unzufrieden, brüllte viel herum. Meine Mutter hatte zumindest eine Stelle als Putzfrau, aber das fand mein Vater so abwertend, dabei brachte er noch viel weniger zustande! Ich fand Putzfrauen immer wichtig. Egal wo ich hauste oder wohnte, hatte ich immer einen ausgeprägten Ordnungssinn, räumte auf oder wollte es halbwegs sauber haben. Was bei den Verhältnissen, in denen ich lebe, so gut wie sinnlos ist.

Meine Eltern stritten nur noch und ich denke, irgendwann hatte es meine Mutter satt, im Bett immer nur noch funktionieren zu müssen und obwohl ich es nicht sicher weiß, versagte sie sich ihm vermutlich eben dauerhaft im Bett, was ihn noch frustrierter und aggressiver machte. Eines Morgens kam er einfach in mein Zimmer geplatzt und wollte, dass ich ihm Frühstück mache. Da hat er mich mit meinem Freund zusammen im Bett erwischt. Er rastete aus, und warf meinen Freund aus dem Haus. Er warf ihm die Klamotten nur noch hinterher. Wie peinlich! Mein Freund musste sich im Treppenhaus ankleiden. Durch das Geschrei meines Vaters glotzten natürlich viele Menschen aus ihren Haustüren und sahen meinen Freund nackt im Treppenhaus stehen und seine Klamotten zusammensuchen. Ich heulte nur noch und schrie auch mit meinem Vater. Ich brüllte ihn an, er sei nur eifersüchtig, weil mein Freund eine hat, die mit ihm schläft, aber das machte ihn nur noch rasender. Er schlug die Türe zu und schrie nur noch, wehe, ich würde ihm kein vernünftiges Frühstück bringen. Es war so scheiße und peinlich. In dieser Nacht hatte ich zum allerersten Mal mit meinem Freund geschlafen. Überhaupt zum ersten Mal mit einem Jungen. Er hatte mich entjungfert! Und dann das! Ich packte meine notwendigsten Sachen und riss aus, schlug mich bei Freunden in der Obdachlosenszene durch. Mein Freund wollte nichts mehr mit mir zu tun haben. Zweimal hatten sie mich geschnappt, einmal zurückgebracht, das ging gar nicht gut, da hatte mich mein Vater sogar geschlagen und meine Mutter war bereits ausgezogen und einmal hatten sie mich in ein Heim gesteckt, da bin ich auch ausgerissen." - „Wann war das?", unterbrach sie Nadine. Aurora hatte sich wieder gesetzt und starrte auf den Boden. „ Zwei Tage nach meinem 13.ten Geburtstag." - „Waaaas?", entfuhr es Nadine deutlich laut, „da warst du ja fast noch ein Kind! Wie alt war dein Freund?" - „Er war 21." Nadine war geschockt: „Umso schlimmer! Er hätte dich in dem Alter doch nicht einfach ..."

„Was hätte ich denn tun sollen?", fragte Aurora. „Er hat mich überredet. Unsere Beziehung könne nur funktionieren und sich aufbauen, wenn wir als Zündfunke miteinander schlafen. Das sei Voraussetzung für eine gute Beziehung!" - „Und wie war es? Dein erstes Mal?", fragte Nadine gefühllos und mechanisch kalt. „Kurz und schmerzhaft", fügte Aurora als Antwort hinzu. „Tja und später haben sie mich noch einmal in ein Erziehungscamp für schwer erziehbare Teenager gesteckt, aber auch da bin ich ausgerissen und dann aber gekonnt untergetaucht, so dass sie mich nicht mehr fanden! Von der Schule war ich natürlich auch geflogen. Ich war zu dumm und zu faul. Außerdem immer gereizt und frech. Auch auf einer Sonderschule bissen sich die Lehrkräfte die Zähne an mir aus."

„Woher hattest du das Geld für diese Reise hierher? Die ist doch nicht billig!" - „Zusammengeklaut, hier und da ge-

liehen. Und einfach ein paar Mal Sex für Geld." Nadine schüttelte blass den Kopf. „Auch das noch? Du hast dich prostituiert?" - „Nein, nicht wirklich. Also nicht so richtig, so offiziell. Nur für gute Freunde." Nadine konnte es nicht fassen. „Für gute Freunde? Was um Himmels willen sind denn das für Freunde, die so etwas tun? Das ist ja widerlich!" - „Das fand ich nicht", entgegnete Aurora. Das war das Einzige, was ich gut konnte. Ich hatte echt viele Jungs im Bett oder sie an allen möglichen und unmöglichen Orten sexuell befriedigt. Auch mal ältere Männer. Das konnte ich echt gut und das machte die Jungs oder Männer zufrieden und glücklich. Sie mochten mich gern."
„Denkst du, du armes kleines, naives Ding!", dachte Nadine angewidert. „Natürlich hatte ich mich auch immer wieder verliebt in den einen oder anderen Jungen. Ich mochte ihn, seine Art und auch seinen Körper. Und ich hatte auch seinen Pimmel, seinen Schwanz geliebt und bewundert. Das mögen die Jungs ja besonders. Und ich fand es jedes Mal aufs Neue aufregend, zu sehen und zu erleben, wie unterschiedlich die Jungen reagieren, wenn sie erregt sind." Sie kicherte leise. „Wie sich ihre Hosen ausbeulen, wie man erkennt, dass ihr Verstand zu schwinden droht, je steifer ihr Ding in der Hose wird. Und wie unterschiedlich die dann auch sind, ihre Penisse." Sie sagte dieses Wort bewusst hoch formell mit einem bestimmten Tonfall. „ Wie sie aussehen, riechen oder sich anfühlen oder wie sie schmecken und wie die Jungs reagieren, wenn man all die Dinge an ihnen macht. Aber nach ein oder ein paar Mal schlafen oder befriedigen, waren sie immer wieder verschwunden. Da begann ich, kalt zu werden und Geld dafür zu verlangen. Das funktionierte besser."
Nadine war verwirrt. „Moment mal! Was du mir so alles erzählst, jetzt verstehe ich nicht. Dann bist du gar nicht....?" - „Lesbisch?", kam ihr Aurora zuvor. Sie lachte

kurz herb auf. „Nein, ich hatte noch überhaupt nie etwas mit einem Mädchen oder einer Frau. Ich fliege total auf Jungs und ihre Körper. Keine Ahnung, warum ich dich berührte, oder warum wie beide .... keine Ahnung, echt. Vielleicht war es Verzweiflung, oder Frust oder Neugier? Irgendetwas an dir zog mich an. Dein Körper, ich wollte ihn nicht nur sehen, sondern kennen lernen. Nicht nur dich. Auch deinen Körper. Sorry." - „Kein Problem, ich war ja mit dabei. Habe ich dir ja gesagt. Es ist einfach geschehen zwischen uns. Lassen wir es doch so stehen."

„Tja", fuhr Aurora fort, „ich habe versucht, etwas aus mir zu machen, mit Piercings, einer sauberen Frisur, aber es brachte nichts. Ich fand keinen Freund, der mich aufnahm, keine Arbeit, die finanziellen Schulden und das massive Drängen der anderen, das Geld endlich zurückzubekommen, raubten mir den Verstand. Immer häufiger schloss ich den Kompromiss, die Schulden durch sexuelle Dienste zu begleichen, aber wenn es in die Tausende geht, wird das echt schwierig. Außerdem war mir längst klar, dass ich nur noch eine kleine, dumme, geile Schlampe war. Ohne Schulbildung, ohne Zukunft. Irgendwann würde ich alt werden und sexuell uninteressant und würde auf diese Weise nie wieder Schulden begleichen können. Und so mein Leben zu verbringen, bis ich alt, zahnlos und verschrumpelt in einem Altersheim vor mich hinvegetiere, widerte mich an und machte mir Angst. Da beschloss ich, auszusteigen und Schluss zu machen. Aber nicht, ohne nochmal richtig reinzulangen, Kohle zu stehlen, auszuleihen, im Versprechen, zurückzubezahlen oder sexuell abzuarbeiten und dann weg zu sein. Für immer. Ohne Leiche, ohne Grab, auf das andere im Zorn spucken konnten."

Nadine saß da und ihr fehlten die Worte. Sie lebte im Reichtum, hatte eine Villa, verkehrte nur in vornehmen Kreisen, fuhr einen Ford Mustang, der ihrem inneren Verlangen nach Abenteuer und Wildheit entsprechen sollte und hatte einen mattschwarzen Lamborghini günstig erstanden, der noch wenig gefahren wurde von ihr und nur herum stand. Sie hatte die Kultur der wilden, primitiven Korowai in Papua-Neuguinea kennen und eigentlich sogar lieben gelernt. Und dann Aurora. Ein Schicksal aus der sogenannten Gosse, aus dem Obdachlosenleben. Wie oft war sie gedankenlos an herumlungernden Bettlern und Obdachlosen, in kleinen Gruppen alkoholisiert zusammenstehender Teenagergruppen in schwarzen Klamotten, die allem Anschein nach obdachlos waren, vorbeigeschlendert in den Städten dieser Welt. Von einem Termin ihres Architektendaseins in gehobenen Kreisen zum nächsten oder nur von einem Edelcafé zum nächsten.

Dann nahm sie ihre Umwelt wieder war. Wie Aurora da vor ihr saß, in ein zerrissenes Shirt gekleidet, das ihre linke Brust entblößte, geschunden, mit Wundmalen und Blutergüssen übersät, dunklen Augenringen von viel zu wenig Schlaf und mangelhafter Ernährung, die Augen vom vielen Weinen stark gerötet. Die Beine zerkratzt und ebenfalls mit Flecken übersät.

Vögel surrten, pfiffen und schnatterten in der Luft und in den Bäumen. Affen kreischten in Bäumen. Die Sonne brannte trotz kleiner Wolken unermüdlich auf sie beide herab. In der Ferne hörte man immer wieder ein seltsames Rumpeln, das einem Donnern gleichkam.

„Aurora", begann Nadine, „bitte versprich mir: Tu dir nichts mehr an. Wenn wir das hier überstanden haben und zurück sind, helfe ich dir. Du kannst bei mir wohnen, du kannst aus drei komfortablen Badezimmern wählen und dir eines von drei großzügigen Schlafzimmern aussuchen. Ich schenke dir den Lamborghini, den ich eigentlich gar nicht brauche, ich besorge dir Arbeit und begleiche deine Schulden."

Verneinend schüttelte Aurora den Kopf. „Nein, ich will nicht dein Mitleid, ich passe absolut nicht in dein Leben. Mit mir kannst du dich nicht zeigen. Aber wenn ich wenigstens bei dir wohnen kann, bis ich ..." - „Aurora, Schatz, ja, unbedingt, bis du selbst Fuß gefasst hast. Du hast mir nicht zugehört. Ich verschaffe dir Arbeit, du kannst arbeiten und Geld verdienen und neu anfangen. Ohne dich an der Felswand, als du mir geholfen hast, nicht loszulassen und mit mir in die Tiefe geklettert bist, in den Abgrund gesprungen, durch den reißenden Fluss, ohne das alles wäre ich längst tot. Du hast mir das Leben gerettet. Bitte lasse mich das begleichen und dir das Leben zuhause retten!" - „Lass mich einfach bei dir wohnen, eine Weile, okay?" - „Ja, Aurora, so lange wie du möchtest!"

Dann standen sie auf, Aurora griff die Kokosnusshälfte, die sie mitführten, um Wasser schöpfen oder sie als Waffe einsetzen zu können. Darin fanden sich noch Kokosnussschalenteile, die recht scharfkantig und spitz waren, was ebenfalls in der Not als Waffe gedacht war. Sie wanderten weiter flussaufwärts und versuchten sich zu erinnern, aus welcher Richtung sie gekommen waren, um zum Ausgangspunkt, der Seilbrücke zu gelangen und von dort zurück zum Camp.

„Aurora, falls wir zurückfinden, falls wir zum Unglücksort gelangen, müssen wir mit allem rechnen. Entweder sie waren da und haben Verletzte, Überlebende und Leichen geborgen oder es war noch niemand da und wir begegnen den Leichen. Das wird dann kein leichter Anblick werden.

Bestimmt nicht schön, wenn Leichen in der Wildnis in praller Sonne verwesen und sich Käfer, Wildtiere, Geier und anderes Getier daran zu schaffen machen."

Immer dichter wurden Wuchs und Bäume, immer grüner und dichter die Vegetation um sie herum. Der Wald begann sich über ihnen zu schließen. Die Sonne verschwand hinter einem Dach aus verschiedensten Grüntönen in Blättern und leuchtete goldgrün hindurch. Vögel schnatterten und piepsten hier noch viel aufgeregter und vielfältiger. Seltsame Pflanzen, mit sattgrünen Blättern, wie Kelche angeordnet, die in ihren Blätterkelchen lange leuchtend rote Stängel hatten, die lebendig hin und her schlängelten. Inmitten unzähliger Farne und hüfthoher Gräser kamen sie durch ein Feld margaritenähnlicher Blumen, deren weiße Blütenblätter immerzu hektisch flirrten, ohne dass ein Windhauch wehte. Auf einem Baum entdeckten sie ein Chamäleon in schimmernder türkisfarbener schuppiger Haut, das ruhend dort saß und seine hypnotisch wirkenden Augen im Kreis rollte. Ein smaragdgrüner , meterlanger Waran, der seine lange Zunge pausenlos in die Luft schnellen ließ, schlich schwerfällig vor ihnen über einen umgestürzten Baum. Irgendwo lachte ein Affe höhnisch weit über ihnen. Gespannt hielten sie Ausschau nach Schlangen, achteten auf jeden Schritt, Nadine hielt den Bambusstab griffbereit mit der scharkantigen Spitze nach unten gerichtet und hielt in der anderen Hand ihre Short, die sie ausgezogen hatte, um auch mit dieser besser nach Schlangen schlagen oder ihnen die Hose überwerfen zu können. Auch Aurora hatte aus demselben Grund ihre Hose abgelegt und lief in ihrem winzigen String, mit den Fetzen des T-Shirts bekleidet, voraus, da sie Schuhe trug und war bereit, mit ihrer Jeans nach Schlangen zu schlagen. Ständig schlugen sie mit ihren Hosen an ihren Körpern herum, um Insekten zu verjagen, die in großen Scharen um sie herum schwirrten, summten und sie stachen. Auch beachtlich große Ameisen, die ihnen ständig an den Beinen empor krabbelten, ekelten sie und wurden mit schlagenden Bewegungen, die sie mit ihren Hosen machten, abgestreift. Das vielfältige Grün um sie herum wurde dunkler, das Blätterdach dichter, die Luft schwüler und heißer, die Umgebung unheimlicher und unwirklicher.

Da blieb Aurora abrupt stehen und stieß einen kurzen Stöhnlaut aus. „Da!" Nadine konnte nichts entdecken. „Da, direkt vor uns", flüsterte Aurora und Nadine blickte auf, von Auroras nacktem Hintern, dessen Hälften getrennt wurden durch das schmale Bändchen des Stringtangas und auf dem sich immer mehr die Haut schälte vom Sonnenbrand, hinein in das grüne Dickicht aus moosbewachsenen Baumstämmen, riesengroßen Farnen, Blättern und Pflanzen. Dann entdeckte sie, was Aurora sah. Ein paar Meter vor ihnen lag ein riesengroßes Gebilde zwischen all dem Wildwuchs. Es wirkte wie gewundene Baumstämme mit einem extrem seltsamen Muster auf der Rinde. „Ist das...?", flüsterte Aurora, „ist das eine Schlange??" -„Scheiße, das ist eine Schlange! Und was für eine! Meterlang, das ist ja ein Monster! Die ist ja dicker als mein Oberschenkel!" - „Was jetzt?", hauchte Aurora. „Zurück? Rechts oder links vorbei? Da wird das Dickicht so dicht, da kommen wir ohne Machete überhaupt nicht mehr durch." Plötzlich regte sich die monströse Masse, das Muster drehte sich leicht, es entstand ein unwirkliches, schleifendes Geräusch. Panik erfasste die beiden Frauen. „Wenn die sich in Bewegung setzt, haben wir keine Chance zu entkommen. Die verschlingt zumindest mal eine von uns und würgt zeitgleich die nächste mit ihrem mächtigen, fetten Leib bewusstlos.

64

Ich getraue mich gar nicht mehr, mich zu bewegen.", sagte Nadine mit trockener Kehle fast unhörbar leise.

„Unser Bambusspeer ist nicht mehr als ein Zahnstocher für dieses Riesenmonster. Ich kann den Kopf gar nirgends entdecken! Furchtbar, hoffentlich stehen wir nicht fast schon drauf." Aurora wurde schlecht, sie hielt sich an Nadine fest. Schweiß rann ihnen in Bächen aus allen Poren. „Glaubst du, sie riecht uns?" - „Sicher, Aurora, ich denke schon." Da raschelte es seitlich im Dickicht und sie sahen nichts weiter, als zwei dunkel gelbe Augen mit schwarzen kleinen Pupillen, die sich zusammen mit einer Schnauze aus dem dichten Wuchs drückten. Ein Panther! Ein schwarzer Panther. *Der* schwarze Panther? Fast geräuschlos schob er weiter seinen dunklen schwarzen mächtigen Kopf durch die Blätter, nur wenige Meter von ihnen entfernt, hob leicht sein Haupt und nahm irgendeine Witterung auf.

„Er braucht uns nicht zu sehen, er blickt gar nicht her, er wittert uns", stotterte Aurora. „Hoffentlich ist er wieder satt. Egal, ich sterbe. Ich kann nicht mehr, ich halte das nicht aus. Meine Füße geben nach." - „Bleib stehen, meine Kleine, ich liebe dich", brach es fast lautlos aus Nadine heraus und sie wunderte sich, was sie da flüsterte. Sie war nicht Herr ihrer Worte. „Ich liebe dich", hauchte sie noch einmal. „Noch leben wir und atmen." Doch Aurora atmete nicht mehr. Ohne zu atmen wartete sie ab. Da schlich der Panther weiter. Geräuschlos, sachte und so geschmeidig, dass sich die Blätter, Pflanzen und Farne, die über seinen Leib streiften, fast nicht bewegten. Mit gesengtem Haupt schlich er an ihnen vorüber, verschwand immer wieder für Sekunden aus ihrem Blick, tauchte wieder auf, manchmal der Kopf, oder der Rücken, für Sekunden nur der Schwanz. Immer wieder verschmolz er trotz seiner auffälligen schwarzen Farbe mit den vielen Grün- und Braun- tönen der dichten Wildnis. Da tauchte er links vor ihnen wieder auf, kehrte ihnen den Rücken zu und erklomm lautlos und behende einen schräg liegenden, extrem langen Baumstamm, der über und über moosbewachsen war, schlich flach an den Baumstamm gepresst schleichend den Stamm entlang von ihnen weg.

„Ihm nach", hauchte Aurora. „Spinnst du? Da vorne liegt ein Monster im Dickicht und wer weiß, was der Panther vorhat!", flüsterte Nadine in Auroras Ohr.
„Der Panther umgeht die Riesenschlange über den Baumstamm", flüsterte Aurora kaum hörbar, „da spürt sie die Vibrationen seiner Schritte nicht so, als wenn er auf dem Boden an ihr vorbei wollte." Sie setzte sich so geräusch- und lautlos wie möglich in Bewegung, dem Panther folgend, nahm ihre Jeans in den Mund und ergriff, die Kokosnusshälften haltend, dennoch mit beiden Händen den Stamm und kroch auf allen Vieren auf ihm entlang, immer wieder die Luft anhaltend und nach der gewaltigen Masse schielend, die sich immer wieder durch ein schiebendes, schleifendes Geräusch für Momente bewegte. Nadine, die den Bambusspeer und ihre Short krampfhaft in der einen Hand hielt, kroch dicht hinter Aurora her, die großen, pechschwarzen Ameisen an ihren Beinen und an ihrem fast nackten Leib schmerzlich ignorierend. Auch dicht vor ihr nahm sie auf, dass diese Monsterameisen an Auroras Beinen krabbelten, über ihren aus Hautfetzen bestehenden Hintern unter ihr Shirt krabbelten.

Der Panther war geschmeidig auf einen weiteren umherliegenden Baumstamm gesprungen, wurde schneller und war im Unterholz und grünen Dickicht verschwunden. Aurora sah hinter sich nach der schlangenartigen Masse. Erhob sich leicht mit zittrigen Händen. Schweiß brannte in ihren Augen, die Insektenstiche juckten und die Ameisen in allen Ritzen ihres Leibes ekelten sie furchtbar an.

Sie sprang auf den anderen Baum, wurde schneller, zog Nadine an der Hand hinter sich her. Immer schneller werdend, rannten sie durch das immer dichter werdende Blättergewirr. Sie schrien auf, als scharfkantige Blätter ihnen Arme und Beine aufschnitten, Aurora spuckte eine Ameise aus, die ihr in den hechelnden Mund und Rachen geraten war. Sie würgte und musste sich fast übergeben. Mit den Händen in die Blätter vor ihnen schlagend, damit ihre Gesichter nach Möglichkeit unversehrt blieben, drückten sie sich immer schneller durch die Masse aus Gewächsen, stolperten, fielen hin, standen auf, rannten weiter. Nadine schrie mehrfach auf, sie hatte keine Ahnung, in was sie barfuß getreten war, was ihr Stiche und Schmerzen zufügte. Das Grün wurde heller, das Dickicht ließ nach.

Stöhnend brachen sie aus der Wand von Wildnis heraus und fielen schwer atmend und keuchend auf eine weite große Wiese, die mit Felsbrocken, Steinen und Geröll durchsetzt war. Panisch krochen sie auf allen Vieren weiter, erhoben sich, blickten zurück, zu groß war die Angst vor der Monsterschlange, sie rannten, Aurora hielt sich ihre schmerzende Seite, schrie vor Schmerzen auf und rannte weiter bis zu einem Felsplateau weit vom Dickicht entfernt. Nadine ließ sich neben ihr in Gras fallen, stöhnte, strich sich hektisch alle Ameisen vom Leib. Sie stand auf, riss sich die Reste von der Bluse vom Leib, stieg rasend schnell aus ihrem Slip und strich sich auch aus Schamhaaren zwischen den Beinen Ameisen ab und schüttelte wild kopfüber ihre Haare um die Biester loszuwerden. Auch Aurora hatte ihr zerrissenes Shirt abgelegt und fegte die krabbelnden, beißenden Plagegeister von ihrem Leib, der brannte, als läge sie in Feuer. Instinktiv folgten sie nackt, Aurora hatte ebenfalls ihren String abgelegt um wirklich in allen Ritzen Ameisen los zu werden, dem Geräusch des nahe liegenden Flusses, stiegen wie mechanisch Felsgestein hinab, kletterten gierig dem schnell strömenden und rauschenden Wasser entgegen und sprangen in eine Felsnische, gegen die das rauschende Flusswasser klatschte und die vom Flusswasser durchspült wurde. Im offenen Fluss hätte sie die Geschwindigkeit erneut fortgerissen, in der Felsnische drückte sich das Wasser hindurch und schoss, sich wieder mit dem Fluss vereinigend, weiter. Sie tauchten unter, schüttelten sich und blieben für fast endlos erscheinende Momente in der Felsnische im kalten, klaren sprudelnden und an ihren Körpern entlang strömenden Wasser sitzen, tranken lechzend und gierig davon, schluckten, husteten, rieben sich ihre Körper auch gegenseitig unter Wasser ab und warteten, bis das Brennen und Jucken nachließ. Die Schmerzen der durch Blätter aufgeschnittenen Arme und Beine ließ sie die Zähne zusammen beißen.

Irgendwann stiegen sie erschöpft, sich an die nassen Felsen klammernd, heraus, kletterten wieder auf die Anhöhe, liefen vorsichtig durch das hier flache Gras, sammelten ihre Kleider und Gegenstände zusammen und setzten sich auf ihre ausgebreiteten Hosen und Kleiderfetzen, da der steinige Untergrund zu heiß war, um mit nackter Haut darauf zu sitzen. Ins Gras wollten sie sich nicht setzen aus Angst vor weiteren beißenden Ameisen und stechenden Insekten. Hier ging ein leichter Wind. Kleine Wolken standen am ansonsten tiefblauen Himmel. Die Sonne brannte. Wie Schnee blies der laue Windhauch Millionen kleiner weißer Blütenblätter in die Luft, es flimmerte und tanzte um ihre Körper herum, all die winzigen weißen Blütenblättchen blieben an ihren nassen nackten Körpern hängen und kleben. Sie strichen und fuhren lachend mit den Händen und Armen durch die heiße Luft, um nach den pflanzlichen "Schneeflocken" zu greifen, Millionen von umherfliegenden Blütenblättchen kitzelten an ihren Körpern, hingen in den Haaren und ließen sie immer wieder blinzeln. Bunte kleine Vögel, glänzend regenbogenfarbig, zischten durch dieses schneeweiße, lautlose Naturschauspiel.

Keine Spur vom schwarzen Panther. Er war verschwunden.

Aurora bewunderte die vielen kleinen bunten Vögel, die zwitschernd und pfeifend umherschwirrten oder auf den Ästen der Bäume saßen. Sie betrachtete die vielen bunten Blumen, die wie fette Kissen die Wiesen hier überwuchsen. Sie beugte sich und strich mit den Händen über die weichen Blüten, hier leuchtend gelb, da feuerrot und dort dunkelblau. Blütenstaub wirbelte auf. Weich fühlten sich die Blütenteppiche an ihren Handflächen an. Sie atmete tief durch. Erschrak, als dicht über ihr flügelschlagend etwas großes Buntes hinwegschlug und sich dicht vor ihr auf einem Ast niederließ. Ein bunt gefiederter Papagei saß dort, ordnete sein Gefieder, sein gebogener Schnabel gab ein ständiges „knt-knt-knt" von sich. Er bewegte seinen Kopf hin und her, legte ihn zur Seite, seine dunklen Augen blinzelten und rollten hin und her. Er betrachtete Aurora. Sie sah ihn an. „Schau, Nadine, ein Papagei!", freute sich Aurora und näherte sich vorsichtig langsam dem exotischen Vogel. „Nadine", sagte Aurora langsam und deutlich, es immer wieder wiederholend. „N-a-d-i-n-e." Der Papagei drehte seinen Kopf zur Seite und beäugte die Stelle, aus der die Stimme kam. „Knt-knt-knt", klapperte sein Schnabel. Dann kam aus seinem geöffneten Schnabel ein „arrho-arrho". „Hey, cool", lachte Aurora, „Nadine kann er nicht" und sie wiederholte mehrfach ihren eigenen Namen: „A-u-r-o-r-a. Aurora. A-u-r-o-r-a." Wobei sie die Buchstaben "r" deutlich mit der Zunge rollte. Der Papagei plusterte kurz seine Flügel auf, legte sie wieder sorgsam an seinen Leib und krächzte: „Rorrha-Rorrha!" Aurora musste lachen. „Er kann meinen Namen!" Doch genau so plötzlich wie er gekommen war, erhob sich der bunte Vogel und flog davon.

Aurora sah sich die Bäume an, die hier nicht sehr hoch waren, betrachtete die unterschiedlichen Früchte, die einen einer Mango gleichend, andere in dunkelrot, blau schimmernder Farbe, einer Ananas ähnelnd, vielleicht Drachenfrüchte. Sie griff hier nach einer Frucht, pflückte dort eine andere, biss die bitteren Schalen auf und schlug ihre Zähne gierig in das saftige Fruchtfleisch. Der Saft lief an ihren Mundwinkeln ab und tropfte von ihren Armen. Sie verschlang eine Frucht nach der anderen, als ein grauer Affe vor ihr wie ein Klotz auf den Boden fiel. Er rollte sich ab, sein langer grauer Schwanz wedelte in der Luft. Auf allen Vieren stehend blickte er Aurora aus tiefschwarzen kugelrunden Augen an, schob seine Oberlippen weit über den Kiefer und zeigte bleckend kleine messerscharfe spitze Zähne, wand sich ab, suchte zwischen Blumen und Gräsern mit seinen Fingern herum, hielt eine Art Nuss in seinen Händen, knabberte daran herum und schwang sich schnell an einem Ast hinauf in die Bäume. Aurora bemerkte die kleinen Nüsse in Gras und an den Bäumen, hob mehrere auf, knabberte die Schale weg und genoss auch diese Früchte aus dem reichhaltigen Angebot dieses Dschungelparadieses. Sie rülpste laut und unerschrocken, als sie sich wieder große saftige Brocken der Drachenfrucht in den Rachen gestopft hatte.

Nadine saß auf einem Felsstein, die Beine weit gespreizt und aufgestellt, den Oberkörper nach hinten gelehnt auf die Ellbogen und Unterarme abgestützt. Sie starrte gedankenverloren in den Himmel. „Ist das nicht echt schräg, Aurora? Wir schlagen uns hier schon seit drei Tagen durch einen gottverlassenen, menschenleeren Dschungel ohne Aussicht auf Rettung. Und doch waren wir noch nicht einen einzigen Moment alleine hier. Weit über uns in den Wolken fliegt permanent ein Flieger nach dem anderen von hier nach dort oder umgekehrt. Überall am Himmel winzig kleine Dinger, riesengroße Flugzeuge, vollgestopft mit urlaubshungrigen Menschen, in die Kinoleinwand glotzend, Musik hörend oder schlafend. Oder sich den mehr oder weniger schmackhaften Sandwiches hingebend. Voller Erwartung auf einen traumhaft schönen Urlaub in gepflegter, romantischer, naturbelassener Umgebung. Möglichst „all inclusive", „All you can eat!" Aurora rülpste erneut und schielte dabei auf ihre wie immer in das Gesicht hängende schwarze Haarsträhne.

Nadine blickte weiter auf die hoch oben den Himmel zerkratzenden Kondensstreifen der vielen Flugzeuge. „Oder Businessflieger. Mit vornehmen Herren in steifen Anzügen, die Füße auf Ledersesseln hochgelegt in ihre Laptops starrend, irgendwelchen Wirtschaftsinfos folgend, das Champagnerglas in Händen haltend, mit den Gedanken Aufträge und Termine sortierend, mit den Augen dem Knackarsch der Stewardess oder Sekretärin folgend." Sie lachte.

Aurora wurde melancholisch. Verträumt streiften ihre Augen hoch zum Himmel, dann über die bunte Blumenwiese. Leise und sanft begann sie zu singen.

Vom Leben vergessen,
von der Liebe verschmäht,
bis das Glück mich findet,
ist es vielleicht schon zu spät.

Was habe ich verbrochen,
was habe ich getan,
Glück und Liebe schauten mich nie an -
ich war doch ein Kind,
wollte leben und lachen

doch ich wurde benutzt
für alle möglichen Sachen

Vom Leben vergessen,
von der Liebe verschmäht,
bis das Glück mich findet,
ist es vielleicht schon zu spät.

Wo komme ich her? Wo gehöre ich hin?
ein Etwas, das niemandem gefällt,
zu unscheinbar und zu dumm für die Welt.
Streunend wie eine Katze, ohne Haus und Dach,
die einen sind stark, warum bin ich so schwach?
Wie eine Blume, die welkt, ohne Saft
fehlt auch dem Mensch irgendwann die Kraft

Vom Leben vergessen,
von der Liebe verschmäht,
bis das Glück mich findet,
ist es vielleicht schon zu spät.

Nadine schluckte. Aurora hatte eine wunderbare Stimme. Wie von Wunderhand hatten sich in Nadines Ohren sanfte Klaviertöne zu den traurigen Worten Auroras gemischt. Selbst das Pfeifen der Vögel schien sich stimmig melancholisch in den Gesang einzufügen.

Seit sie in den sumpfigen Regenwäldern von Papua-Neuguinea war und die Natur kennenlernte, die Kultur und das primitive Leben der Korowai, hatte sie begonnen, sich zu verändern. Sie begann Lektüren oder Texte über Naturvölker zu lesen, stieß in einer DVD-Handlung auf mehrere alte Dschungelbuchverfilmungen. Erfunden von einem britischen Schriftsteller mit dem Namen Rudyard Kipling, spannend und farbenfroh erzählt und geschildert. Geschichten exotischer Plätze, Wildnis und Natur. Von wilden Tieren, einem Jungen namens Mowgli. Von Menschen, die in die Natur eindringen, sie verändern und deren Zerstörung nicht gewahr werden. Auch andere Geschichten des Schriftstellers Kipling verschlang sie. Im Trubel des Alltages ein x-beliebiges Prospekt mit Reiseangeboten bei einer Tasse Cappuccino in den Händen haltend, hielt sie inne und wiederholte immer wieder flüsternd, mit jeder Wiederholung lauter werdend, Zeilen von Kipling, die sie nicht losließen, seit sie diese las:

"Immerwährendes Flüstern,
das Tag und Nacht ergeht:
etwas Verborgenes -
gehe hin und finde es!
Gehe und blicke
hinter die Grenzen;
etwas Verlorenes
hinter den Grenzen,
Verlorenes wartet auf dich.
Mache dich auf!"

Sie fühlte sich vom ersten Moment an von diesem Spruch ganz persönlich angesprochen. Das hatte sie deutlich gespürt. Erklären konnte sie dieses Gefühl nicht. Lange, sehr lange hatte sie gegrübelt, nachdem sie sich sofort für diese Reise in ein exotisches Land inmitten wilder Natur entschied und gebucht hatte. Was war verloren? Die Natur? Irgendein Naturvolk? Vielleicht die ganze Welt? War sie verloren obwohl sie alles hatte? „Mache dich auf!" Das wollte sie tun. Hinter die Grenzen. Landesgrenzen. Etwas Verlorenes hinter den Grenzen.

Ein hellblau schimmernder Schmetterling setzte sich auf ihrem Knie nieder und flog weiter davon. Aurora stand unweit von ihr im kniehohen bunten Blütenteppich. Splitternackt, verträumt in die Welt blickend, sich immer wieder die juckenden, geröteten Stellen reibend, die die beißenden Ameisen hinterlassen hatten.

Sie war verloren. Aurora war verloren. Ein Mensch, der für sich selbst keine Zukunft sah und sich das Leben nehmen wollte. Andere Menschen mussten sterben, als die Hängebrücke riss. Sie waren verloren. Für immer. Auch Aurora war verloren. Aber sie konnte gerettet werden. Vor ein paar Tagen an der Felswand und künftig. Falls sie das hier überleben sollten. „Verlorenes wartet auf dich!" Da stand die verlorene Aurora. Hier saß sie: Nadine. Reich, erfolgreich. Vom Leben verwöhnt.

Leise begann nun auch Nadine zu singen:

„Probiers mal mit mehr Zuversicht,
mit Glauben, Hoffnung, Zuversicht,
dann öffnet sich für dich ein neuer Weg,
und wenn du dann nach vorne blickst
und optimistisch dazu nickst
dann sind die alten Sorgen alle weg!

Glaub an deine Stärken,
glaub an deinen Mut,
ein bisschen Humor dazu
und alles wird gut!

Probiers mal mit mehr Zuversicht,
mit Glauben, Hoffnung, Zuversicht,
dann öffnet sich für dich ein neuer Weg,
und wenn du dann nach vorne blickst
und optimistisch dazu nickst
dann sind die alten Sorgen alle weg!

Du findest das, was dir gefällt
Glaub an deinen Mut
Und einen Freund, der zu dir hält!
Und alles wird gut!

Aurora war mit Tränen in den Augen näher gekommen. Sie kniete sich vor Nadine in das samtweiche Gras zwischen duftenden Blumen und beide sangen laut gemeinsam:

„Probiers mal mit mehr Zuversicht,
mit Glauben, Hoffnung, Zuversicht,
dann öffnet sich für dich ein neuer Weg,
und wenn du dann nach vorne blickst
und optimistisch dazu nickst
dann sind die alten Sorgen alle weg!

Und alles wird gut!"

Beim letzten Satz klatschten sie ihre Handflächen gegeneinander. Freudiges Strahlen lag in ihren Augen.

Aurora sah Nadine an. „Du bist wunderschön. Wenn ich mir die blauen Flecken, Schrammen, Risse, Wunden und rote Stellen von den scheiß' Ameisen wegdenke, bist du wunderschön. Nur deine von der Sonne gerösteten Brustwarzen sehen aus wie gebrannte Mandeln." Sie kicherte.
„Also echt, Aurora, du hast Vergleiche! Gebrannte Mandeln!" Nadine überlegte: „Schade, dass ich nur zwei davon habe, sonst würde ich dir eine Tüte davon abfüllen!"
Aurora lachte: „Lecker!" Vorsichtig strich sie mit ihren Fingern über das dunkle Schamhaar Nadines. „Ehrlich, wenn du rasiert wärst, würde deine Pussy voll schön aussehen, wie ein wunderschöner Blütenkelch, der hier in dieses Paradies passt. Ich finde schön, dass man deine

Schamlippen sehen kann und ohne Haare noch besser sehen würde."

„Aurora! Kannst du bitte aufhören, mir so zwischen die Beine zu starren!" – „Ich meine ja nur. Ich finde einfach, dass man sich rasieren sollte. Deine dichten Achselhaare sind ohnehin total out, sorry."

Nadine lehnte sich nach vorne, Aurora entgegen. „Hast du nicht gerade eben gesagt, ich sei schön? Meine Güte, eine Bekannte von mir beklagt auch jedes Mal wenn wir zusammen in der Sauna sind, dass ich total uncool und out wäre und so behaart bei keinem Mann punkten könne. Soll ich dir mal was sagen? Selbst der Kerl, mit dem ich zuletzt intim zusammen war, und das ist schon eine verdammt lange Weile her, hatte einen blöden Kommentar zu meinen Achselhaaren und meinen Schamhaaren abgegeben. Der Sex danach war entsprechend, da lief nämlich gar nichts mehr! Davon abgesehen war der Kerl zwar sehr sympathisch, gut gebaut, muskulös, er war Triathlet und Marathonläufer und spielte leidenschaftlich gerne Squash, aber er war am ganzen Körper total rasiert! Die Arme, die Brust, der Bauch, sogar die Beine ..."

Aurora prustete heraus: „Und am Schwanz, oder?" „Wie auch immer, ja, er war glatt wie ein Aal. So etwas macht mich bei einem Mann überhaupt nicht an. Nirgends Haare, in denen man kraulen kann, Brusthaare, die man durchstreifen kann mit den Händen, seinen Geruch einatmen. Zu einem Mann gehören nun mal Haare, das macht ihn männlich, sinnlich."

„Aber", entgegnete Aurora erneut, „es ist doch viel besser, wenn man, na du weißt schon, wenn man sich mit dem Mund gegenseitig ... da stören keine lästigen Haare, das Haarige geht gar nicht mehr, echt!"

„Ich sage dir mal was, Aurora, Jahrzehnte- und Jahrhundertelang haben sich Paare oder Menschen gegenseitig oder auch einseitig mit dem Mund verwöhnt und befriedigt, eben mit Haaren und sie haben es vermutlich auch genossen und überlebt. Ich blicke da bei dir nicht so recht durch. Alle Obdachlosen oder Penner, die ich kenne – ich meine, ich kenne natürlich keine – aber was man so sieht und erlebt, die sind doch durchweg ungepflegt, riechen übel nach Urin, haben schlechte Zähne, fettige Haare und sind mit sehr großer Sicherheit nicht überall rasiert! Aber du bist so anders. Du hast gepflegte Zähne, einen hypermodernen Haarschnitt, trägst mit einer akribischen Symmetrie Piercings auf deiner Zunge, in deinem Nabel und in der geraden Verlängerung tiefer noch einen ..." Ihr wurde wieder bewusst, dass sie gerade diesen Piercing auf der Zunge Auroras schon so ausgiebig erkundet, mit ihrer Zunge gespürt und Auroras Speichel geschmeckt hatte, was sie einmal mehr irritierte. „Du passt gar nicht in das Bild."

„Das ist ja auch nicht das Leben, das ich mir vorstelle, aber mich will niemand, alle brauchen mich nur. Ich bin dumm, habe keinen Schulabschluss, kein Zuhause, kein Geld für eine Wohnung. Da schlidderst du in diese Verhältnisse. Ich bin megaordentlich, sauber und rasiere mich eben gerne, weil ich es geil finde und es fühlt sich super an! Die Jungs, die ich kenne, wollen sich schon alle auch rasieren, aber den meisten fehlt die Kohle für all die vielen Rasierklingen. Sie klauen es. Manche versuchen sogar hinter Supermärkten bei der Anlieferung die Mitarbeiter mit den abstraktesten Manövern abzulenken und ganze Lieferungen von Rasierklingen zu klauen, was aber so gut wie immer schief geht. Aber behaart zu sein ist eben ungepflegt."

„Meinst du vielleicht, Aurora. Das ist die blöde Ansicht der Gesellschaft, die wie Marionetten alles annimmt, was man ihr vormacht! Haare, egal ob unter den Armen oder zwischen den Beinen, sie haben eine Funktion. Sie absorbieren Feuchtigkeit, binden Schweiß, sorgen für Gleitung in Körperbeugungen, haben erotische Geruchsstoffe und stellen auch optisch etwas dar, finde ich. Und gerade weil ich meinen Körper pflege, pflege ich auch meine Haare. Meine Kopfhaare, meine Achselhaare und meine Schamhaare!" - „Aber die Bikinizone und die Beine rasierst du doch auch." „Ja, na gut, aber muss ich mich deshalb von Kopf bis Fuß scheren wie ein Schaf? Und davon abgesehen, weil du sagtest, keine Haare seien beim Oralsex besser – der Kerl von dem ich gerade erzählte hatte einen gepflegten, aber fetten Vollbart im Gesicht, schließlich ist das auch modern – glatt rasiert wie ein Aal, aber dichter Vollbart im Gesicht beim Küssen – das ist ja mal konsequent!" Nadine schüttelte verneinend den Kopf. „Komm, wir sollten endlich gehen!"

„Wie heißt du eigentlich mit Nachnamen?", wollte Aurora wissen. „Nein, das willst du jetzt nicht wissen. Nicht wirklich, das ist unwesentlich." – „Nein, komm schon, Nachnamen sind für mich total spannend, wie sie sich anhören, woher man stammt und so. Komm, sag' schon!" „Vagin. Nadine Vagin. Fertig. Bist du jetzt zufrieden?" Aurora lachte lauthals, so dass Nadine für Sekunden den Piercing auf ihrer Zunge blitzen sah. „Das gibt es nicht: Vagin! Hast du das „a" selber gestrichen?" Sie lachte wieder. „Das „a"? Soll es Nadina heißen?" Nadine spielte die Unwissende. „Komm schon, du weißt genau, was ich meine", neckte Aurora. „Du bist unmöglich!", raunte Nadine und schubste Aurora, sodass diese rücklings ins Gras fiel. „Und wie heißt du bitte mit Nachnamen? Heißt du Puss?" Noch immer kicherte Aurora: „Nein, nein, ich heiße Radost. Aurora Radost. Meine Eltern und Vorfahren kommen aus Russland. Nur ich wurde in Deutschland geboren." „Und? Gefällt es dir in Deutschland?" Nadine wurde schlagartig bewusst, wie unsinnig diese Frage war, denn schließlich reiste Aurora mit dem Beschluss, sich das Leben zu nehmen, in diese Wildnis. Schnell wechselte sie das Thema: „Komm, lass uns losgehen, der Anstieg zum Camp ist noch weit und wir müssen uns auch erst noch orientieren, wenn wir weiter oben sind."

„Warte, ich möchte von dort", Aurora zeigte auf das nahegelegene Waldstück, „Bananen pflücken. Schau, das in den Bäumen sieht doch tatsächlich nach Bananen aus! Ganz gewöhnliche Bananen! Lecker! Wir brauchen jede Menge Proviant."

Nadine hielt sie zurück. „Lass mich gehen, ruhe du dich noch ein wenig aus und schaue den Affen beim Nüsse knabbern zu." Tatsächlich vergnügten sich bereits mehrere dieser grauen Affen auf der Wiese und suchten zwischen Gräsern und Blumen nach Nüssen, ohne sich an ihnen zu stören. Nadine zog den Ledergürtel aus ihrer Shorts, die im Gras lag, führte den Lederriemen durch die metallene Schnalle, hielt diese fest in der Hand und ging mit dieser „Gürtelschlinge" los. Sie hatte ein komisches Gefühl. Ein Gefühl, das ihr gar nicht gefiel. „Du kannst dir ja einen Rock oder Lendenschurz aus Bananen basteln, damit du nicht so nackt bist", lachte ihr Aurora noch hinterher. Dann wand sie sich um, setzte sich ins Gras und beobachtete die Affen.

Noch einmal drehte sich Nadine um, blickte zu Aurora zurück. „Hoffentlich kommt nicht irgend so ein Freak auf die Idee, unsere Geschichte als Buch zu veröffentlichen. Da hätte ich einige Einwände zu bestimmten Details."

Aurora sah zu Nadine hinüber: „Einwände? Was denn? So wie es passiert, passiert es. Stolz wäre ich auch nicht, zu lesen, dass ich mich umbringen wollte. Aber so ist es nun mal im Leben." – „Oh nein", antwortete Nadine, während die Affen verschreckt in die Bäume verschwanden, „dass wir uns hier splitternackt im Urwald herumtreiben, muss niemand lesen, da können wir schön angezogen bleiben.

Und dass wir uns geküsst haben, wie wir uns berührt haben ..., das geht sowieso niemanden etwas an!" – „Warum stehst du nicht zu dem was du tust, Nadine?" „Ich stehe sehr wohl zu dem, was ich tue, aber nicht alles geht jeden etwas an. Es gibt noch so etwas wie eine Intimsphäre, Privatsphäre, Moral und Anstand." Aurora lachte auf: „Ha, Moral und Anstand? Die Leute sollen sich nicht so verklemmt verhalten und so tun, als wären sie die Moral in Person! Wir sind doch alle gleich. Wir leben, wir werden älter, wir müssen uns ernähren, müssen alle pissen und auch so auf das Klo und Sex haben doch auch fast alle. Oder zumindest viele. Alles ist Sex, sonst wären wir schon ausgestorben. Nur durch Sex entstehen doch Menschen. Und dann sterben wir auch wieder alle. Früher oder später. Jeder."

„Ja, aber nicht jeder muss über jeden alles wissen und ich wollte nicht, dass jeder erfährt, dass ich im Urwald mit einer anderen Frau rummachte!"

Aurora legte den Kopf etwas zur Seite: „Das schön und entsprechend beschreiben kann sowieso kein Mann. Die wissen, auch wenn sie sich noch so Mühe geben, doch gar nicht, wie wir Frauen wirklich ticken. Sexuell. Das kann bestenfalls eine Frau gut beschreiben, die ebenso fühlt." Wieder kicherte sie.

„Mir egal, ob das ein Mann schreiben würde oder eine Frau. Und vor allem wird in einem Buch niemals beschrieben, ob und wie die Menschen darin auf die Toilette müssen. Es gibt einfach Themen, die sind tabu." – „Ach was, ich wollte, dass alles genau so beschrieben wird, wie es passiert ist, wie wir es hier gerade erleben. Das macht es so echt und realistisch. Jeder andere könnte sich auch nicht davor verstecken, pissen zu müssen!" – „Ja, aber was man erlebt und was andere schreiben und wieder andere lesen, sind verschiedene Dinge!" Aurora beugte sich künstlich nach vorne und lachte laut: „Oh weh, ich glaube, ich bekomme meine Tage." Nadine schüttelte den Kopf: „Auch das noch. Sag bloß, das wolltest du dann auch noch beschrieben sehen und lesen? Du bist vielleicht exhibitionistisch und voyeuristisch veranlagt!" – „Mir wärs egal, so ist es so realistisch wie möglich. Und auf Sex stehe ich eben total. Sex ist gesund. Jeder möchte Sex."

„Du stehst auf Sex? Auf das, was die viele Jungs und Männer dir angetan haben? Wo hat dich denn dein sexualisiertes Denken hingeführt? In die Prostitution!" Aurora grübelte. Nadine sah zum Himmel: „Sie will es einfach nicht verstehen. Hab ein Einsehen mit mir und lass nicht zu, dass das hier alle mitbekommen, so in jedem Detail!"

Aurora war aufgestanden und ein paar Schritte auf sie zugegangen und hatte ihre leisen Worte gehört. Spöttisch schaute auch sie zum Himmel und sagte forsch in den blauen Himmel hinein: „Du weißt, was und warum alles rein muss in die Geschichte! Die Menschen sollen sehen, dass sie genauso sind und ticken wie alle anderen auch. Auch wenn es große Unterschiede gibt. Aufs Primitivste heruntergebrochen, aufs Überleben und Sex sind wir alle gleich." Nadine schüttelte erneut den Kopf: „Ich gehe jetzt Bananen holen!" Sie schaute ein letztes Mal zurück: „Und wehe, in einem Buch würde drinstehen, dass ich an eine Felswand gepresst stehend in die Hose gepisst habe!" Wieder lachte Aurora ihrer Fantasie weiter folgend: „Zu spät, das steht schon drin, das wird schon gelesen, ha!"

Dann kehrte Aurora zurück, setzte sich ins Gras und schon kamen wieder Affen aus verschiedenen Richtungen wie von Zauberhand aus den Bäumen heruntergefallen, huschten um sie herum durch Blumen und Gräser, suchten Nüsse und knabberten an diesen herum. Zwei Affen saßen dicht beieinander. Der eine durchsuchte akribisch das graue Fell des anderen nach Flöhen und verspeiste diese Flöhe oder Läuse mit Genuss. Ein etwas größerer, sichtlich alter Affe saß träge im Gras und suchte ohne sich weiter zu bewegen nur nach Nüssen, die zu seinen Füßen lagen. Müde Augen starrten vor sich hin. Er schob seine Oberlippe nach oben, zeigte seine scharfen Zähne, riss das Maul auf, gähnte und schob behäbig eine Nuss zwischen die Zähne. Das Haar im Gesicht wies viele weißhaarige Stellen auf, seine Hautfarbe im Gesicht war wie bei einem Menschen und faltig. Ein wohl sehr alter Affe. Vor ihr ging langsam ein weiterer Affe vorüber und hielt aber inne, da ihm ein winzig kleines Affenbaby vom Leib gerutscht war. Nicht größer als Auroras Handfläche lag das winzige, dünne, dunkelgraue Geschöpf auf der Erde, wurde von den Händen der Affenmutter sehr sorgsam aufgehoben. Winzig kleine Händchen klammerten sich am Bauch der Mutter in das Fell, spitze Lippen formend suchte der kleine Kopf etwas. Die Affenmutter senkte ihr Haupt, drückte das kleine Geschöpf an sich und schob ihm mit ihrer Pfote ihre eine kleine hängende Brust sanft gegen das Gesicht. Sofort schnappte das Affenbaby zu und begann mit Hingabe an der Brust der Mutter zu saugen. Winzig kleine rabenschwarze Augen, im Vergleich zum Rest des Kopfes jedoch recht groß, schauten vor sich hin und schlossen sich kurz. Schauten zu Aurora herüber und wieder hoch zum Anblick der Mutter. Instinktiv musste Aurora auf ihre eigenen nackten Brüste schauen. Mit einer Hand fuhr sie behutsam etwas unter die Brust und hob diese vorsichtig leicht an. Die Brust folgte der Bewegung und hob sich leicht, die Brustwarze richtete sich etwas auf. Dann ließ sie ihre Brust wieder sinken und sah weiter gebannt der Affenmutter beim Stillen ihres Babys zu.

Wildes närrisches Fauchen ließ sie aufblicken, als inmitten der immer größer werdenden Affenmeute zwei Affen miteinander stritten. Immer wieder packte ein Affe den anderen und zerrte an ihm, während dieser sich losschüttelte und ein paar Meter sprang, dicht gefolgt vom aufdringlichen Affen. Wieder gerieten sie aneinander, wieder klammerte der eine und der andere stieß ihn von sich, das Gesicht auffällig menschlich beleidigt und desinteressiert. Der andere Affe fauchte schrill, fuchtelte mit seinen Armen und erst jetzt erkannte Aurora am Unterleib zwischen den Beinen des Affen ein schmales rosarot glänzendes spitz zulaufendes Gebilde. Der hoch erigierte Penis des Affen. Aurora erkannte die Situation. Wieder versuchte der aufdringliche Affe, die Äffin von hinten zu packen, sein Geschlecht hektisch zu positionieren um sich zu paaren. Doch wieder entglitt sie ihm, huschte ein paar Meter davon und setzte sich demonstrativ auf ihren Hintern und ihr Geschlecht. Beleidigt saß der aufgeregte Affe da, richtete seinen Oberkörper auf, unternahm mit den Armen nichts mehr, spreizte die Beine weit und bot ihr nun schweigsam nur noch seinen aufgerichteten, im grauen Fell auffällig rosa leuchtenden Penis dar. Aurora musste lachen. Wie oft hatte sie Ähnliches erlebt. Wie oft hatten Jungen oder Männer geglaubt, ihr damit imponieren zu können. Und nicht selten hatten sie ihr damit sogar imponiert. Die Äffin war anderer Meinung. Gelangweilt blickte sie weg und zog eine Schnute, die Aurora wieder zum Lachen brachte. Ein letztes Mal nahm der arme, geplagte, erregte Affe Anlauf, doch er fiel auf die Nase, da die Äffin im letzten Moment aufsprang und in einem großen, hohen Baum verschwand. Mit weiterhin hoch aufgerichtetem Penis machte der Affe ein wahres Affentheater, sah sich um und stürzte sich auf das nächste Opfer. Aber auch diese Äffin schien desinteressiert und wehrte ab. Aufdringlich hielt er sie fest, rieb sich an ihr und wollte nun wohl mit aller Gewalt seinem Trieb Befreiung verschaffen. Da lachte Aurora erneut, als sie erkannte, dass bei dem nun ergriffenen Affen, der gar keine Äffin war, sich ebenfalls ein schmaler, rosarot leuchtender Penis aus dem Fell herausschob und jetzt erst entdeckte sie auch den rosafarbenen prallen Hodensack des Affen. Die Anmache musste diesen Affen sexuell erregt haben. Er hatte jedoch trotzdem absolut kein Interesse, von dem anderen Affen penetriert zu werden. „Tja", räusperte sich Aurora, „Was kann ein Männchen einem anderen Männchen in diesem Fall auch bieten, um einen erigierten Penis einzuführen?" Der bedrängte Affe stieß den Angreifer weg, machte ein fauchendes, grimmiges Gesicht und wandte sich ab, hektisch nach Nüssen suchend. Frustriert sah sich der erfolglose Affe um in der Menge der umherstreunenden Affen, schwang sich auf einen Ast, saß dort, machte ein Gesicht, das Aurora nicht zu deuten wusste, schaute an sich hinab auf sein immer noch aufgerichtetes Geschlecht und begann, es mit seiner Hand zu reiben. Aurora konnte nicht fassen, was sie hier erlebte. Wie menschlich waren doch diese Affen. Der Alte, die Mutter mit dem Baby. Der sexuell erregte, frustrierte und nun vor ihr masturbierende Affe. Das gesamte menschliche Dasein schien sich vor ihren Augen abzuspielen. „Nein", dachte sie, „nicht wie ähnlich sind die Affen und Tiere uns. Wir sind wie sie!" Und sie konnte nicht anders, als auf den masturbierenden Affen zu starren, bis dieser fertig war, erschöpft von sich ließ, sich fallen ließ, während sich sein langer grauhaariger Schwanz um den Ast gewunden hatte und ihn kurz hielt. Dann ließ er sich weiter fallen, auf die Erde ins Gras und ruhte sich aus, desinteressiert an allem, was um ihn herum geschah. „Armes Kerlchen", dachte Aurora. „Keine Frau gefunden, die ihn erlöst."

Die Affen wurden immer zutraulicher. Manche kamen ihr nahe, betrachteten wohl den glänzenden kleinen Knopf an ihrem Nabel. Fast fühlte sie sich etwas unbehaglich, so nackt auf einem Stein im Gras sitzend. Ein Affe schubste sie am Bein. Sie erschrak. Ein anderer Affe griff nach ihrem großen Zeh und zog daran, während ein anderer sie am Arm packte. Es wurde ihr unheimlich. Schnell stand sie auf und versuchte sich etwas Platz zu verschaffen, aber die graue Affenmeute mit ihren lauten Grunz- und Krächzlauten ließ sich nicht abhalten. Aurora fühlte sich unsicher, immer wieder blickte sie in grinsende Mäuler mit den scharfen Zähnen. Vor ihr, neben ihr, hinter und über ihr wimmelte es von Affen. Sie erschrak erneut, als ihr ein an einem Ast hängender Affe durch die Haare fuhr, sie schüttelte sich und sah nach hinten, als sie plötzlich spürte, dass ein Affe an dem Piercingknopf an ihrer Vulva zupfte. „Ah!", zischte sie, verscheuchte den Affen, der nur kurz zurückwich und presste die eine Hand gegen ihre Scham, als das Geschrei immer lauter wurde. Mit Entsetzen sah sie, dass mehrere Affen hektisch nach Nadines Wäsche griffen und in den Bäumen verschwanden. Ein Affe schleuderte die Short Nadines in der Luft und stülpte sie sich über, was ihn noch lauter brüllen ließ. Ein weiterer Affe saß auf einem Ast und betrachtete verwundert den Slip von Nadine. Hektisch grapschte Aurora bückend nach ihrer Jeans, griff schnell in die Hosentasche, während ein Affe grimmig dreinschauend daran zerrte. „Nein, lass los", schrie Aurora laut und wütend, als ihr ein Affe von hinten auf den Rücken sprang. Panik erfasste sie jetzt. Das Tier war schwer. Sie schüttelte es von sich und konnte nur noch sehen, wie der andere Affe mit ihrer Jeans hoch oben in den Bäumen verschwand. Auch die Reste ihres T-Shirts konnte sie in schwindelerregender Höhe erkennen, als ein Affe daran zerrte, weil sich das Shirt im Geäst verhakte. Krampfhaft hielt sie den Gegenstand aus ihrer

Hosentasche, sowie ihren String, den sie retten konnte, in der geschlossenen Faust. „Buh! Buh!", schrie sie in alle Richtungen, um die Affen von sich fern zu halten. Doch es kam ihr vor, als kicherten die Affen und erlaubten sich üble Scherze mit ihr. Aufgerissene Mäuler, scharfe Zähne, Geschnattere, Gekrächze, Knurren und hundeartiges Bellen wurden immer lauter. Sie fühlte sich schutzlos. Und doch griff keiner der Affen sie ernsthaft an. Sie atmete durch. Sie wurde nicht angegriffen, das stand fest. Da fiel ihr ein Affe auf, der mehr oder weniger unbeteiligt etwas abseits saß. Er knabberte Nüsse, verfolgte das Geschehen rund um Aurora aber mit großem Interesse. War es der Affe, der noch kurz zuvor so gierig eine Äffin versuchte, zu besteigen? Auch der alte, weißbehaarte Affe saß ein Stück abseits im Gras und sah belanglos zu.

Nadine ging vorsichtig Schritt für Schritt in den Wald. Bei jedem Tritt musste sie acht geben, wo sie hintrat. Aurora hatte Schuhe, aber die passten Nadine nicht und so war sie darauf angewiesen alles barfuß zu gehen. Was in dem Gewirr von Gräsern, Blättern, warmer Erde, sowie Käfern und Spinnen, die überall umher krabbelten, sehr schwer und gefährlich war. Die Gürtelschlinge fest im Griff suchte sie nach den Bäumen, welche Bananen trugen. Sie klatschte sich mit der flachen Hand auf den Hintern, als sie spürte, dass sie dort etwas gestochen hatte. Sie schüttelte den Kopf. Sie konnte immer noch nicht glauben, dass sie, die vornehme und reiche Architektin, die in einer Villa der Superlative zu wohnen pflegte und Luxusautos fuhr, von denen andere ihr Leben lang träumen, hier verletzt, geschunden, verschwitzt und splitternackt auf der Jagd nach wilden Bananen war. Die übervollen Regale der Supermärkte mit all ihren Plastikverpackungen fielen ihr ein, der neueste Schrei, geschälte Orangen, gekochte geschälte Eier, sowie sogar geschälte, imprägnierte Bananen, alles in Plastik verpackt. Oder die teuren Biomärkte, die sie besuchte, seit sich ihr Leben zu verändern begann.

Schlagartig sprang ihr die wilde, gefleckte Raubkatze mit aller Wucht entgegen, riss sie zu Boden, die scharfen Krallen ihrer Pranke schlugen in ihre linke Schulter ein, die Raubkatze riss das Maul weit auf, Nadine starrte in einen übel riechenden Rachen. Das Fauchen war grauenhaft. Sie schrie, sie schrie wie noch nie zuvor in ihrem Leben und doch konnte sie sich nicht schreien hören. Sie brüllte und schrie, aber ihre Stimme versagte. Kein Laut kam aus ihrer Kehle. Das Raubtier würde ihr mit einem Schlag mit seinen scharfen Reißzähnen den halben Kopf wegreißen. Sie war tot. Sie würde bei lebendigem Leib auseinandergerissen und gefressen. Mit ausgestrecktem Arm hielt sie krampfhaft die Gürtelschlinge, die sie intuitiv der springenden Raubkatze gegen den Schädel geschlagen hatte und die sich nun um den Hals des Leoparden zuzog, fest. Schwer lag das hungrige Tier auf ihrem Leib, sein Unterleib schlug hart gegen ihren Unterleib, während seine Hinterläufe Halt suchten und zu beiden Seiten ihrer Schenkel an ihr scharrten und kratzten. Immer wieder schlug sein Unterleib gegen ihren. Sie spürte Schmerzen im Unterleib eines Körpers, der ihr fremd wurde. Der heiße Speichel der Katze spritzte ihr ins Gesicht. Sie wagte nicht die Augen zu schließen, wagte nicht zu blinzeln, doch der spritzende Speichel trübte ihren Blick. Der gewaltige Kiefer schlug in die Luft, dicht vor ihren Augen, die Krallen bohrten sich tiefer in ihre Schulter. Über den mächtigen Vorderlauf des Raubtieres hinweg streckte sie ihren linken Arm gegen den Hals des Tieres, die Krallen bohrten sich dadurch noch tiefer in das Fleisch und die Knochen von Nadines Schulter. Mit zwei Händen zog sie an der Schlinge, drückte zu, zog mit allen Kräften. Die Adern an ihren Armen quollen hervor, sie keuchte schwer.

Immer wilder drückte sich der Leopard auf sie, schlug wieder und wieder mit seinem Körper gegen ihren Unterleib, fauchte, verdrehte die Augen glasig, seine nasse Zunge schlug im aufgerissenen Maul auf und ab. Sie biss die Zähne zusammen, spürte ihren Puls an den Schläfen pochen, ihr Schädel drohte zu platzen. Todeskampf. Dschungel, Urwald. Fressen und gefressen werden. Aus Kleidern heraus geschälter nackter Mensch. Plastikverpackungen. Ihr Ford Mustang. Ihre Eltern lachen, während sie als Kind im Garten auf der Schaukel hin und her schwingt, bis die Schaukel reißt und hart gegen die Felswand schlägt. Aurora. Aurora. Aurora! Ihre Kräfte ließen nach, noch einmal riss das Raubtier seinen Rachen weit auf, holte zum entscheidenden Schlag und Todesbiss gegen ihr Gesicht aus, rammte ihr seinen Leib gegen den Unterleib, presste die Hinterläufe in den grasigen Untergrund. Ihre Arme, welche die Gürtelschlinge hielten und zuzogen, waren wie Stahlstangen, doch sie gehörten ihr nicht mehr. Ihr Körper gehörte ihr nicht mehr, ihr Bewusstsein schwand. „Aurora!"

„Au -ro -r - a a a a a a a a a"

Da wurden die Affen noch lebhafter, das Geschrei wurde fast unerträglich laut. So plötzlich, wie sie gekommen waren, verschwanden sie in alle Richtungen in die hohen, dicht stehenden Bäume. Aurora glaubte im furchtbar lauten Geschrei ein katzenartiges Fauchen gehört zu haben, aber sicher war sie sich nicht. Dann wurde es still, die Affen waren in dem dichten Gewirr von Blättern und Efeuartigen Rankpflanzen an den Baumstämmen nicht mehr zu sehen. Schnell versuchte Aurora auf einen Baum zu klettern, um sich in Sicherheit zu bringen, aber sie glaubte sich urplötzlich dort in einer Falle, sollte ein Tiger, Leopard oder die Riesenschlange unten am Baum geduldig warten. Die Riesenschlange würde sich ohnehin geduldig am Stamm hochschieben und sie verschlingen. Sie konnte nicht wie die Affen von Baum zu Baum springen. Angst und Panik schnürten ihr die Kehle zu. Todesangst breitete sich in ihr aus. Wo war Nadine?

In fünf Metern Höhe saß sie zitternd auf dem Baum, hielt sich verkrampft fest und hielt ihre andere Faust immer noch geschlossen. Sie öffnete ihre Faust, um sicherzustellen, dass der String und das lose Brillenglas, das sie aus der Jeans retten konnte, noch vorhanden waren. Sie weinte. Spürte Bauchschmerzen. Sie roch ihren eigenen Schweiß. Ihre Brustseite schmerzte. Die geröteten Stellen juckten, aber sie konnte sich nicht kratzen. Die abgebrochenen und gerissenen Fingernägel eigneten sich hervorragend zum Kratzen, aber sie wollte sich nicht blutig kratzen. Jede offene Wunde barg sofort die Gefahr einer Infektion und Blutvergiftung. Immer noch spürte sie überall an ihr die Hände der Affen, hörte das Geschrei, was beides aber nicht mehr vorhanden war. Sie verfluchte diesen Ort, an dem sie noch kurz zuvor die Blumenvielfalt, die Schmetterlinge, den Papagei, die Idylle und paradiesische Ruhe so bewundert hatte. Wo war Nadine? Ohne Nadine würde sie in dieser Wildnis nicht überleben. Keinen Tag. Keine Stunde mehr. „Nadine!" Der Wald schwieg. Die Sonne brannte erbarmungslos. Am Horizont schoben sich mehrere Wolken zusammen. In unerreichbarer Höhe zogen Kondensstreifen vieler Flugzeuge ihre Bahn und lösten sich wieder auf. „Nadine?"

Da bewegten sich plötzlich in wenigen Metern Entfernung Blätter im dunkelgrünen Dickicht. Irgendetwas schob sich durch das meterhohe exotische Pflanzengewirr. Aurora saß zusammengekauert in dem Baum und weinte. Sie zitterte. Der Leopard? Die Riesenschlange? Ein ganz anderes, gefährliches Tier? Sie wollte mutig sein, spürte jedoch nur Todesangst. Sie wagte nicht, daran zu denken, was Nadine widerfahren war, wenn ein Raubtier sie gerissen hatte. Unwillkürlich zog sie den Schließmuskel ihrer Blase zusammen. Sie kannte das Gefühl, als schon einmal ein Leopard sprungbereit vor ihr saß, der dann von dem wilden schwarzen Panther verjagt wurde. Sie riss die Augen auf!

Mit gesenktem Haupt schälte sich Nadine aus den grünen Blättern und Ästen heraus. Ihr Körper war blutüberströmt, das Haar filzig und strähnig. Aurora war nicht fähig, zu schreien oder zu rufen. Sie ließ sich von dem Baum gleiten, sprang in das dichte Gras und richtete sich auf. Nadine starrte vor sich hin. Da erkannte Aurora dass die nackte, blutende, übel zugerichtete Frau in der Hand einen schweren leblosen Körper mit sich schleifte und in der blutüberströmten anderen Hand ein großes Bündel Bananen hielt. Der Leopard! Nadine zog einen toten Leoparden hinter sich her! Immer wieder zerrte Nadine an dem toten Tier, als sich dieses in Ästen oder am Boden kriechenden Schlingpflanzen verfing.

„Nadine!" Aurora ging aufgeregt auf Nadine zu, doch diese stieß sie weg und trottete weiter. Aurora betrachtete, wie Nadine das tote Tier am Hals mit dem zugezogenen Gürtel festhielt und hinter sich her schleifte. Blut lief aus der Wunde ihrer Schulter, lief am Arm hinab, über ihre Brust und den Bauch. Dann ließ sie den Leoparden fallen und trottete weiter. „Nadine!", rief Aurora jetzt bestimmter, doch sie reagierte nicht, ging auf die Felsen zu, an denen sie auch zusammen hinunter zum Wasser geklettert waren.

Die tote Raubkatze lag im Gras. Fliegen kamen angeschwirrt und wurden von Aurora mit wedelnden Bewegungen verjagt. Die Augen des toten Tieres starrten glasig ins Leere, die Zunge hing eingeklemmt aus dem geschlossenen Kiefer. Sie wagte nicht, das Tier anzufassen. Betrachtete die mächtigen Pranken und den gefleckten Schwanz, der reglos dalag. Die Sonne brannte auf ihrem nackten Körper und schmerzte, die Luft wurde zunehmend heißer und schwüler. Das Atmen fiel schwer. Wolken türmten sich auf. Immer wieder verjagte sie summende dicke schwarzgrüne Fliegen. Gebannt starrte sie auf das Tier. Nadine hatte es erwürgt? Mit bloßen Händen? Lediglich mithilfe ihres Ledergürtels? Das Tier – fast jedes Tier tötete – nein, viele Tiere töteten nur, um zu fressen. Um satt zu werden. Weiter betrachtete sie das leblose Tier. Sie versuchte, abzuschätzen, wie alt der Leopard gewesen sein mochte. Quasi ein Teenager? Oder ein altes Tier? Hätte Nadine gegen einen ausgewachsenen, kräftigen, gesunden Leoparden im besten Alter eine Chance gehabt?

Ihr Blick hielt inne. Sie konnte nicht anders. Ihr Blick wanderte an den Hinterläufen hoch zum Schwanz. Sie kannte dieses kleine ovale Gebilde, das unter dem kurzen Fell zwei Hoden verbarg. Warum starrte sie einem im Dschungel erlegten, toten Raubtier auf die Hoden? Es war ein Lebewesen. Ein Männchen. Ausgestattet mit allem, was ein Lebewesen zum Leben benötigte. Und zum Fortpflanzen. Das hatte sie ja auch bei dem Affen zu Genüge gesehen. Die Hoden. Geheimnis des Lebens. Millionen von Spermien wurden hier täglich produziert. In den Hoden aller männlichen Lebewesen. Egal ob Affe, Leopard, Ameise oder Mensch. Auch dieser Leopard hatte sich möglicherweise schon gepaart oder hatte es noch vor. Fortpflanzung. Erhaltung der Art. Die Stärksten überleben. Wieder musste sie an die Affenmutter denken, die ihr Baby gesäugt hatte. Auch dieser Leopard hatte, als er klein war, sicher an den Zitzen seiner Mutter gesaugt, mit Geschwistern gerauft und gespielt und aber schnell die raue Wirklichkeit von fressen und gefressen werden, Fortpflanzung und Überleben erfahren.

Sie fuhr herum. Nadine kam auf sie zu. Die Wunde blutete stärker. Vermischt mit Wasser blutete jede Wunde enorm stark. Zumindest sah es so aus. „Nadine? Wo warst du?"

„Ich musste mich übergeben, musste kacken und habe die verdammte Wunde ausgewaschen, ich will nicht an einer Blutvergiftung krepieren! Bring mir meine Klamotten, ich brauche einen Druckverband, sonst verblute ich!" Aurora wurde blass. „Rooaaaarrgh!" Nadine stieß einen beängstigenden, animalischen Laut aus. Sie war zu einer wilden Kreatur geworden. „Bist du schwerhörig!", schrie Nadine bitter. Ihr Blick war fremd und animalisch. „Ich verblute!" Aurora spürte den zusammengeknüllten, winzigen String-Tanga in ihrer geschlossenen Faust. Das war alles, was ihr blieb.

„Die Affen – die Affen haben alles geklaut. Alles", sagte Aurora leise.

„Bist du wahnsinnig? Wie blöd kann man ...!" Nadine schrie ihren Satz nicht zu Ende, suchte hektisch und panisch nach irgendetwas. Sie bewegte sich unheimlich wild und animalisch. Auch Aurora sah sich um. Was konnte man benutzen, um die Blutung zu stillen, einen Druckverband anzulegen? „Soll ich etwas Moos ....?", begann Aurora. „Nein!" fauchte Nadine. „In einer Handvoll Moos oder Erde leben mehr Sporen und Mikroorganismen als Menschen auf der Erde!" Sie suchte weiter, blickte sich um. Aurora sah, dass sie immer schwächer wurde. Nervös setzte sich Nadine, sammelte kleine trockene Flechte zusammen und schlug rasend schnell zwei kleine Steine aufeinander. Feuer? Wollte sie Feuer machen? Die Wunde ausbrennen? Das funktionierte doch nur im Film. Ausbrennen? Sie hatten keine glühende Klinge. Mit einem glühenden Stein? Die Wunde verschmoren? Aurora musste würgen. Wütend warf Nadine die Steine weg, sammelte kleine Hölzchen, klemmte diese zwischen Steine und rieb zwischen den Handflächen wiederum rasend schnell ein Stöckchen zwischen den anderen, um möglichst durch schnelle Reibung Feuer zu entfachen. Wild hingen ihre Haare ins Gesicht. Fluchend schlug sie die Haare zurück, immer wieder. Sie schrie und schlug immer wieder auch den Kopf nach hinten doch die langen Haare fielen immer wieder über ihr Gesicht und verdeckten die Sicht. Schweiß floss in Strömen und brannte in ihren Augen. Das Anfachen von Feuer gelang nicht. Die Schmerzen ließen sie immer wieder aufschreien. Da sank sie erschöpft nach hinten. „Du verblutest erst recht, wenn du flach liegst!", sagte Aurora und zog sie an einen großen Stein, lehnte sie mit etwas aufgerichtetem Oberkörper dagegen. Nadine verdrehte die Augen. Ihr Brustkorb hob und senkte sich schwer. Das Summen der dicken schwarzen Fliegen, die sich über den toten Leoparden hermachten, wurde lauter. Aurora war verzweifelt.

Ihre Augen wurden zu schmalen Schlitzen. Es wurde Zeit, dass sie reagierte. Sie war nun dran! Schnell nahm sie die trockenen Flechte, legte sie auf einen sehr heißen, von der Sonne erhitzten Stein, legte zwei kleine Steine dicht zueinander darauf, griff aus einer der beiden Kokosnusshälften, die sie mitführten, das lose Brillenglas und legte es darauf. In der Hoffnung, es möge als Brennglas funktionieren. Nadine war eingeschlafen und atmete schwer. Aurora griff ihren String-Tanga, band Nadines Haare hinten zusammen zu einer sogenannten „Zwiebel" und zurrte dies mit ihrem String fest. Dann nahm sie die scharfe Steinspitze aus der Kokosnusshälfte, ging zu einem dicken, alten Baum und kratzte eine Menge Harz ab in die Kokosnusshälfte. Sie ging zu Nadine, kniete daneben und rieb das klebrige Harz so gut es ging auf die Wunde. „Aaargh! Bist du wahnsinnig? Du bringst mich um!", schrie Nadine mit schmerzverzerrtem Gesicht auf und schlug Aurora hart beiseite. „Willst du verbluten?" raunte Aurora. Nadine fasste sich an den Hinterkopf und fühlte den zusammengeknoteten Haarschopf. „Mein String, sorry", sagte Aurora mit verzogenem Mundwinkel. „Wir müssen die Blutung stoppen. Vielleicht ist Harz steriler? Ich habe keine Ahnung. Aber anders verblutest du uns." Doch Nadine war schon wieder bewusstlos. Schnell rieb Aurora von dem Harz so behutsam wie möglich auf die Kratzwunden. Harz vermischte sich mit Blut. Dann legte sie ein frisch gepflücktes großes Blatt darüber und band Nadine den Gürtel um die Schulter, den sie nach langem Zögern und mit großem Widerwillen der toten Bestie vom Hals gelöst hatte.

Ein leises Knistern ließ sie erneut herumfahren. Tonlos stieß sie einen Freudenschrei aus. Das Brillenglas hatte seinen Dienst als Brennglas erfüllt, winzig kleine Rauchfahnen stiegen auf. Schnell legte Aurora kleine Holzstückchen darauf, beugte sich dicht darüber und pustete vorsichtig. Das Feuer entfachte schneller. Aurora sammelte Steine, legte diese ringsum, so dass sich das Feuer möglichst nicht auf dem trockenen dürren Gras ausbreiten konnte. Wofür auch immer Nadine Feuer machen wollte, sie sollte ihr Feuer bekommen! Aurora stand auf, griff eine Kokosnusshälfte, rannte stolpernd, denn ihre Schuhe waren zusammen mit den Kleidern dank der Affen verschwunden, zu den Felsen, kletterte einige Meter hinab zu dem rauschenden Wasser, füllte die Schale mit kristallklarem Wasser und eilte zu Nadine zurück. Mit großen Palmenblättern verjagte sie wieder die schrecklich summenden dicken Fliegen, die nicht nur den Leoparden, sondern auch Nadine bedrängten. Sie nahm etwas von dem Moos, tauchte es in die Schale, kniete neben die schwer keuchende Nadine und wischte ihr sorgsam den heißen Schweiß von der Stirn. Immer wieder. Dann wischte sie mit frischem Moos, frisch in der Kokosnuss-hälfte eingetaucht, besonders behutsam das Blut am Oberkörper weg, wischte sanft das angetrocknete Blut von der Brust, von den Armen und am Bauch. Immer wieder schaute sie nach dem züngelnden Feuer und wischte Nadine erneut den Schweiß von der Stirn. Zeit verging. Das Atmen fiel immer schwerer, die Schwüle und Feuchtigkeit in der Luft nahm zu. Rauch stieg aus der Feuerstelle in die Luft.

Aurora ließ Nadine nicht aus den Augen, stand nur immer wieder nervös auf, um die Gegend im Auge zu behalten, ob Tiere oder die Riesenschlange den Kadaver und sie beide witterten und angeschlichen kamen.

Irgendwann schlug Nadine den Kopf hin und her, schrie auf, schien zu träumen, schrie wieder, schreckte hoch, richtete sich auf, ihr Blick war weiterhin angsteinflößend. Schmerzverzerrt. Sie berührte kurz die in Blätter gepackte und mit dem Gürtel fixierte Wunde, stand ruckartig auf und eilte zu dem Leoparden. Sie zerrte an ihm, wedelte fluchend die Fliegen durcheinander, zerrte den Kadaver zum Feuer, griff die scharfkantige Steinspitze, rammte sie in den Unterleib des Leoparden. Immer heftiger. Blut spritzte. Nadine spreizte die Hinterläufe des Kadavers und schlug erneut ohne Pause in den Leib des Tieres. Aurora sah, wie sie an den Hoden riss. Ihr wurde schlecht. Angewidert wandte sie sich ab. Die Geräusche waren unerträglich. Aurora hielt sich weinend die Ohren zu. Was sie veranlasste, kurz wieder hinzuschauen, wusste sie nicht. Nadine hatte dem toten Tier eine Hinterkeule weggerissen, zog mit der Steinklinge und mit den bloßen Zähnen wie eine Bestie das Fell ab. Dann hing sie die fleischige Keule über eine Konstruktion aus Steinen über das Feuer und starrte hinein. Drehte die Keule irgendwann und starrte weiter nichtssagend in das Feuer. Ihr Blick war fremd und bestialisch. Nichts war von dem schönen Frauenkörper geblieben. Eine Ansammlung von Flecken, Kratzern, Wunden und getrocknetem Blut, überzogen von in der Sonne erbarmungslos gerösteter Haut. Immer wieder schrie sie auf, fasste sich an die Schulter, schrie und schüttelte sich. Aurora saß abseits im Gras, überwand einen Würgreiz nach dem anderen, kaute nervös auf ihren abgebrochenen Fingernägeln und weinte. Mit angestellten Beinen saß sie da und ließ ihren Urin einfach laufen. Es war ihr egal. Sie waren in so extrem kurzer Zeit zu wilden Tieren geworden. Und Nadine machte ihr Angst. Schreckliche Angst.

Aurora wusste nicht, wie viel Zeit vergangen war, als Nadine die heiße, gebratene Keule vom Feuer nahm und ihre Zähne wild hineinschlug. Sie zerrte an dem zähen Fleisch und aß – nein, sie fraß - und nagte an der Keule gierig mit glasig starrem Blick. Wischte sich mit dem Arm Saft und Speichel ab und nagte weiter an dem Fleisch. Sie hustete, biss und kaute gleichzeitig. Die schwarzen, zum Teil grün glänzend schimmernden Schmeißfliegen machten sich in Scharen über den Kadaver her. Die Schwüle wurde unerträglich, ihre beiden Körper waren nass.
Da sah Nadine zu Aurora herüber. Ihr Blick etwas klarer. Fressen und gefressen werden. Sie hatte gefressen. Teile des Leoparden gefressen.
„Komm' zu mir, ich tue dir nichts", sagte Nadine mit rauer Stimme, schmatzend und kauend. Zögernd stand Aurora auf, wischte sich den Schenkel mit der bloßen Hand ab und ging auf die Feuerstelle zu. Vorsichtig setzte sie sich daneben. Angewidert davon, wie Nadine fraß. Sie hielt sich den Unterleib. Sie hatte Schmerzen. „Willst du davon? Oh, ich habe vergessen, du bist Vegetarierin! Hast du von den Bananen ...?" Blutverschmiert lagen die Bana-

nen noch abseits im Gras. „Mit ist schlecht, weinte Aurora, „mir ist nur noch schlecht und ich habe Bauchschmerzen. Es zieht so im Unterleib. Vielleicht bekomme ich wirklich doch auch noch meine Tage. Oder ich bekomme Durchfall von dem Durcheinander, den man hier in sich hineinstopft."

„Regelblutung! Toll, noch mehr Blut, das Viecher anzieht", raunte Nadine. Aurora weinte bitter und wollte aufstehen, als Nadine sie unter Aufschrei aufgrund ihrer Schmerzen festhielt. Sie standen und Nadine packte Aurora, hielt sie fest. Angewidert wollte Aurora sich lösen, aber es gelang ihr nicht. „Es tut mir leid, Aurora, es tut mir leid, ich liebe dich! Wir sind füreinander da! Ich helfe dir. Du hast mir geholfen, mich versorgt. Wir überstehen das hier! Ich weiß nicht, was in mich gefahren war. Ich musste von der Bestie fressen. Sie oder ich! Aurora starrte in Gedanken auf den Anblick der Hoden. Es war keine Bestie. Es war eine Kreatur. Ein Tier. Es wollte leben, sich fortpflanzen und tötete eben, um zu fressen. Warum nur war die Natur so grausam? Stolz floss durch ihre Adern. Stolz, Vegetarierin zu sein. Sie hielten sich fest. Aurora weinte. Und jetzt weinte auch Nadine. Eng umschlungen standen sie in der heißen Sonne, die von dicken dunklen schweren Wolken umzingelt wurde. Das schrecklich laute Summen und Sirren der Schmeißfliegen wurde zu einem traurigen unstimmigen Gesang.

Ihre nassgeschwitzten Leiber klebten aneinander. Lange standen sie so da, dann zog Nadine Aurora an der Hand. „Komm', wir machen uns im klaren Wasser nochmal frisch und gehen dann weiter." – „Wohin?", fragte Aurora. „Nach oben zum Camp? Wir haben weder Ahnung, noch eine Orientierung. Runter zum Meer? Wohin?" Nadine wusste keine Antwort. Dennoch kletterten sie unter Schmerzen zum Wasser hinunter, stiegen in den von frischem Wasser schnell durchströmten Felsenkessel und wuschen sich die Körper ab. Sie stiegen heraus, gingen zurück, griffen die Kokosnusshälften, den Bambusspeer. Aurora legte das Brillenglas in die Kokosnusshälfte. „Was hast du denn da?", wollte Nadine wissen. „Ein loses Brillenglas. Es hat als Brennglas funktioniert. Das habe ich immer in meiner Hosentasche. Ich konnte es aus der Jeans retten, bevor die Affen sich damit davon machten." – „Ein Brillenglas?" – „Ja", sagte Aurora und schielte seit langem einmal wieder auf ihre nasse, im Gesicht klebende Haarsträhne. „Ich sehe auf einem Auge schlecht, da hat mir mal einer eine reingedroschen. Seitdem sehe ich da schlecht. Aber meine Brille ging schon vor langer Zeit kaputt und seitdem nutze ich nur noch das Glas." Nadine schüttelte den Kopf.

Sie meinte: „Wir hätten uns aus dem Fell des Leoparden Lendenschurze machen sollen, aber ich habe keine Ahnung, wie man Felle gerbt. Man braucht Hitze, Sonne und Salz, soviel ich weiß. Man muss das Fell spannen und trocknen. Sieht aber verdammt nach Unwetter und Regen aus."

„Ich will kein Fell. Das ekelt mich an. Lieber bin ich nackt, obwohl mich das auch schon anekelt", murrte Aurora. „Du hast Recht, Aurora, lass uns das Camp vergessen. Lass uns runter zum Ufer gehen, die Stelle suchen, wo wir mit dem Katamaran anlegten und warten, bis die nächste Ausflugsgesellschaft anlegt. Egal ob wir nackt sind. Vielleicht können wir uns dann mit Blättern bedecken. Es hieß ja auch, dass die Insel, die gar keine wirkliche Insel ist, an einer Stelle kilometerlang durch einen schmalen Landstrich mit dem Festland verbunden sei. Wenngleich der Ranger betonte, dass dieser schmale Landstrich sehr sumpfig sei und durch Unmengen von Krokodilen und Schlangen für Menschen absolut unpassierbar. Außerdem gäbe es dort durch die sumpfige, tropische Beschaffenheit massenhaft todbringende Insekten, die Infektionen und Krankheiten, Dschungelfieber und alles Mögliche übertragen. Darauf kann ich verzichten, mir reicht, was ich bis hierher erlebte. Und bei Schlangen ist es eh egal, ob es eine riesengroße Monsterschlange ist, oder eine Viper oder die grüne Mamba. Tödlich sind sie alle. Nicht immer sind die großen Tiere wie Tiger, Leopard, Krokodil, Riesenschlange oder andere die gefährlichsten, sondern Bakterien, Viren, Würmer, die man sich einfängt und die sich im Körper einnisten" – Aurora fielen ihre Bauchschmerzen ein -, „Parasiten, Mücken und andere Insekten."

„Ekelhaft und gruselig!", schüttelte sich Aurora und überlegte: „Komisch war schon auch, wie der Ranger sagte, dass eigentlich gar keine Menschen auf die Insel oder Halbinsel dürften, weil es ein absolutes Naturschutzgebiet sei, seit die Ureinwohner, welche damals die legendäre Seilbrücke mit primitivsten Mitteln bauten, weg waren. Und dass nur er, aufgrund seiner Zertifizierung, eine Sonderberechtigung habe, in Ausnahmefällen kleine Gruppen von Touristen in das geschützte und gefährliche Gebiet zu führen."

„Dem glaube ich kein Wort mehr", konterte Nadine, „mit Sicherheit war das ein Hochstapler, ein Betrüger, finanzielle Abzocke. Für den 2-Tages-Trip wurde richtig Geld verlangt und wer die Brücke betreten wollte, musste noch einmal in die Tasche greifen und dem Ranger Bargeld zuschieben. Wir waren ganz schön naiv!" - „Ja, aber er sah so offiziell aus in seiner Uniform", meinte Aurora, „nur, möglicherweise ist er ja mit samt dem vielen Bargeld auch in den Tod gestürzt, als die Brücke riss."

Nadine starrte in den Himmel: „Ich kann mich nicht erinnern, ihn gesehen zu haben, aber es ging alles so schnell, die Leute drängten alle gleichzeitig auf die Brücke, man konnte nicht mehr vor und nicht mehr zurück.

Und dann die bescheuerten Typen, die an der Brücke schaukelten und rüttelten! Ich schätze, er war sich des Risikos bewusst, das die Brücke barg und blieb zurück. Ist dann vielleicht schnell mit dem Katamaran zurück gefahren und hat die Katastrophe, wenn unsere Theorie von dem Betrug stimmt, wahrscheinlich noch nicht einmal gemeldet. Dann ist eine Gruppe von Touristen eben spurlos verschwunden und niemand weiß, wo man beginnen soll mit der Suche. Dann können wir hier lange auf Rettung warten. Deshalb sollten wir zumindest zurück zum Anlegeplatz. Ein kleiner unscheinbarer Landesteg war ja vorhanden. Vielleicht benutzen den in der Regel Forscher oder Naturschützer."

Aurora sah Nadine an. Wie sie vor ihr stand, mit dem abenteuerlichen Wundverband aus Blättern und einem Ledergürtel an der Schulter, dem nackten, strapazierten, zerkratzten, von der Sonne gebräunten Körper, ihren schönen, wohlgeformten Brüsten, dem dunklen Dreieck ihrer Schamhaare, den hochgesteckten Haaren und dem Bambusspeer in der Hand. Wie eine Amazone sah sie aus, fand Aurora. Exotisch, abenteuerlich, gefährlich, stark! Als sie sich bestialisch über den toten Leoparden hermachte und diesen animalisch zerriss, hatte sie ihr große Angst eingeflößt. Jetzt bewunderte sie diese Frau wieder.

Es donnerte am finster werdenden Himmel. Kurz darauf zuckten Blitze durch den dunkelgrauen Himmel. „Unheimlich", sagte Aurora. Wo stellen wir uns unter, wenn es regnet? In Filmen und Büchern finden sie immer passende Höhle." – „Na, dann werden wir auch eine passende Höhle finden. Komm, lass uns losgehen."
„Und das Feuer?", fragte Aurora. „Lass es brennen, es brennt schon herunter und so wie es aussieht, regnet es bald." Noch einmal wandte sich Aurora um: „Und – und -

der tote Leopard? Sieh dir nur diesen fetten dunklen Schwarm Schmeißfliegen an!" Nadine weitete die Augen: „Hast du etwa Mitleid mit dem Geschöpf? Er hätte mich fast gerissen und gefressen, was glaubst du, wie *ich* danach ausgesehen hätte! Willst du ihn bestatten? Überlass ihn der Natur, den Schmeißfliegen, Ameisen, Käfern, Hyänen oder Schlangen und anderem Getier. Das ist der Kreislauf der Natur. Wir tun ihm keinen Gefallen, wenn wir ihn in den Fluss werfen, verbrennen oder begraben."

Aurora blickte zurück. Sah in Gedanken den toten Leib vor sich liegen. Tot. Eigentlich wollte er nur leben. Er oder Nadine? Grausam.

Sie sahen nicht mehr, wie sich hinter ihnen die meterlange Riesenschlange schwer durch das Unterholz schob. Dem Kadaver des Leoparden entgegen.

Sie kamen wie immer nur langsam voran. Jeder Schritt musste vorsichtig gewählt und jeder Fuß vorsichtig gesetzt werden.

Aurora war jetzt wieder froh, an ihrer Seite gehen zu dürfen. „Was geschah eigentlich mit dem Superhotel im – Autsch!!" Sie hüpfte auf einem Bein. „Ich bin in etwas reingetreten!" Schnell fasste sie das Fußgelenk mit einer Hand und zog den Fuß hinten an ihre Pobacke heran, um schauen zu können, was sie gestochen hatte. Nadine war schnell bei ihr, hielt ihr den Fuß, Aurora hielt sich an ihr. „Das ist ein Stachel", sagte Nadine und zog ihn mit den abgebrochenen Fingernägeln ihrer Fingerspitzen heraus. Aurora verzog das Gesicht. „Das schmerzt vielleicht!" Langsam gingen sie weiter.

„Das Superhotel ist noch in Planung. Naturschützer, Politiker und andere Verbände leisten heftig Widerstand. Die Investoren schmieren dabei verstärkt mit schmutzigen Geldern und kaufen sich Vertreter der Widerständler, soweit diese käuflich sind. Ich zeige dir, wenn wir zurück sind, meine Entwürfe. Sie sind spektakulär. Aber ich habe den Entschluss gefasst, das Angebot zurückzuziehen. So grausam wilde Natur ist, der Lebensraum der Korowai darf nicht derart zerstört werden. Überall auf der Welt, Indianer, Aborigines, Maori und viele andere unzählige ursprünglich indigene Völker werden seit Jahrhunderten verdrängt und ausgerottet. Ihr Lebensraum, ihr Leben, ihre Kultur."

Aurora musste wieder an die Affenmutter und ihr Baby denken, aber auch an den frustrierten, masturbierenden Affen, den alten Grauhaarigen und all die anderen. Wenn so achtlos, grausam und rücksichtslos mit anderen Menschen umgegangen wurde, was war dann mit Tieren?

„Mir war gar nicht klar, was der Bau eines Hotels der Superlative mitten in sumpfigen Urwäldern für massive Folgen mit sich bringt. Schwerlastkräne müssen vor Ort sein, für diese müssen Straßen gebaut werden. Eine unfassbare Zahl an Tonnen von Baumaterial muss angeliefert werden. Es werden für weitere Transporte, zum Beispiel auch Baupersonal, Ingenieure und andere Personen Hubschrauberlandeplätze gebaut werden. Dann Strom- und Wasser-, sowie Abwasserversorgung! Millionen von Euro oder Dollar werden umgesetzt, um Milliardengewinne zu erzielen und die Sensationslust der hochentwickelten Menschen zu befriedigen! Ich mag nicht mehr. Wir Menschen müssen umdenken. Erfolg und Geld sind nicht alles im Leben.

Wir beide kämpfen seit ein paar Tagen täglich ums nackte Überleben, wie die meisten anderen Tiere hier auch. So wie auch die Korowai und viele andere Ureinwohner überall auf der Welt. Während die hoch entwickelte und technisierte, gewinnorientierte Menschheit weiter plant, baut, den Fortschritt hemmungslos vorantreibt. Auf Kosten anderer Lebensformen. Illegale Fabriken, Sklaven-arbeit, Kinderarbeit in unzähligen Plantagen oder Berg-werken dieser Erde oder in besagten illegalen Fabriken. Ausnutzung von billigen Arbeitskräften, Zerstörung von Lebensraum und Natur. Vergeudung von Rohstoffen ..."

„Hey, es reicht, Nadine. Klingt ganz schön düster. Kein Wunder, sind so viele Menschen ohne Hoffnung und fin-den irgendwann für sich selbst auch keinen Ausweg mehr."

„Du hast recht, Aurora. Wir müssen etwas dagegen un-ternehmen. Alles, was sich der uralte, mächtige, kosmische Architekt ausgedacht hat mit der Erfindung des Universums und unserer Erde, funktioniert. Die Konstellation der Planeten, die Schwerkraft, der Mond, die Jahreszeiten, Saat und Ernte, Werden und Vergehen. Viele in sich geschlossene und miteinander verbundene Kreisläufe.

Vieles von dem, was der Mensch plant und konstruiert, dient nur der Ausbeutung und Zerstörung."

Schweigend suchten sie sich weiter ihren Weg zwischen Bäumen, Sträuchern und Meeren von verschiedenen Far-nen, die beim Gehen an ihren Körpern streiften. Sie suchten die Wasserfälle auf und nahmen sich vor, dem Verlauf der Wasserfälle hinunter zum Fluss zu gelangen, von dort zum Strand, um dann eine Orientierung zu ge-winnen, wo das Festland lag und wie die Anlegestelle zu finden war, an der sie diese abenteuerliche Reise began-nen.

Aurora hielt inne. „Pst, Nadine, dort, die Affen, die Pavia-ne", flüsterte sie. Ein paar Meter von ihnen entfernt saß eine kleine Gruppe der grauen Affen im Gras unter den hohen Bäumen. Dass es sich nicht um Paviane handelte, sondern um Langschwanzmakaken, konnten sie zu dem

Zeitpunkt nicht wissen. Wie die meisten Menschen kannten sie nur die wesentlichen Arten wie Schimpansen, Gorillas, Orang Utans und Paviane. Das Licht, das durch die grünen Blätter schien, wirkte unecht. Wieder hatte es gedonnert, der Himmel wurde zunehmend dunkel, graugrün. Wolkenberge schoben sich zusammen und bedrängten weiter die Sonne. Behutsam legte Aurora die Kokosnusshälften auf den Boden und ging langsam auf die Affen zu.

„Die blöden Viecher haben unsere Klamotten", sagte Nadine laut, doch Aurora antwortete nur mit einem „Pssst!"

Ruhig näherte sie sich der Gruppe sitzender Affen. In ihrer Mitte lag reglos ein Affe. Der alte weißhaarige Affe. Sie beobachtete. Reglos lag er da. Er war gestorben. Der alte weißhaarige Affe, der noch kurz zuvor gelangweilt und mit müden Augen ein paar wenige Nüsse verspeist hatte, war gestorben. Die Äffin, die ihr Baby an die Brust gedrückt hielt, wich verängstigt zurück. „Ich tue dir nichts", flüsterte Aurora und blieb stehen. Wie schnell sich hier alles wandelte. Vor Momenten graute ihr vor der wilden Nadine, dann Momente danach sah sie eine abenteuerliche Amazone in ihr. Vor Momenten widerte sie selbst ihr schutzlos ausgeliefertes Nacktsein an, jetzt war sie stolz darauf, nackt und ohne menschliche Kleidung vor den Affen zu stehen. Sie fühlte sich so viel mehr mit der Natur und den Affen verbunden. Gut, sie hatte kein Fell und in Gedanken musste sie schmunzeln, da sie sich ja auch noch die wenigen Haare an Achseln, den Beinen und ihrer Scham rasierte. Wobei sich hier schon deutlich kleine schwarze Stoppeln gebildet hatten. Aber sie war nackt. Und von den rasierten Stellen, der Kurzhaarfrisur und den drei silberfarbenen Piercings an ihrem Körper abgesehen, wild und nackt, als wäre sie so hier geschaffen worden. Die Äffin traute ihr nicht. Skeptisch schaute sie Aurora an.

Da erkannte Aurora auch den anderen Affen, der zwischen fünf anderen Affen saß. Sie erkannte ihn an einem kreisrunden dunklen Fleck auf dem Fell. Es war der gierige Affe, der vergeblich versucht hatte, eine Gefährtin zu finden um sich paaren zu können. Der dann allzu menschlich auf dem Ast saß und vor ihr masturbierte, um sich zu erlösen. Sie schritt vorsichtig näher. Die Äffin bleckte die Zähne und erklomm mit einer Hand, in der anderen ihr Baby haltend, einen Baum. Auch die anderen Affen huschten unter brummigen Grunzlauten in die Bäume. Der Affe mit dem kreisrunden Fleck im Fell blieb sitzen. Desinteressiert betrachtete er den leblosen Körper des alten verstorbenen Affen. Aurora kniete sich dicht neben ihm auf den Boden in das Gras. „Hallo, du", lächelte sie. „Bist du traurig? Bestimmt bist du traurig. Es ist so schade. Ich kann dir leider nicht helfen. Er ist gestorben. Er kommt nicht zurück. Wir alle gehen irgendwann diesen Weg. Ach, ich weiß, du verstehst mich nicht. Es wäre so schön, könntest du mich jetzt verstehen." Der Affe drehte sein Gesicht ihr zu. Seine Augen glänzten. Er weinte? Seine goldgelb leuchtenden Augen mit den kleinen schwarzen Pupillen schauten sie genau an.

„Ich bin dein Freund", sagte sie leise und reichte dem traurig dreinschauenden Affen die Hand. Zögernd sah er sie an. Dann näherte sich seine kleine Hand. Sanft legte er seine Hand in ihre und schaute die beiden Hände an. Seine grauen fellbewachsenen Finger, seine Hand, in ihrer nackten Hand. Sie fasste seine Hand, sie reichten sich die Hand. „Ich nenne dich Jackoff", sagte Aurora und lächelte. „Ich muss gehen, ich kann nicht bleiben. Aber ich möchte, dass du weißt, dass du einen Freund hast, der immer an dich denkt, Jackoff." Vorsichtig streichelte sie seinen Kopf. Er ließ es geschehen. Sie betrachtete ihn. Er reagierte. Sie sah es, als sie an ihm hinunterblickte. „Ich mag dich total, wirklich, Jackoff. Und ich will dein Freund sein, auch wenn ich dich verlassen muss. Ich kann nicht bleiben." Er reagierte weiter. Sie musste schmunzeln und war doch traurig. Sie sah an ihm hinab. „Ha, wir wären ein echt schräges Paar, du und ich. Nein, ich kann nicht bleiben, ich kann dir nicht helfen. Wir passen als Paar nicht zusammen. Lass uns einfach Freunde sein."

„Ach, Mist, ich enttäusche ihn", dachte sie und erinnerte sich, wie oft sie diesen Satz enttäuscht von jungen Männern zu hören bekam, selbst aber auch schon mehrfach gebraucht hatte. „Wir passen als Paar nicht zusammen, lass uns Freunde sein." Schnell stand sie auf, ging ein paar Schritte, wandte sich um und sagte: „Wir sind Freunde, Jackoff, bitte!" Er schaute sie an, aber seinen Gesichtsausdruck konnte sie nicht deuten.

Dann kehrte sie zu Nadine zurück. „Was war denn das?", fragte diese. „Ein Freund. Der Affe wurde mein Freund. Er hatte versucht ... , nein, als alle Affen da um mich herum waren und unsere Klamotten gestohlen hatten, da war er - ach, egal, ich erzähle es dir ein anderes Mal. Ich habe ihn hier wieder erkannt und mag ihn. Seltsam, oder?"

„Und jetzt?", fragte Nadine. „Jetzt lasse ich ihn alleine zurück. Mit all seinen Sorgen, seiner Lust ...."

„Seiner Lust?", fragte Nadine erneut. Ohne zu reagieren fuhr Aurora fort: „Und mit seiner Trauer um den alten verstorbenen Affen. Aber ich wollte, dass er weiß, dass ich ihn mag und dass wir Freunde sind."

Dann setzten sie ihren Marsch fort. Leises sanftes Rieseln veränderte die typischen Urwaldgeräusche von Zwitschern, Trällern, Rufen, Knarren, Krächzen. Es begann zu regnen. Nur wenige Tropfen gelangten durch das dichte Dach aus Blättern. Aber die auf das grüne Dach des Urwaldes prasselnden Tropfen hörten sich laut an.

Erschrocken blieben sie erneut stehen. Ein dumpfes, monotones Geräusch, wupp-wupp-wupp-wupp, erfüllte die Luft und mischte sich in das sanfte Rauschen des Regens. „Ein Helikopter!", rief Nadine und beide suchten schnell den Himmel ab, der unter dem grünen Blätterdach nicht zu finden war. „Mist", rief Nadine, „die ganze Zeit waren wir auf der Lichtung und jetzt hier im Dickicht fliegt plötzlich ein Hubschrauber über uns! Endlich Rettung! Schnell, zurück zur Lichtung! Er muss uns finden!" Wupp-wupp-wupp-wupp-wupp. Das monotone Geräusch kam näher und wurde lauter. Hastig rannten sie zurück zur Lichtung, stürzten mehrfach oder stolperten über Äste und Wurzeln. „Halloooo, Halloooo", riefen sie zeitgleich aus vollem Halse, „hier sind wir! Hallooooo!" Als Nadine durch die letzten Pflanzen brach, blieb sie abrupt stehen, sodass ihr Aurora gegen den Rücken prallte. Sie hielten den Atem an. Vor ihnen wälzte sich das Riesenmonstrum Schlange mit seinem schweren Leib durch das Gras. Sie war unglaublich dick und etliche Meter lang. Rückwärts drängten sie zurück in den Wald und rannten, so wie sie gekommen waren, stolpernd und stürzend, sich Füße und Zehen an Wurzeln und Steinen stoßend, davon. Die schweren Motorengeräusche des Hubschraubers blieben in der Luft stehen. Donnerschläge mischten sich in das ungewohnte Geräusch. Es regnete stärker. Verzweifelt rannten die beiden einer anderen Lichtung entgegen, die ebenfalls Sicht versprach, immer wieder hinter sich blickend, ob die Riesenschlange folgte. Sie entdeckten den Hubschrauber. Schwebend stand der große, schwere Militärhubschrauber in der Luft. Sie winkten und riefen, aber noch waren sie im dichten Wuchs der Urwaldpflanzen nicht zu erkennen. Dann senkte sich der Hubschrauber hinter Felsen ab. „Himmel, ich glaube, er landet unten am Strand!", rief Nadine in den stärker werdenden Regen hinein. Doch die Landschaft war zu beschwerlich, um sich einfach den steilen Abstieg hinunterzustürzen oder zu rennen. Zu dicht war der Pflanzenwuchs, der Regen machte den Untergrund glitschig und nass, sodass sie mehrfach auch ausrutschten. Dennoch versuchten sie, so schnell es ging, nach unten in Richtung Strand und Ufer zu kommen. Das Brummen der Rotoren war im strömenden Regen leiser geworden, hatte aber nicht aufgehört. Da erkannten sie durch die Bäume und den dichten Vorhang des Regens hindurch, dass sich der Hubschrauber wieder erhob. Verzweifelt riefen sie gegen den Regen und den Donner an, doch der schwere Hubschrauber hob sich in die Luft, das Brummen der Rotoren entfernte sich, der Hubschrauber wurde kleiner und verschwand schließlich aus ihrer Sicht.

„Glaubst du, sie haben Suchtrupps ausgesetzt?", fragte Aurora und biss sich auf die Unterlippe. „Keine Ahnung. Vielleicht. Vielleicht wollten sie suchen, vielleicht mussten sie abbrechen wegen des Sturmwindes und des heftigen Regens."

Der Regen prasselte jetzt hart und laut gegen das Dach aus Bäumen und Blättern, das Rauschen wurde lauter und lauter. Resigniert blieben beide stehen und rangen nach Atem. Aurora, immer noch krampfhaft die beiden Kokosnusshälften und ihr loses Brillenglas festhaltend. Nadine, den Bambusspeer in ihrer Hand, mit schmerzverzerrtem Gesicht. Die Anstrengung führte zu großen Schmerzen in ihrer Wunde an der Schulter. Keuchend standen sie da. Die Wand aus grauem Regen wurde dichter und verwehrte ihnen bald komplett die Sicht. Hinzu kam ein heftiger Sturmwind, der sich mit Macht durch die Wälder drückte. Ein schrilles Pfeifen mischte sich in das raue Rauschen des Sturmregens. Mühsam versuchten sie sich zu orientieren, folgten dem Rauschen der Wasserfälle, doch dort angekommen sahen sie, dass die Wasserströme mit rasender Geschwindigkeit anschwollen. Wild schoss und klatschte das Wasser gegen Felsen, spritzte meterhoch und übergoss sie zu all dem Regen. Sie wichen zurück, rutschten immer wieder aus. Der Untergrund wurde schwammig, schlammig und rutschig, es fiel schwer, Halt zu finden. Immer erbarmungsloser presste sich der Regen durch die Bäume, spülte Erdreich, Gräser und niedrige Pflanzen davon, hier und da drückte sich ein gewaltiger Erdrutsch durch die Stämme der Bäume und riss mit fort, was nicht fest angewachsen war. Krachen und Bersten, Rauschen und Fauchen des Sturmwindes. Sie konnten nicht sprechen, blieben beieinander und wichen immer wieder den gewaltigen Fontänen, die aus den Wasserfällen hochspritzten, aus. Aurora ging gebückt, sie hatte Schmerzen im Unterleib. Sie krümmte sich, während sich Nadine die Schulter hielt. Das Blut in der Wunde pochte und klopfte. Ihre Füße wurden eiskalt und schmerzten. Aurora zerrte an Nadines Arm, doch diese deutete nur in Richtung Strand und Ufer. Aber sie konnte in alle Richtungen zeigen. Durch den Sturmwind und dichten Regen, den finsteren Gewitterhimmel und die einsetzende Dunkelheit hatten sie jede Orientierung verloren. Blitze zuckten. Manchmal folgte ein extrem lauter Schlag, der sie erzittern ließ. Sie folgten nur noch der Schwerkraft im Gelände abwärts. Der Regen wurde so dicht, dass Aurora Nadine, die dicht vor ihr ging, fast aus den Augen verlor.

Die Nacht brach herein. Es wurde dunkel. Finster. Das Heulen des Sturmes wurde unerträglich laut. Schlammmassen drückten sich gegen ihre Körper und brachten beide immer wieder zu Fall. Es fiel fast schwer, die Augen geöffnet zu halten, der Regen war unerträglich hart und dicht. In der Dunkelheit war ohnehin nichts mehr zu sehen. Aurora krümmte sich erneut. Sie fasste sich an den Unterleib, spürte klebriges Blut, das der Regen sofort von ihr spülte. Ihre Regelblutung setzte ein. Ein furchtbar lautes Krachen ließ sie den Kopf herumreißen. Ein großer Baum wurde wie von Geisterhand mitsamt seiner mächtigen Wurzel aus dem schlammigen Boden gezerrt, Dreck, Lehm und Matsch spritzten auf Aurora, dann stürzte der Baum mit einem mächtig lauten Surren krachend, andere kleinere Bäume mit sich reißend, um und schlug irgendwo dicht vor ihr in das Dickicht. Die Geräusche von Donner, Regen und der Wasserfälle, sowie des Sturmes dröhnten schmerzhaft in ihren Ohren. „Naaadiiiine!", schrie Aurora gurgelnd, denn der Regen spülte ihren Mund. Sie spie und spuckte das Wasser aus und rief erneut: „Naaaadiiine!" Wie zum Hohn dröhnte und pfiff der Sturm noch lauter, dass sie sich die Ohren zuhielt. Die Kokosnusshälften ließ sie nicht los. Sie stürzte, rutschte in vollkommener Dunkelheit auf den Knien einige Meter an dem umgestürzten Baumstamm entlang, tastete panisch im morastigen Untergrund nach Nadine, griff Blätter, glitschige Massen von Moosteppichen, Geäst und Geröll, die raue Rinde rieb ihre Haut auf, Wind und Wasser spülten sie davon. Knietief versank sie im Morast, als sie die Beine Nadines unter dem Stamm entdeckte. Mühsam beugte sie sich über den Stamm und fühlte mit ihren eiskalt gewordenen Händen, dass der Oberkörper Nadines im Wasser lag. Schlamm, Blätter und Schmutz hatten sie bedeckt. Aurora wälzte sich unter Schmerzen über den Stamm, wischte sämtlichen Schmutz, Blätter und Äste von Nadine und hob deren Kopf aus dem Wasser. Sehen konnte sie nichts. Es war stockfinster. Sie klatschte ihr vorsichtig auf die Wangen: „Nadine! Nadine!" Aurora suchte in der Schwärze der Nacht mit ihren Lippen den Mund Nadines und wollte sie beatmen. Sie schmeckte Sand, Schmutz, Gräser und Schleim aus Nadines Nase, was an ihren Lippen kleben blieb. Instinktiv blies sie ihr nicht Luft in den Mund, ihre Zunge schob sich sanft durch den Schmutz hindurch zwischen Nadines Lippen. Ein Kuss? Regenwasser spülte sich drängend dazwischen. Nadine stöhnte auf, öffnete und verdrehte die Augen, schloss sie sofort, da der Regen ihr hart ins Gesicht schlug und spuckte Mengen von Wasser aus. Sie hustete und schluckte ungewollt wieder Mengen von Wasser. Der Sturmwind schlug Aurora weg gegen einen Baum, an dessen glitschiger Rinde sie abrutschte und in nassen Morast fiel. Schnell richtete sie sich auf, suchte wieder in der Finsternis schnell Nadines Körper und hob erneut Nadines Kopf aus dem Wasser. Das furchtbar laute Rauschen des Regens ließ nicht nach. Wieder donnerte es und grollte am fast finster schwarzen Himmel. Verzweifelt begann Aurora zu weinen. Sie wusste keinen Ausweg. Der Lärm des Sturmes war unerträglich, die Finsternis erlaubte keine Sicht, alles war schwarz. Der Regen rauschte. Sie spürte Nadines kalten Körper. Sie selbst fror entsetzlich. Sich vor all den unbekannten glitschigen Massen an ihrem Körper ekelnd, rutschte sie im Schlamm an Nadines Kopf, kniete sich hin, schob ihre Oberschenkel unter den Kopf Nadines, damit dieser nicht unter die Wasser- und Schlammmassen geriet und bettete deren Kopf in ihren Schoß. Das Atmen war aufgrund des heftigen Regens fast nicht möglich, mit jedem Atemzug durch die Nase sog sie unwillkürlich Wasser ein und schnäuzte dieses angewidert aus. Unter diesen Umständen konnte die wehrlose Nadine erst recht nicht atmen. Aurora beugte sich nach vorne über Nadine, um ihr ein klein wenig Schutz vor dem heftigen Regen zu gewähren. So blieb sie sitzen. Ihre Beine schmerzten, schliefen irgendwann ein, die Schmerzen an der Rumpfseite klopften und ihr Unterleib zog sich ebenfalls immer wieder schmerzend und blutend zusammen. Doch sie bewegte sich nicht und leistete dem harten Sturmwind Widerstand, so gut sie konnte. Mehrfach drohte sie umzukippen und einzuschlafen, doch sie zuckte zusammen und hielt sich wach. Alles um sie herum war schwarz. Sie streichelte immer wieder Nadines Gesicht, wischte Wasser und Schlamm weg und fühlte Nadines Oberkörper und ihre Brüste, um zu spüren, ob sie noch atmete. Stunde um Stunde saß sie so da. Die Zeit schien ihr ewig.

Die Nacht hatte beide verschluckt, die üblichen Geräusche der Nacht waren nicht zu hören. Der Sturm und das Gewitter rissen an den Bäumen in der finsteren Nacht, unaufhörlich ergossen sich die monsunartigen Regenfälle über der Insel.

Hart schlugen riesige Wellen gegen Uferfelsen oder spülten sich meterweit auf dem Sand auf das Festland. Der kilometerlange schmale Landstrich, der die Insel mit dem Festland verband, versank zunehmend im Wasser. Krokodile suchten Schutz im Dickicht, das mehr und mehr versank, Echsen, Warane und anderes Getier suchte Schutz in Bäumen und Ästen, unzählige Schlangen wickelten sich an Bäumen empor.

Der Sturm hatte seine ganze Kraft entfacht und schlug erbarmungslos in die Wälder, schlug und riss Bäume um, entwurzelte sie, riss zusammen mit den Regenmassen alles mit sich. Todbringend und vernichtend.

In der Ferne leuchteten schwach die vielen Lampen und Lichter des Festlandes. Kleine Dörfer, Ferienanlagen und Hotels trotzten dem Sturm. In der Hotelanlage stürzten Blumenkübel um, Liegestühle wurden vom Sturm umher geworfen, liegengebliebene Handtücher und Strandmatten in die Luft gerissen und vom Regen sofort niedergespült. Fahnen wurden an ihren Masten zerrissen, Straßenlampen gingen zu Bruch. In den Hotels herrschte dennoch der übliche Betrieb. In Lounges saßen Urlauber in sommerlicher leichter Kleidung und lauschten den Geräuschen des Sturmes draußen. Musiker sorgten für

Stimmung und gingen mit ihrer Stimmungs- und Unter-
haltungsmusik gegen die Sorgen der Urlauber an. Es
wurde getanzt. Manche vergnügten sich an frischen Obst-
tellern oder an der Bar mit Longdrinks und Cocktails. Es
wurde gelacht. Fotografiert, erzählt. Man erzählte sich, es
seien möglicherweise Personen verschwunden. Aus mehreren Hotels oder Ferienanlagen würden einzelne Gäste
fehlen. Doch die Hotelleitung dementierte. Man müsse
abwarten, möglicherweise handele es sich um eine mehr-
tägige Expedition ins Landesinnere. Äußerungen von
einzelnen Personen, die den Abbruch des Kontaktes zu
ihren Freunden oder Bekannten beklagten, wurden mit
der Antwort abgetan, es handelte sich um normale Funk-
löcher. Ein junger Mann behauptete, so erzähle man sich,
eine junge Frau, die er vor wenigen Tagen kennenlernte,
erzählte ihm von einem Abenteuerausflug auf die verlas-
sene Insel, bzw. Halbinsel mit der historischen Seilbrücke. Aber es wurde verlautet, dass auf diese Insel definitiv keine Ausflüge stattfinden würden aus Gründen des
Umweltschutzes. Die Polizei zu verständigen müsse noch
warten, kleine Expeditionen irgendwelcher privater Anbieter an den Stränden seien normal. Ins Landesinnere.
Nicht jedoch auf die verbotene Insel. Andere hielten alles
für Spekulationen und Geschwätz der Leute. Man wollte
Spaß und Entspannung, schließlich war man im Urlaub.
Eine korpulente, ältere Dame in auffällig papageienbun-
tem Sommerkleid, das an ihrem Leib spannte und ihre
Brüste unnatürlich aus dem Dekolleté drückte, spitzte ihre aufgespritzten Lippen, rieb den übertrieben roten
Lippenstift ihrer Lippen aneinander und sagte, am Trink-
halm ihres Cocktails "Tropical Hell" saugend, gelangweilt
zu ihrem Mann: „Also die armen Leute in den einfachen
Hütten oder die Tiere im Wald! Werden ja ganz nass.
Ekelhaft!" Sie schob ihren Sonnenhut zurecht, saugte weiter am Cocktail und suchte, nachdem ihr Mann nicht

reagierte, aufdringlich neben sich Unterhaltung. Ein Kellner kam mit einem Tablett Champagnergläser an einen Tisch, am Mitternachtseisbuffet drängten sich die Gäste und häuften ihre Teller voll. Manche Gäste waren angetrunken und sangen lauthals fröhliche Lieder.

Dienstag

Viele Stunden später ließ der Sturm endlich nach. Der Regen hielt an. Die finstere Schwärze im Urwald wich einem dunklen Grau. Wie eine aus Schlamm und Ästen bestehende Statue saß Aurora bis zur Hüfte im kalten Wasser und Morast. Ihr Hals und Genick waren steif, ihre Beine gefühllos, ihr Magen knurrte ohne Unterbrechung. Ihr Unterleib verlor Blut. Mit nassen Händen sammelte sie schmierige Blätter und Moose und drückte sie unter Nadines Kopf, so dass dieser nicht mehr unter die Wassermassen geriet. Sie versuchte, den Stamm zu bewegen, aber er rührte sich nicht. Dann rutschte sie ein paar Meter im knietiefen Morast und griff einen abgebrochenen schweren Ast. Mit aller Kraft zerrte sie ihn zu Nadine. Sie biss die Zähne zusammen, spürte Krämpfe in ihrem Unterleib. Ihre Rumpfseite schmerzte höllisch. Dennoch drückte sie den schweren Ast unter den Stamm und stöhnte laut: „Schieb dich heraus! Mach schon!" Ihr war nicht klar, ob Nadine gebrochene Beine hatte, aber sie konnte nicht gleichzeitig den schweren Stamm als Hebel ansetzen und den großen Baumstamm anheben und Nadine helfen. Oder war Nadine bereits seit Stunden tot?

Mit aller Kraft drückte sie den Ast hoch. Der Baumstamm bewegte sich, Aurora wurde jedoch dadurch immer tiefer in den Morast gedrückt.
Nadine schlug die Augen auf, suchte Orientierung, drückte ihren Ellbogen in den Schlamm und zog sich unter dem schweren Baumstamm zurück, der verletzte Arm wurde mitgeschleift. Wie in einem Sog rutschte sie tiefer in den nassen Schlamm, konnte ihre Beine hervorziehen und rollte sich zur Seite. Klatschend knallte der Stamm ins schlammige Wasser. Aurora brach zusammen, krümmte

116

sich, hielt sich den Unterleib, keuchte, hustete und spuckte Wasser. Sie robbte mühsam zu Nadine und zerrte diese auf die Beine. Arm in Arm versuchten sie sich zu bewegen, aber sie rutschten aus und wurden mit Erdmassen, Geröll und Wasser einige hundert Meter bergab weitergespült. Sie schluckten von der schlammigen Masse, die selbst beim Atmen gegen ihre Leiber und Münder gepresst wurde.

Unter einen großen Fels, der ihnen groß genug erschien, um nicht von den Wassermassen mitgerissen zu werden, krochen sie mit letzter Kraft und krallten sich aneinander. Das Rauschen des Regens wurde leiser und gleichmäßiger. Aurora weinte und schluchzte. Kurz bevor sie den Fels erreichten schlug Aurora noch ein Ast schwer ins Gesicht. Im Affekt hatte sie im Sturmregen Stauden von Bananen erkannt und diese mit beiden Händen weggerissen. Sie hielt die zur Hälfte zerquetschten Bananen an ihren Körper gepresst. Das monotone gleichmäßige Rauschen des Regens wurde zum Fluch, das Geräusch war furchtbar in ihren Ohren. Erschöpft schliefen sie ein, doch Nässe, Kälte und Schmerzen raubten ihnen den Schlaf.

Der Himmel hoch über ihnen weit über dem dichten Blätterdach schien heller zu werden. Die Finsternis wich einem helleren Grau. Das monotone Rauschen des Regens hielt unvermindert an. Aurora versuchte, ihre Glieder zu bewegen. Nadine starrte vor sich hin, wischte sich pausenlos Regen aus den Augen. Aurora griff in die zerquetschte Bananenmasse und schob sich von der schmierigen nassen Masse in den Mund. Dann bot sie Nadine von der Masse an. Nadine hielt ihr wortlos die Hand hin. Aurora drückte die Masse in ihre Hand. Nadine stopfte den nassen, mit Sand, Gras- und Farnhalmen und auch Erdreich vermischten Bananenbrei in sich hinein.

„Wir überleben das hier", sagte sie mit vollem Mund, „wir überleben das hier! Danke, du hast mich schon wieder gerettet!" Sie wischte sich den Brei vom Mund und gab Aurora einen kurzen Kuss auf die Wange. Mit ihren aufgerissenen Händen berührte Aurora Nadines Körper, fuhr zart über ihre geschundene Haut, berührte ihre rauen Brustwarzen, die Haut am Körper, die keinen einzigen heilen Fleck mehr aufwies. „Ja, sagte sie kauend und schmatzend, „du und ich. Nadine Vagin und Aurora Radost! Wir bringen das jetzt hinter uns! Wir gehen zurück an Land. Und wenn ich zurück schwimme!"

„Wir warten, bis der Regen nachlässt, dann laufen wir los", hatte Nadine vorgeschlagen, „bis dahin schlafe du ein wenig, danach ich." Nachdem jede der beiden eine kurze geraume Zeit geruht hatte, machten sie sich auf den Weg, weiter im Gelände bergab zu laufen, immer in der Nähe des Wasserlaufes, der hier schon sehr viel breiter und das Gelände flacher wurde. Ohne Ende ergoss sich der Himmel erbarmungslos über dem Dschungel.

Mittwoch

Donnerstag

Freitag

Zwei Tage und zwei Nächte regnete es in der gleichen Stärke weiter. Sie konnten sich nicht unterhalten im Rauschen des strömenden Regens, liefen schweigend hintereinander her, aßen von den Resten der Bananen, fanden Mangofrüchte. Doch der Hunger blieb groß. An das Fangen von Fischen war in dem durch den Regen weiterhin anschwellenden und schnell dahinjagenden Fluss nicht zu denken. Sie fanden auch keine Höhle und auch keinen anderen geeigneten trockenen Unterschlupf. Je mehr sie Schutz unter dichtem Blätterdach suchten, desto mehr stieg die Gefahr wilder Tiere oder gefährlicher Schlangen. So ruhten sie nachts jeweils abwechselnd auf freien Lichtungen unter freiem Himmel unter dem ewig gleich strömenden Regen. Dunst- und Dampfwolken drückten sich von unten widerspenstig gegen die Regenmassen nach oben.

Wieder wurde es dunkel und Hunger nagte an ihnen. Das gleichmäßige Prasseln des Regens war fast nicht mehr zu spüren auf der geschundenen Haut ihrer Körper. Sie gewöhnten sich daran. Dennoch froren sie, mussten immer wieder husten und niesen. „Wie geht es dir, Aurora?", fragte Nadine, als sie unter einem relativ freistehenden großen Baum kurz durchatmen konnten. „Was machen deine Blutungen?" Aurora schüttelte den Kopf. „Wenn mir das zuhause einer einmal gesagt hätte, dass ich den ganzen Zyklus durchstehe ohne Binden oder Tampons. Undenkbar. In sengender Hitze hier wäre das bestimmt wirklich ein Problem geworden. Total unhygienisch und vielleicht auch gefährlich, wenn Tiere Blut wittern. Aber der Regen spült seit Tagen alles weg, so wie es kommt. Ich glaube, es wird besser, zumindest sind die Krämpfe weg. Aber mir tut auch so alles andere weh. Wie geht es deiner

Schulter? Die Wunde sieht übel aus." Die Mischung aus getrocknetem Blut, im Dauerregen aufgeweichter, aufgequollener Wundränder, die Aurora mit Harz versucht hatte, zu verkleben, sah bedrohlich aus. Immer wieder hatte Nadine kein Gefühl im Arm oder der Hand und massierte Arm und Hand mit ihrer anderen Hand. „Ein Wunder, dass wir bisher ohne Blutvergiftung auskommen, wirklich. Das kann nur ein Wunder sein", sagte Nadine. „Geplant von deinem großen Architekten im Universum, der mit den Molekülen allen Lebens spielt, konstruiert und plant?", wollte Aurora wissen. „Wer weiß, keine Ahnung", gab Nadine ihr zur Antwort. „Ich bin so müde, ich muss mich setzen. Lass uns nochmal ausruhen. Es grenzt auch an ein Wunder, dass der Untergrund total aufgeweicht und sumpfig war, als der Baumstamm auf mich stürzte. Er hatte mich regelrecht in den sumpfigen Boden gedrückt, wobei der Schlag übel war. Ich dachte, es sprengt mir die Innereien heraus. Aber auf festem Untergrund hätte mich der Baum erschlagen. Sicher!" „Aber nur der starke Regen hatte ausgelöst, dass der Baum entwurzelt wurde. Zusammen mit dem Sturm", folgerte Aurora, den Zeigefinger hochhaltend.

„Mir wird schlecht, ich muss mich hinlegen", stöhnte Nadine, wurde kreidebleich und sank in die Knie. Aurora fing sie auf und legte sie hin, bettete ihren Kopf auf Moose, die sie schnell zusammentrug. Der Regen hielt an, doch unter dem großen Baum waren sie etwas geschützt. Nadine schlief ein. Sie lag im nassen Dreck und hatte ihren Kopf in Auroras Schoß gelegt. Aurora nagte an ihrer Unterlippe, schielte auf ihre Haarsträhne, die nass im Gesicht klebte und sah sich dann um. Was sie suchte, wusste sie nicht. Ausschau nach gefährlichen Tieren? Nach einer Rettungsmannschaft? Nach Hoffnung und einem Ausweg aus dieser Hölle? Hielt sie Ausschau nach dem schwarzen Panther? Oder nach Jackoff, ihrem einsamen Affenfreund? Warum konnte ihr Affenfreund ihr nichts zu essen bringen?

Die Augen fielen ihr zu. Sie sah, wie Jackoff, der Affe, ihr einen Korb mit frischem Obst und Nüssen brachte. Plötzlich sah sie sich an der gerissenen Seilbrücke hängen, verdrängte den Gedanken sofort. Sah sich zuhause unter einer Brücke bei ihren Freunden aus der Obdachlosenszene sitzen und Wodka trinken. Burney, der alte, zahnlose Penner lachte ihr zu. Sie sah sich plötzlich auf einem schmuddeligen Matratzenlager sitzen und sah wie sich ihr ein junger nackter erregter Mann näherte. Er war tätowiert. Gelbe, vom Rauchen verfärbte Zähne lachten sie an. Sie hatte Schulden zu begleichen. Eine gewaltige Riesenschlange wälzte sich unter dem Bett hervor, während sie sich über das Geschlecht des jungen Mannes beugte. Das Geschlecht wirkte wie eine Schlange. Er fauchte. Sie sah nach oben und blickte in das Gesicht eines Leoparden. Sie schreckte hoch. Wischte sich den Regen aus dem Gesicht, schüttelte die wirren Tagträume von sich und streichelte Nadines Haare. Sie betrachtete Nadines nackten Körper, ihre Oberschenkel, ihre Beine und ihre schmutzigen Füße. Sah, wie sich der Brustkorb der Frau hob und sengte. Sie atmete. Sie schlief. Manchmal zuckte ihr Körper zusammen. Sie stöhnte auf. Aurora streichelte ihr Haar. Fuhr mit der Hand über den Haarknoten, der immer noch nur durch ihren verknoteten Stringtanga gehalten wurde. Alles, jede Kleinigkeit an Nadine, betrachtete sie bis ins noch so kleinste Detail, um sich wach zu halten.

Hinter der Strandpromenade an Land wurde in den Hotels das spektakuläre Abendbuffet eröffnet. Kinder brüllten, Besteck fiel zu Boden und klirrte laut, hastig griffen die Urlauber zu und füllten ihre Teller, bis viele davon überquollen. Kauend mit vollen Mündern wurde erzählt, gegessen, getrunken. Fotografiert. Nicht die Hälfte dessen, was auf den Tellern aufgehäuft wurde, wurde verspeist. Man stürzte sich auf die nächsten Massen an Obst, Fleisch, Fisch, frischem Gemüse, Köstliches aus Meer und Wald, frischen Hummer nach der Haifischflossensuppe, in allen Farben leuchteten die Desserts von der Götterspeise bis zur Eisbombe mit Sahnemeringe. Ein Kind hielt seinen Teller schräg, die Eisbombe „Vesuv" klatschte auf den Fliesenboden. Ein Herr vom Personal las Pommes vom Boden auf, während ein Gast dicht vor ihm rückwärts mit seinen Flip-Flop-Badelatschen in die Cetchuplache trat und ausrutschte. „All you can eat!"

Im vornehmen Restaurant nebenan prostete man sich mit edlem Rotwein aus der Region zu und liebäugelte gelüstig mit der kleinen Vorspeise, die winzig klein in der Mitte der übergroßen Teller serviert wurde, dekoriert mit einem duftenden Minzeblatt und einem kleinen Schnitz Melone. Mit großer Hingabe sortierte ein älterer Herr mit grauem Haar, weißem Anzug und einer Krawatte in Dschungelmotiven das vor ihm liegende Besteck. Er korrigierte die wenigen Millimeter, die das Besteck außerhalb rechter Winkel auf der sorgfältig zurechtgefalteten Seidenserviette lag. Er kontrollierte und korrigierte die Abstände zwischen Gabel und Messer zu beiden Seiten der Teller und hob unauffällig das Wasserglas etwas an, um im Lichtfall nach Fingerabdrücken des Personals zu sehen. Gelangweilt winkte er ab. Der Rotwein sagte ihm nicht zu. Der Ober, ein kleiner, gepflegter, hagerer Mann mit Halbglatze, dunklem Teint und schlechten Zähnen nickte zustimmend und eilte mit den Gläsern und seiner Flasche davon, noch edleren Wein anzubieten.

Als Nadine erwachte, lag sie immer noch im Schoß Auroras. Sie stützte sich hoch und erkannte, dass Aurora an den Baumstamm gelehnt schlief. Vorsichtig versuchte sie, aufzustehen. Sie sah sich um, ob etwas Essbares zu finden war. Eine halbe, schmutzige Banane lag noch abseits im nassen, sandigen Schmutz der Erde. Davon aß sie die Hälfte, während der Sand in ihrem Mund knirschte und hielt den Kopf hoch, um vom Regenwasser zu trinken. Sie sah an sich hinab und betrachtete ihren Körper. All die hässlichen Flecken und Wundmale, die Kratzer und Schrammen. Die Haut, die sich zum Teil immer noch schälte vom Sonnenbrand. Ihre beiden Brüste kamen ihr fremd vor. Behutsam strich sie mit einem Finger über die eine, dann über die andere Brustwarze. In ihren Schamhaaren hingen kleine Grashalme, die sie herauszupfte. Die Füße sahen blutig und geschwollen aus. Mit den schmutzigen Fingerspitzen schob sie sich Reste von der sandigen Banane aus den Zahnzwischenräumen.

„Wie hast du dir nur wieder die Krawatte so lieblos gebunden!", sagte die ältere Dame zum älteren Mann mit der Dschungelkrawatte im vornehmen Restaurant, während dieser prüfend den nächsten Schluck edlen Weines in seiner Mundhöhle schaukelte. „Hast du gesehen, Edelbert, die haben hier in der Toilette Desinfektionsmittelspender, die man mit der Hand betätigen muss. Wie unhygienisch!" Sie schüttelte sich. „Edelbert, du sagst ja gar nichts. Hast du gesehen? Hier in der Speisekarte bieten sie auch „lebendig gebrühter und gekochter Affe in Mango-Bambussoße". Sollen wir das morgen wählen? Ich weiß ja nicht, aber das hat ja nicht jeder!" Ihr Mann schluckte und winkte auch diese Weinprobe dankend ablehnend zurück.

Der Regen ließ weiter nach. Aurora war aufgewacht und entschuldigte sich sofort dafür, dass sie eingeschlafen war. Doch Nadine winkte ab. Aurora stellte die Beine an und umfasste sie mit ihren Händen und Armen. Sie starrten vor sich hin.

„Ich möchte ein Kind", begann Aurora und Nadine weitete die Augen. „Ich möchte ein Kind", wiederholte Aurora und schielte auf ihre Haarsträhne. „Ich werde nicht mehr jeden Kerl befriedigen. Ich möchte nur noch einen. Der soll mit mir schlafen, richtig gut und mir ein Kind machen. Ich möchte schwanger sein, ein Baby bekommen und es soll an diesen Brüsten saugen." Sie hob mit ihrer Hand eine Brust etwas an und fuhr auch über die zweite. „Ich möchte eine Familie. Ich möchte Mutter sein. Und einen Mann haben. Nur noch einen, aber für dessen Gefühle und Bedürfnisse will ich auch immer da sein. Er soll nie mehr wichsen müssen. Nie. Für immer. Er soll zu mir kommen können, wann immer er mich braucht." Sie sah Nadine an: „Wie muss dein Traummann aussehen?"

„Ich?", fragte Nadine entsetzt und versuchte, die Worte Auroras zu verdauen. „Ich? Ojeh, ich werde in Kürze vierzig Jahre alt, ich glaube nicht, dass ich noch einen Mann brauche. Oder möchte." – „Egal", sagte Aurora bestimmt, „falls wenn, wie müsste er aussehen?" Nadine wollte Aurora nicht enttäuschen. „Hm, lass mich überlegen. Groß müsste er sein. Und stark. Ich liebe muskulöse Männer mit starkem Bizeps, breiten Schultern, kräftigen Oberschenkeln", sie musste lachen, „und mit einem strammen Hintern!" Sie fuhr fort: „Nein, vielleicht gar kein Manager oder Geschäftsführer, Millionär oder Vorstandsmitglied eines internationalen, riesengroßen Konzerns. Er kann durchaus total einfach sein. Nicht dumm, aber einfach. Schlicht. Wild! Und vor allem nicht am ganzen Körper rasiert. Ich brauche Haare an einem Mann!" Aurora lachte. „Wo willst du denn so einen Höhlenmenschen finden?" „Sag' ich ja. Ausgeschlossen", nickte Nadine. „Und du? Wie ist das bei dir? Wie sieht der aus, der dir ein Kind machen soll?" „Jung", begann Aurora schnell. Jung darf er noch sein. Von mir aus etwas jünger als ich. Ich stehe nicht so auf Muskeltypen. Er kann ruhig schlank sein, schmal vielleicht sogar. Und unerfahren. Am besten, er hatte noch mit keinem Mädchen etwas. Vor allem möchte ich die erste Frau sein, mit der er richtig schläft. Ich möchte ihm alles beibringen. Alles!" Sie grinste. Beide lachten.

Endlich nickte Edelbert, der Mann mit der Dschungel-krawatte zustimmend. Dieser Wein, der sechste in der Weinprobe, sagte ihm zu. „Warum nicht gleich", murrte er. „Die ganz edlen Sachen immer zurückhalten, was?" Der Ober grinste höflich und goss nach. Nachdem er alle edlen und auch die teuersten Weine eingeschenkt hatte, wagte er den herkömmlichen Hauswein einzuschenken. Edelbert war zufrieden.

„Wir finden unsere Männer", nickte Aurora, sich selbst zustimmend, „wenn das bei dir auch ein bisschen schwie-rig werden dürfte." Wieder lachte sie. Der Regen ließ nach. Die Dämmerung machte sich breit. Aurora schüt-telte ihre nassen Haare und genoss zum ersten Mal nach mehreren Tagen wieder die üblichen Dschungelgeräu-sche. Endlich hatte das permanente Rauschen und Prasseln ein Ende. Dampf stieg auf, dichter grauer Dunst, wie Rauchwolken, drückte sich aus der Erde empor zwi-schen die Bäume nach oben. Nadine gähnte herzhaft. „Oh, wie ich mich auf ein schönes, weiches Bett freue! Mit weichen, kuscheligen Laken, mein gutes dezentes Par-füm." Aurora fuhr herum. Mit großen Augen blickte sie tief in die Augen Nadines. „Stimmt irgendetwas nicht?", fragte diese. Aurora legte den Kopf zur Seite. „Fast mein ganzes Leben war ich traurig, weil wir so arm waren, mei-ne Eltern und ich. Immer hatten andere mehr als wir, mehr als ich. Ich war ein kleines dummes armes Mäd-

chen. Ich hatte wenig Kleider, keine sinnvollen Möbel, nur alter Plunder. Keine schöne Schultasche, bald gar keine Schule mehr. Weil ich von jeder Schule geflogen bin. Nur Fünfer und Sechser geschrieben, oft gefehlt wegen Krankheit oder geschwänzt. Kein Geld für eine neue Brille, kein Geld für Wodka und Zigaretten. Neidisch blickte man immer auf die anderen. Ich gab nur mit dem an, was ich viel hatte: Kerle im Bett! Aber du hast Recht. Sie haben mich ausgenutzt und letztendlich habe ich begonnen, mich zu prostituieren. Aber warum hatten viele Menschen so Vieles und andere so wenig? Selbst als ich dich kennenlernte, war ich fassungslos über deinen Reichtum. Neidisch. Aber nach all diesen Tagen hier im Dschungel, sogar völlig ohne Klamotten, mit überhaupt nichts mehr am Leib, wie ein Tier, sogar die Haare wachsen wieder wild", sie strich sich mit den Fingern über ihre sprießenden Schamhaare, „wild, nackt, ohne Behausung. Wir müssen vom einen Tag auf den anderen sehen, wie wir überleben. Ich meine, das kenne ich von zuhause auch, ewig Hunger, oft kein Dach über dem Kopf. Angst, nachts überfallen und vergewaltigt oder wegen ein paar Cent ausgeraubt und umgebracht zu werden. Aber hier ist alles noch viel extremer, viel gefährlicher. Aber auch schöner. Freier. Keine Zwänge, kein Papierkram, keine Leistungsgesellschaft, kein Neid ..." „Hmmm", überlegte Nadine, „Freiheit oder Zwang, alles fressen zu können oder zu müssen? Zu jagen um zu fressen. Als Mann einen riesen Aufstand machen, um bei der Paarungsabsicht Nebenbuhler und Konkurrenten auszustechen, zu bekämpfen. Um bei dem Weibchen als Stärkster zu punkten und sich fortzupflanzen." Aurora musste an den Affen denken, den sie Jackoff nannte. „Ja, du hast recht, auch kompliziert und trotzdem ist hier Vieles einfacher und freier!"
„Möchtest du hier bleiben?", fragte sie Aurora. „Waaas? Nein, auf keinen Fall. Es ist zu gefährlich. Ich dachte nur,

irgendwie fühle ich mich plötzlich gut, gar nicht viel zu besitzen. Alles, was ich besitze, was mir gehört, passt in einen einzigen Koffer und der steht in meinem Hotelzimmer." Automatisch dachte Nadine an ihr großes Anwesen, den Park. Den Pool im Garten, den Whirlpool auf der Dachterrasse, ihre schnellen Autos, die nicht enden wollenden, langen Bücherregale, die Räume, vollgestopft mit Aktenordnern. Ihr Fitnessraum. Die drei Badezimmer. Ihre Geldanlagen und Aktien. Die einen hatten zu viel, die anderen hatten zu wenig. Aurora hatte Recht.

Dunkelheit breitete sich einmal mehr über der Welt und der Insel aus. Das Schnattern und Kreischen der Flughunde setzte ein. Das Leben in den Baumwipfeln nahm zu. Wieder mussten die beiden Frauen überlegen und abwägen, wo sie übernachten würden. Eine überschaubare Lichtung war nicht in Sicht, sie versuchten, so weit wie möglich zu kommen, um endlich ans Ufer zu gelangen, um von dort aus den Landesteg zu finden und auf Rettung zu hoffen oder auf eine andere Art und Weise ans Festland zu kommen. Möglicherweise mit dem Bau eines Floßes, sollte kein Schiff, Boot oder ähnliches in Sichtweite sein, das sie auf sich aufmerksam machen konnten.

„Wie kann man auf einem Baum schlafen, ohne dass man herunterfällt?", fragte Aurora. „Keine Ahnung", antwortete Nadine, „ich bin weder Schlange, noch Affe. Aber hier unten ist vom vielen Regen alles so nass, morastig und schlammig und mir graut es davor, noch einmal angefallen zu werden. Egal ob von Leopard, Tiger, Panther, Schlange, Hyäne oder wer weiß was für einem Tier. Giftspinne, Skorpion, giftige Salamander, Molche. Stechende Insekten, die Krankheiten übertragen. Alles möglich, hier im Wald." Schon schlug sie sich auf den Arm, denn sie wurde von etwas gestochen. Auch am Bein spürte sie plötzlich einen Stich. Dann nahmen sie den Schwarm an Insekten und Mücken wahr, der sie umschwirrte. Auch Aurora wedelte wild mit den Armen, um die Plagegeister zu vertreiben. Schnell liefen sie weiter, um dem Schwarm zu entkommen. Doch der Schwarm schien ihnen regelrecht zu folgen. Sie rissen große Blätter von einem Baum und wedelten damit die Mücken durcheinander. Überall an ihren Körpern streiften sie die lästigen Insekten ab, während sie sich in die Dunkelheit hinein immer tiefer in den Urwald begaben.

„Bald wird es so finster sein, dass wir nichts mehr sehen. Dann sind wir dem Dschungel ausgeliefert", sagte Aurora und begann auf einen Baum zu klettern. Dieser Baum hatte gleich in erreichbarer Höhe unzählige starke Äste, die wild und unkoordiniert in alle Richtungen wuchsen. „Was hast du vor?", fragte Nadine. „Ich weiß nicht so recht. Vielleicht sehe ich vor Einbruch der Dunkelheit in der Ferne das Festland oder eine Lichtung oder die Äste dort oben sind doch so dicht, dass man vielleicht doch schlafen kann, ohne vom Baum zu fallen." Hastig griffen ihre Hände nach Ästen, mit weit gespreizten Beinen erklomm sie Ast für Ast und kletterte so nach oben. Nadine folgte ihr. Der Baum gehörte zu einer Sorte Bäume, von denen hier viele standen und die extrem hoch gewachsen waren. Mit unzähligen Ästen versehen. Immer weiter kletterte Aurora in die Höhe, dicht gefolgt von Nadine, die nur langsam vorankam, denn ihre verletzte Schulter und der linke Arm waren nur sehr bedingt einsetzbar. Immer höher kletterten die beiden, von Ast zu Ast. Aurora versuchte, sich umzuschauen, aber noch war der Urwald hier zu dicht. „Oh, weh, ist das hoch", sagte Nadine nach einem Blick nach unten, „ich kann hier unmöglich schlafen. Auf einem Ast hängend wie ein Faultier oder um den Ast gewickelt wie eine Schlange. Aber ich glaubte ja auch, nicht von der steilen Felswand aus in die Schlucht springen zu können und ich tat es und habe es überlebt. Machen wir es uns also gemütlich hier oben." Aurora hielt inne, Nadine dicht unter ihr. „Ich kann jetzt durch die Bäume sehen. Ich sehe tatsächlich kleine Lichter in der Ferne. Das muss das Festland sein! Wir laufen stets in die falsche Richtung! Wir müssen den Fluss überqueren und in die andere Richtung vom offenen Meer weg, hin zur Stelle von wo aus das Festland zu sehen ist! Wir müssen morgen in der Frühe unbedingt die Orientierung beibehalten." Dann streckte sie das rechte Bein, setzte es auf einem weiteren Ast ab, zog sich mit den Händen an Ästen über ihr festhaltend hoch, setzte das linke Bein auf einen Ast und kletterte so weiter in die Höhe. Nadine folgte ihr. Äste und Blätter wurden dichter. Die Äste jedoch dünner. „Höher können wir nicht. Wenn wir wirklich hier in dieser schwindelerregenden Höhe die Nacht verbringen wollen, müssen wir es uns jetzt hier gemütlich machen." Vorsichtig setzte sie sich über einen Ast, hing beide Beine zu beiden Seiten in die Tiefe und hielt sich mit beiden Händen rechts und links an Ästen fest. Sie rutschte etwas hin und her auf dem Ast, denn das Sitzen auf dem rauen Holz ohne jede Bekleidung war unangenehm zwischen ihren Beinen. Sie lehnte sich mit dem Rücken an den Stamm. Auch Nadine suchte eine Möglichkeit, sich so auf einem Ast zu setzen, sodass sie sich entspannen konnte. „Aua, ich kann so nicht sitzen, das drückt vielleicht zwischen den Beinen", raunte sie und rückte sich hin und her in den Ästen. Dann fand sie eine Position, wo sie den Ast nicht zwischen den Beinen hatte, sondern, wie auf einem Stuhl auf einem Ast saß, die Beine in die Tiefe baumeln ließ, und sich an anderen Ästen anlehnen konnte. „Hey, fast bequem", lachte sie und atmete durch. Aurora war ebenfalls noch nicht zufrieden mit ihrer Position. Zu sehr drückte der Ast auch ihr zwischen die Beine. Sie rutschte etwas mit dem Hintern vor, legte das rechte Bein über einen anderen Ast, rechts etwas höher als der Ast, über dem ihr linkes Bein hing und lehnte sich zurück an den Stamm. Sie konnten sich so nicht ansehen, aber man konnte zumindest für Momente so sitzen und sie waren weg vom gefährlichen Grund und Boden und den plagenden Insektenschwärmen. Die Äste und der Stamm waren Efeu- und Moosbewachsen, was es durchaus etwas polsterte.

„Ist das geil", sagte Aurora, „wir sitzen mitten im Dschungel nackt auf einem riesengroßen Baum. In der Dunkelheit der Nacht, nur vom Mondlicht beschienen. Geil. Einfach nur geil!" Nadine musste an ihr französisches Bett denken. An die integrierte Musikanlage. Den kleinen Zimmerspringbrunnen, der sanft plätscherte. Und an den großen Spiegel über dem Bett, der, versehen mit unzähligen kleinen LED-Leuchten, einen Sternenhimmel simulierte. An die Minibar, die greifbar neben dem Bett stand und vom stillen Wasser bis zum schärfsten hochprozentigen Drink alles bot. Inklusive hochwertiger Pralinen oder teurer Schokolade mit hochprozentigem Kakaoanteil. Die Satinbettwäsche, die sich weich, kühlend und geschmeidig an ihren Körper schmiegte. Und trotzdem musste sie Aurora Recht geben. Hier oben, hoffentlich weg von jeder Todesgefahr, wild und frei nackt in einem Baum zu hängen wie wilde Affen oder andere wilde Tiere, ohne Verpflichtungen, ohne Zeitplan und Wecker, ohne irgendwelche Nachrichten in irgendwelchen Medien zu checken und Pläne für den nächsten Tag zu schmieden, ohne Streit- und Konfliktgespräche des zurückliegenden Tages zu sortieren. Einfach nackt in einem Baum zu hängen, den Geräuschen des Urwaldes zu lauschen, das Knurren des hungrigen Magens zu ignorieren und einzuschlafen. Aurora benötigte keine Binden oder Tampons, man benötigte kein Toilettenpapier, da behalf man sich mit Moos,

Blättern und Wasser, das immer wieder überall zu finden war. Zähne putzten sie mit Sand. Man benötigte überhaupt keine Kleidung, man brauchte sich für seine Nacktheit, sein Aussehen und seine körperliche Beschaffenheit nicht zu schämen. Man war frei. Aurora hatte Recht. Das war einfach nur geil. Wenn Nadine dafür auch ein anderes Wort gewählt hätte. Man musste nur täglich dafür sorgen, satt zu werden und musste stets auf der Hut sein, nicht selbst gefressen zu werden. Und gegen die unzähligen Insektenstiche wäre Kleidung durchaus hilfreich gewesen.

Aber war man zuhause in der zivilisierten Welt nicht auch täglich Gefahren ausgesetzt? Man konnte der Wohlstandsgesellschaft geschuldeten Volkskrankheit Burnout verfallen, einen Schlaganfall oder stressbedingten Herzinfarkt erleiden, konnte im Straßenverkehr, in Bus, Bahn oder Flugzeug einem Unfall zum Opfer werden, konnte zunehmend Opfer von terroristischen Anschlägen werden, konnte überfallen, ausgeraubt, vergewaltigt und ermordet werden. Das Leben war immer gefährlich. Und trotzdem lebenswert und schön. Und hier war man eben auch frei. Frei. Einfach frei. Wenn man satt war, war man frei. Sie war zwar nicht satt, aber sie genoss dieses Gefühl und schlief ein.

Nur Aurora konnte nicht einschlafen. Unruhig rutschte sie auf dem moosbewachsenen Ast hin und her. Sie hatte kein Gefühl mehr in ihrem Hintern. Die Durchblutung war nicht gegeben, ihr Po war eingeschlafen. Sie fasste Äste, stieg mit den Füßen auf den Ast, auf dem sie gesessen hatte und knetete mit ihrer Hand ihre Pobacken um endlich wieder Gefühl darin zu bekommen. Vorsichtig stand sie auf, hielt sich an einem Ast fest und massierte weiter ihren Po. Spannte die Pomuskulatur immer wieder an. In der Ferne zwischen den all den Ästen und Blättern erkannte sie wieder die winzig kleinen flackernden Lichter des Städtchens und der Hotelanlagen am Festland. Sie konnte nicht fassen, dass sie nur wenige Kilometer davon entfernt, seit Tagen in einer Wildnis ums Überleben kämpften und niemand nach ihnen suchte.

Aber immerhin hatten Sie jetzt eine Orientierung. Irgendwie würden sie das Festland morgen sicher erreichen. Wobei der Bau eines Floßes viele Tage dauern würde. Sie hatten keine Axt, keine Messer, nichts. Selbst die Kokosnussschalen, ihr Brillenglas und Nadines Ledergürtel gingen im Dauerregen verloren.

Sie gähnte. Noch einmal spannte sie die Muskulatur ihres Hinterns an und kniff mit den Fingern hinein. Die Gefühle dort waren zurückgekehrt. Im schwachen Schein des Mondlichtes suchte sie nach Nadine, die auf der anderen Seite des dicken Baumstammes ganz bequem in den Ästen zu hängen schien. Leise und behutsam umkletterte sie den Stamm des Baumes und erkannte schwach in der Dunkelheit, dass über Nadine, die sie atmen hörte, zwei dicke Äste parallel aus dem Stamm wuchsen. Sie schob sich auf die Äste. Diese waren zusammen so breit wie Auroras Körper, sodass sie sich auf dem Bauch liegend darauf legte, die Arme verschränkte, den Kopf darauf legte und beide Beine zu den Seiten der Äste nach unten hängen ließ. Sie spürte, dass sie mit ihrem Fuß Nadine berührte, die unter ihr in den Ästen zu schlafen schien. Es durchfuhr Aurora, als sie spürte, dass sie mit ihren Fußzehen Nadines Brust berührte. Hart und schnell wurde ihr Fuß gepackt. „Ah, sag mal spinnst du?" schreckte Nadine hoch und betastete Auroras Fuß. „Puh, ich dachte echt, das wäre eine Schlange!" Nadines Herz klopfte. Doch schnell schwiegen beide wieder. Aurora wollte ihren Fuß wegziehen, doch Nadine berührte ihn und fühlte mit ihren Fingern den Fuß. Strich über die raue Fußsohle und befühlte langsam die Ferse Auroras. Schmutz und Gras oder Moosflechte streifte sie ab. Sie streichelte und fühlte

in der Dunkelheit den Fußrücken und betastete den großen Zeh von Aurora, der sich an ihrer Brustwarze rieb.
Vorsichtig drückte sie selbst den Fußzeh gegen ihre
Brustwarze, die schnell fest wurde und sich aufrichtete.
Ihre Finger fühlten flink und ausgiebig jeden nächsten
Fußzeh Auroras. Am kleinen Zeh verweilte sie lange und
streichelte ihn immer wieder von allen Seiten. Vor wenigen Tagen hatte sie an der Seilbrücke hängend in Todesangst gegen Auroras Schädel getreten, hatte sie später
kennengelernt, hatte ihr in die Augen gesehen, ihr Wesen
betrachtet. Sie waren irgendwann nackt und sie hatte Auroras nackten Körper betrachtet. Sie gerieten aneinander
und hatten sich gestreichelt, geküsst und sie hatte sogar
mit ihren Händen und Fingern Auroras Geschlecht intim
erkundet. Stundenlang hatte sie bei ihren Wanderungen
Aurora vor sich und schaute unwillkürlich auf die Bewegungen ihres Hinterns beim Gehen. Und Aurora hatte
schon völlig ungeniert vor ihr einfach ins Gras gepinkelt.
Und jetzt und hier in der Dunkelheit befasste sie sich mit
dem kleinsten und unscheinbarsten Körperteil von Aurora. Mit ihrem kleinen Fußzeh. Aurora schien es zu genießen und spielte wie zufällig mit ihren Zehen an Nadines Brustwarze. Nadines Atem wurde schwerer. Sie fuhr
mit der Hand an Auroras Wade hoch, fühlte Kratzer,
Schrammen, pickelartige Erhöhungen, die von Insektenstichen kamen und die vielen kleinen Stoppeln der
wachsenden Härchen an den Beinen. Sie spürte, wie Aurora mit ihren Fußzehen nach Nadines Brustwarze griff.
Ob die Füße schmutzig waren, war ihr hier und unter diesen Umständen egal. Sie war genauso schmutzig und
verschwitzt. Hier im Dschungel galten andere Regeln als
zuhause. Wieder und wieder kniffen die Zehen ihre hart
abstehende Brustwarze. Jetzt konnte sie auch Aurora lauter atmen hören.

Als geschehe es eher zufällig, drehte Nadine ihren Oberkörper etwas, sodass sie den Fuß Auroras an ihre andere Brust führte. Aurora reagierte. Es gelang ihr, mit ihren ersten beiden Fußzehen die harte Brustwarze zu packen. Nadine seufzte auf. Sie fuhr mit ihrer Hand den Fuß und am Bein Auroras hoch, soweit ihr Arm reichte. Sie wollte mehr. Doch irgendwelche körperlichen oder sexuellen Akrobatiken waren in dieser Höhe in einem Baum in finsterer Nacht gefährlich. Unter Umständen lebensgefährlich. Wenn man den Halt verlor und abstürzte. So ließ Nadine zu, dass sich die Müdigkeit in ihr ausbreiten durfte und auch Auroras Fuß wurde regungslos, blieb aber an ihrer Brust. Was ihr gefiel und guttat.

Aurora riss die Augen auf. Sie hatten keine fünf Minuten aufgehört, sich auf höchst exotische Weise zu liebkosen, sie mit ihren Fußzehen an Nadines Brust. „Hörst du?" Ein leises „wppwppwppwppwpp" in der Ferne. Nadine bewegte sich, versuchte sich aufzustützen. Auch Aurora bewegte sich, erhob sich und kniete, sich mit beiden Händen an Ästen festhaltend, auf die Äste. „Lichter. Ich sehe kleine blinkende Lichter. Da fliegt wieder ein Hubschrauber!" – „Jetzt? Mitten in der Nacht?", wunderte sich Nadine und versuchte, auf ihrem Ast ebenfalls zu stehen. „Ja", sagte Aurora, „aber die Geräusche sind so komisch, so durcheinander. Moment, da sind viele Lichter, winzig kleine Lichter. Das ist nicht nur ein Hubschrauber, das sind mindestens zwei. Nein, dahinter sind noch mehr Lichter, die blinken, das müssen noch mehr Hubschrauber sein." Das „wppwppwppwppwpp" wurde lauter zu einem schweren „wuppwuppwuppwuppwupp". „Die kommen direkt hierher, die kommen näher", sagte Aurora jetzt aufgeregt. Nadine streckte sich auf ihrem Ast und war jetzt mit ihrem Kopf dicht neben dem Auroras. „Eines ist klar: Hubschrauber irgendwelcher Rettungsorganisationen sind das nicht", sagte Nadine ernst und mit tiefer Stimme. „Sicher auch wieder Militärhubschrauber. Was geht hier vor?" Die vielfach ineinander verschlungenen Geräusche der vielen schweren Rotoren wurden lauter und lauter. Heftiges Kreischen und Schnattern von tausenden von Flughunden oder Fledermäusen mischte sich dazu. „Die kommen direkt auf uns zu!" Wind kam auf, die Blätter bewegten sich, Äste wackelten. Dumpf und schwer kamen die vielen Hubschrauber mit ihren dunkel olivfarbigen, gepanzerten Rümpfen näher, knapp über den großen hohen Bäumen. Der Wind rauschte, das Rotorengeräusch wurde noch lauter. Nadine und Aurora konnten sich nicht die Ohren zuhalten, da sie sich festhalten mussten, sie kniffen die Augen zusammen, denn der starke, durch die Rotorblätter erzeugte Wind blies ihnen Schmutz, Staub von Moos und Rinde in die Augen.

Schwerfällig kamen die monströsen Ungetüme auf sie zu. Dickere Äste wedelten jetzt ebenfalls und beide mussten sich mit ihren Händen richtig gut festhalten. Langsam schoben sich die Hubschrauber in ein paar Meter Entfernung von ihnen an dem Waldrand entlang vorbei. Positionslichter blinkten, ansonsten flogen die Hubschrauber ohne Beleuchtung. Wie in Zeitlupe schienen die Monster vor ihnen in der Luft zu stehen. Gebannt starrten Nadine und Aurora durch das Blätterwerk hindurch und sahen kleine beleuchtete Fenster, sahen im Cockpit Piloten sitzen und in weiteren kleinen Fenstern andere Gesichter oder geschäftiges Treiben. Ein Koloss nach dem anderen schob sich unter höllischem Lärm vor ihren Augen vorbei. Es war eine außerordentlich gespenstische Szene. Sie blickten sich an. In der Dunkelheit konnten sie sich nur vage erkennen, dennoch fielen ihre Blicke tief ineinander. Sie konnten gegenseitig ihren schweren Atem spüren. Dann starrten sie wieder auf den nächsten, an ihnen vorbeischwebenden Hubschrauber.

Wieder waren Pilot und Copilot im kleinen, blauschimmernd beleuchteten Fenster zu erkennen. Die Hubschrauber sanken irgendwo tiefer, der Lärm wurde etwas leiser, das Rauschen und Wackeln der Äste und Blätter lies nach. Aurora taten ihre Füße weh vom Stehen auf dem Ast, sie suchte eine Position, um sich zu setzen. Sie hatte Nadine dicht vor sich, die weiterhin stand und lauschte. Sie hatten nach wie vor kein Zeitgefühl, aber das dumpfe, etwas weiter entfernte „wppwppwppwppwpp-wppwpp" hielt an. Dann, irgendwann, vielleicht nach einer halben Stunde, wurden die Geräusche wieder lauter, noch lauter, dann wieder etwas leiser. Noch leiser. Nadine konnte erkennen, dass die kleinen Positionslichter immer winziger wurden und alle Hubschrauber in anderer Richtung davon flogen. Ohne Beleuchtung verschwanden sie in der Dunkelheit des Nachthimmels, das Geschrei der Flughunde und Fledermäuse übernahm wieder die Vorherrschaft der Geräusche der Nacht.

„Was war das denn?", fragte Aurora und suchte sich wieder eine bequemere Stellung auf den Ästen. „Ich habe absolut keine Ahnung", äußerte Nadine, „außer, dass mir hier so langsam alles seltsam vorkommt. Das unnatürliche Grollen seit Tagen. Das könnte auch von Bohrungen oder Sprengungen kommen. Dass die Geräusche vom Festland kommen, ist unwahrscheinlich, dazu waren sie zu deutlich. Naturschutzgebiet? Ich glaube, hier ist mächtig was faul. Vielleicht graben sie hier illegal nach Erzen, Gold, Silber oder anderen Edelmetallen. Oder Diamanten. Ob die Hubschrauber einer kriminellen Organisation angehören oder gar die Stadtverwaltung, die Regierung oder das Militär involviert sind - keine Ahnung. Dass unsere 2-Tages-Expedition, die in der Katastrophe endete, mit größter Wahrscheinlichkeit illegal war, davon bin ich überzeugt. Und so langsam reift in mir der Verdacht, dass sie uns hier nicht suchen, weil vielleicht gerade die Regierung niemanden auf die Insel lässt, weil sie aus Naturschutzgründen tabu ist."

„Aha", wusste nun Aurora, „absolute strenge Naturschutzzone als Alibi für kriminelle Geschäfte!" „Ja, denkbar", sagte wieder Nadine und gähnte nun herzhaft. „Mir aber egal, ich möchte nicht auch noch in so etwas verwickelt werden. Lass uns morgen so schnell wie möglich aus diesem höllischen Paradies verschwinden! Ich brauche jetzt ein paar Stunden Schlaf." Aurora blieb unruhig. „Was glaubst du denn, was die hier gemacht haben, die vielen Hubschrauber?" „Ich weiß es nicht, Aurora, vielleicht Dinge abgeholt oder gebracht, vielleicht Leute eingesammelt oder abgesetzt. Mir egal, das ist mir zu viel. Das geht mich nichts an."

Aurora brauchte lange, bis sie eine Position fand, auf dem Rücken auf den beiden Ästen liegend und die Beine zu beiden Seiten nach unten hängen lassend, um zur Ruhe zu kommen. Zwischen den Blättern über ihr hindurch blickend, konnte sie den schwarzen, wolkenlosen Sternenhimmel sehen. Lange lag sie wach und blickte hinauf in das Universum. Das Weltall. Wie grenzenlos es war, da draußen. Und hier auf einem winzig kleinen Erdball waren zwei geschundene, verletzte Frauen nicht fähig, schnell zu ihrem vornehmen Hotel zurückzufinden. Wie oft waren sie jetzt hier schon knapp dem Tode entgangen. Der Hunger nagte an ihnen, sie waren den wilden, zum Teil grausamen Naturgesetzen des Dschungels ausgesetzt und hatten jetzt womöglich noch eine kriminelle Organisation am Hals, wenn sie gesehen oder gefunden wurden. Was war das nur für eine Welt? Was war das für ein Architekt, der sich die Schicksale von Menschen ausdachte? Aber immerhin, sie wollte sich das Leben nehmen. Seither kämpfte sie zusammen mit einer anderen Frau täglich ums Überleben. Andere starben bei der Katastrophe. Und sie hatten noch immer keine Ahnung, was mit den Opfern geschah. Ob sie gesucht und gefunden wurden. Ob sie als vermisst galten, falls man auf der Insel nicht suchen durfte.

Sie gähnte laut. Sie strich sich mit ihren schmutzigen Fingern über ihre Brüste, fuhr im Dunkeln auf ihrem Bauch hinunter bis zu der kleinen metallenen Piercingperle an ihrer Vulva. Kreisend fuhr sie mit der Fingerspitze darüber. Sie spürte die Haarstoppeln ihrer Scham. Dann berührte sie ihre Spalte. Doch ihr wurde bewusst, wie schmutzig ihre Finger und Hände waren. So ließ sie frustriert ab und starrte noch eine ganze Weile in den Sternenhimmel. Sie wollte nach Hause. Aber sie hatte kein Zuhause. Das war ihr Problem. Würde sie wirklich bei Nadine wohnen? Nadine. Nadine. Dann schlief sie endlich ein.

Samstag

„Nadine! Nadine!" Aurora rüttelte an Nadines Arm. „Nadine, wach' auf, der Panther!" Nadine schreckte hoch, musste sich sofort festhalten, dass sie nicht in die Tiefe stürzte, suchte Orientierung, wo sie sich überhaupt befand. Sie war erstaunt, dass es schon hell war. Die Sonne schien heiß durch das grün schimmernde Blätterdach. „Was? Wo? Wo bin ich? Was? Der Panther? Welcher Panther? Wo?" „Da, da unten!" Nadine sah sich um: „Wo? Ich sehe nichts."

„Nein, jetzt nicht mehr, aber gerade eben war er da. Da unten!" Sie zeigte mit dem Finger ganz nach unten Richtung Erde. „Da unten lag er auf dem Ast. Ich habe ihn ganz deutlich gesehen!" „Hast du das geträumt?" „Nein, ich bin doch nicht blöd! Da, da, genau da lag er auf dem dicken Ast. Dann hat er sich plötzlich bewegt, ist die paar Meter in die Tiefe gesprungen und war sofort verschwunden. Da haben noch nicht einmal Blätter geraschelt. Ich habe keine Ahnung, wo er hin ist. Er war einfach weg!" Sie war ganz außer sich. „Der Panther? Der schwarze Panther?" Nadine sah ihre Beine baumeln, sah am Baum zwischen all den Ästen hinunter. „Hm", sie überlegte. „ Es gibt also wieder zwei Möglichkeiten: Erstens: Der Panther hatte Hunger und schaffte es nicht bis zu uns hoch auf den Baum und es dauerte ihm letztlich zu lange. Jetzt sucht er sich eine andere Beute. Zweitens: Er hat uns wieder die ganze Nacht über vor Schlangen oder anderen Raubtieren beschützt. Ich glaube an die erste Version. Definitiv! Und was machen wir jetzt? Lauert er da unten im Gras auf uns? Wir können schlecht den Rest unseres Lebens hier oben im Baum verbringen. Wagen wir es, steigen ab und machen uns auf den Weg, von hier weg zu kommen!"

Nadine begann, an den Ästen hinunter zu klettern. Aurora folgte ihr. Unten angekommen lauschten sie. Außer den üblichen tropischen Tiergeräuschen, das Zwitschern, Trillern, Pfeifen, Krächzen, Kreischen und vogelartige Rufen, war nichts Verdächtiges zu hören. Aber hungrige Tiere pflegten auch keine Geräusche zu machen.

Die Luft war heiß und schwül. Noch immer drückten sich dicke Dunstwolken aus dem Dschungel durch die Bäume in den Himmel. Sie kehrten zu dem Fluss zurück, der sich durch die Regenmassen zu einem sehr breiten Strom mit enormer Geschwindigkeit entwickelt hatte. Eine einzige braune Masse, auf der Äste, Schlamm und ganze Baumstämme trieben.

Aurora wischte sich den Schweiß von der Stirn. Sie spürte den salzigen Schweiß auf ihren Lippen. Wieder hatten beide mehrere Insektenstiche zu beklagen, die furchtbar juckten und die sie mit ihrem Speichel benetzten, denn Kratzen war absolut tabu. Nadine rieb immerzu ihren linken Arm und die Schulter. Die Schmerzen ließen nicht nach. Sie betrachtete Aurora, die neben ihr stand. Wie verwegen sie aussah. Nackt, schmutzig, von Kopf bis zu den Füßen zerkratzt. Und dennoch blinkten ihre fünf Ohrringe und die silberfarbigen Piercings an ihrem Körper. Schweiß glänzte am ganzen Leib. Ihre lange Haarsträhne hatte sie zur Seite gestreift. Durch die Nässe des Schweißes blieb sie dort kleben. Nadine konnte nicht anders. Sie stellte sich Aurora frisch geduscht in einem schönen schwarzen Kleid vor. Mit schmalen gelben Streifen. Wieder musste sie an ihren schwarzen Lamborghini denken, dessen gelbe Felgen sich raffiniert vom matten Schwarz der Karosse abhoben. Ja, der Lamborghini passte zu Aurora. Wie das Schicksal dies alles eingefädelt hatte, dass sie sich kennenlernten. Dass Aurora arm war und nichts besaß und sie dagegen reich war und sich einen exklusiven Sportwagen mit offenem Verdeck zulegte, der nun wie geschaffen war für das Wesen von Aurora. Das Schicksal schweißte sie hier im Dschungel zusammen. Und das Verlangen nach Zärtlichkeit oder Sex in der jungen Aurora ließ sie noch näher zueinander finden. Zuhause wären sie sich sicher nie begegnet. Und wenn, hätte Nadine Aurora wahrscheinlich gar nicht wahrgenommen. Oder ihr höchstens in der Fußgängerzone ein paar Euro zugesteckt um das Gewissen zu beruhigen. Wobei es gar nicht ihre Art war, den vielen Pennern und Bettlern Geld zukommen zu lassen. Zu oft hörte man von organisierten Banden, die hinter der Bettelei steckten.

Aurora betrachtete Nadine, die neben ihr stand. Was war das für eine Frau? Eine reiche Architektin, die nur vornehmste Lebensweise gewohnt war. Schicki-Micki! Die ein einschneidendes Erlebnis hatte in den Tropenwäldern von Papua-Neuguinea. Ein einziger Besuch in einem Urwald reichte aus, um das Wesen eines Menschen zu stürzen? Seitdem suchte diese Frau nach dem Wilden im Leben und hier hatte sie einen Leoparden erwürgt, ihn auseinandergerissen und Teile von ihm gefressen. Sie aß rohen Fisch und sah mit ihren hochgesteckten Haaren und dem entschlossenen Blick immer noch wie eine Amazone aus. Nie wieder wollte sie, Aurora, von dieser Frau lassen. Auch wenn sie einiges älter war, als sie selbst. Ja, vielleicht hatte gerade das Aurora gereizt. Nicht nur zum ersten Mal in ihrem Leben eine Frau intim zu berühren und zu küssen. Sondern zu erleben und zu erfahren, wie eine reifere Frau sexuell reagierte. Wie sie sich anfühlte. Nadine hatte ihr angeboten, ihr zu helfen. Sie konnte für eine bestimmte Zeit bei ihr wohnen. Somit war sicher gestellt, dass sie auch zuhause für eine Weile Freunde oder eben Freundinnen blieben. Oder sollte sich Nadine zuhause vielleicht dann doch plötzlich für sie schämen? Sie fallen lassen?

Spontan warf sie sich Nadine an den Hals und drückte sie. „Hey", staunte Nadine und spürte, wie ernst es Aurora war. Sie hielt sie ebenfalls fest. Schweiß zerrieb sich glitschig, als sich ihre Körper aneinander pressten. Aurora ließ nicht los. Eine ganze Weile standen sie so da. In der sengenden Hitze. Unbeeindruckt wälzte sich der breite Fluss mit atemberaubender Geschwindigkeit an ihnen vorbei. Dann blickte Aurora Nadine tief in die Augen. Versuchte einzudringen in die Blicke der Frau. „Können wir Freundinnen bleiben?", hauchte sie und leckte sich wieder den salzigen Schweiß von den Lippen. „Auch wenn wir das alles hinter uns haben? Also, du weißt schon, einfach Freundinnen. Also nicht rummachen oder ..." „Aurora, es ist gut, ich habe dich verstanden. Klar bleiben wir Freundinnen. Ich möchte dich unbedingt als Freundin behalten." Sie lachte: „Ohne Rummachen."

„Ich will einen Mann finden, der zu mir passt. Und du auch. Wir heiraten zusammen, am selben Tag", hauchte Aurora leise am Ohr von Nadine. Wieder musste diese lachen. „Heiraten? Ich? Oh weh! Wir werden sehen. Komm, wir müssen los. Uns bleibt nichts anderes übrig, als den Fluss zu durchqueren. Aber wir versuchen ein Experiment: Wir bleiben zusammen. Ich kann mit dem linken Arm kaum etwas machen. Wir nehmen uns fest in den Arm wie siamesische Zwillinge. Ich schwimme mit dem rechten Arm, du mit dem linken. So verhindern wir auch, dass der Strom eine von uns davon reißt. Wir werden auch sicher einige hundert Meter weitergespült, aber wir müssen es ans andere Ufer schaffen."

„Und wenn es Krokodile gibt?", fragte Aurora ängstlich. „Ich hoffe nicht, dass sich in dem reißenden Fluss Krokodile halten. Und wenn es am anderen Ufer welche gibt, müssen wir eben auch wieder zusehen, wie wir das über-

142

leben", gab Nadine zur Antwort. „Oh, wie ich diesen Dschungel hasse", stöhnte Aurora und sah zum Himmel. Sie nahmen sich wie vereinbart in den Arm, hielten sich gegenseitig an den Hüften ordentlich fest und stiegen am Ufer in die braune Brühe. Sofort wurden sie mitgerissen.

Mit sehr hoher Geschwindigkeit spülte sie das Flusswasser davon. Mit aller Kraft machten sie die Armbewegungen und versuchten so, in die Mitte des Flusses zu gelangen und weiter zur anderen Seite. Die Landschaft zog rasend schnell an ihnen vorbei, dennoch gelangten sie gut zur anderen Seite. Wenn es sie auch viel Kraft kostete.

„Jetzt Halt suchen. Dort an dem ins Wasser hängenden Baum", rief Nadine. Schnell wurden sie gegen den ins Wasser ragenden Baum gespült. Die schweren Äste peitschten ihnen ins Gesicht. Sie verloren den gegenseitigen Halt. Nadine klammerte sich an Äste und Blattwerk, aber ihr linker Arm versagte und sie rutschte ab. Der Strom drückte sie durch das Geäst des Baumes, mit der rechten Hand versuchte sie zu greifen, doch die Äste entglitten ihr immer wieder. Ein Strudel spülte sie unter Wasser, sie schreckte hoch und spie das Wasser aus.

Aurora hatte den Baumstamm gepackt, sich daran hoch gezogen, war auf den Stamm geklettert und hatte bemerkt, dass Nadine davon trieb. Schnell huschte sie an Land, wobei sie auf der glitschigen Rinde ausrutschte und der Länge nach hinschlug, wobei sie sich auf die Zunge biss. Sie schrie. Doch sie raffte sich auf, schleppte sich am schlammigen Ufer an Land, rannte ein paar Meter, sah, wie Nadine erneut durch Astwerk gepresst wurde, mit der gesunden Hand keinen Halt fand und sprang mit einem Kopfsprung ins Wasser. Sie machte ein paar schnelle Schwimmbewegungen, packte Nadine unter dem Arm und zerrte sie mit sich, schlug mit den Beinen und schlug mit der Hand am Ufer hart in den Schlamm. Drehte sich um und drückte Nadine ans Ufer. Diese packte mit der rechten Hand Gras und zog sich höher. Aurora war ebenfalls im Ufergras aus dem Wasser gestiegen. Keuchend und hustend stand sie da. „Die verdammte Schulter", sagte Nadine zornig, hustend. Wie ein Hund kniete sie auf allen Vieren im Morast, hatte den Kopf gesenkt und hustete. Aurora stand da, wischte sich Gräser und Schlamm vom Körper und betastete ihren Piercing auf der Zunge, auf die sie sich gebissen hatte. „Komm, weiter, ich will endlich zurück ins Hotel. Ich habe nicht vor, auch nur noch eine einzige Nacht hier zu verbringen", sagte Aurora forsch und zerrte Nadine hoch.

Immer noch hustend erhob sich Nadine. Auch sie wischte sich Schlamm und Gräser vom Körper. Aurora half ihr, indem sie ihr den Rücken und Hintern abrieb. Sie suchten in der Ferne das Festland, das dann auch gesichtet wurde. „Da", sagte Aurora, da, das Festland, dort drüben! Man kann sogar ganz winzig kleine Schiffe erkennen! Endlich, komm!" Zügig gingen sie weiter. Der Himmel war wolkenlos blau, die Sonne brannte erbarmungslos auf ihre nackten Körper. Längst wurde aus dem Rot des Sonnenbrandes ein Braun der Hautfarbe. Selbst Aurora, die von Natur aus eher blasse Haut hatte, legte nun schnell Farbe zu. Sie ging voraus. Zielstrebig in die Richtung, in der in der Ferne das Festland lag. Die Vegetation wurde flacher, der Wald weniger dicht, das Gelände leicht abschüssig. Viele Gräser und Farne bedeckten den Untergrund. Immer wieder verfing sich eine der beiden mit dem Fuß in einer Schlingpflanze und stolperte oder stürzte. „Aaah!", schrie da plötzlich Nadine. „Verdammt aber auch, ich bin wo reingetreten. So ein Mist! Aah!" Mit schmerzverzerrtem Gesicht hüpfte sie auf einem Bein. Schnell war Aurora zu ihr geeilt. „Halte dein Bein hinten hoch, ich sehe nach." Nadine fasste ihr Bein, zog es an den Hintern hoch und hielt sich an Aurora fest. „Das ist aber ein übel großer Stachel oder Dorn", sagte Aurora. „Aaargh, das tut weh wie Hölle", fluchte Nadine. Aurora zog mit ihren Fingerkuppen an dem dicken Dorn und zog ihn heraus. Blut quoll heraus. Noch einmal schrie Nadine auf, zog Luft durch die Zähne ein und fluchte. „Es reicht mir jetzt, ich habe die Schnauze voll von hier, ich bestehe nur noch aus Schmerzen!" Sie versuchte zu gehen, aber die Schmerzen hinderten sie daran. Außerdem blutete die Wunde. Aurora überlegte: „Wir könnten ein dickes Blatt auf die Wunde legen und mit ...", sie zögerte, „mit dem String-Tanga, der deine Haare hält, das Blatt am Fuß fixieren." „Nichts, da", zischte Nadine, „der String bleibt, wo er ist!" Sie suchte dennoch ein dickes Blatt, riss aus dem Untergrund von den schlingpflanzenähnlichen Gewächsen heraus, die wie ein dicker Strick beschaffen waren und schnürte das Blatt auf der Wunde fest. Aurora half ihr. Dann versuchten sie weiterzugehen, aber Nadine kam nur sehr langsam voran. Aurora stützte sie. Nadines Gesicht zeigte Schmerz, Zorn und blanke Wut. Aber Aurora konnte ihr auch nicht widersprechen. „Ich habe höllischen Durst", murrte Nadine schlecht gelaunt. „Komm setz' dich und ruhe dich ein bisschen aus, ich suche Früchte oder Obst. Das da hinten sieht direkt danach aus", bat Aurora. „Setzen? Wo denn? Hier hat es keine Steine oder Fels und ich werde mich kaum mit dem blanken Arsch und Unterleib in dieses Gras setzen, wo es von Viechern und Kriech- und Krabbelzeug nur so wimmelt!" Zornig blieb sie stehen. Aurora ging ein paar hundert Meter und kam tatsächlich mit einer Hand voll Früchte zurück, die sie verspeisten. Die Früchte waren lecker und sehr saftig und stillten den ersten Durst.

Dann marschierten sie langsam weiter. Noch immer musste Aurora Nadine stützen. Ihre Körper glänzten vom Schweiß und immer wieder verjagten sie Insekten mit wedelnden Armen und Händen. Es wurde heißer. Der Schweiß brannte in ihren Augen und schmeckte salzig auf der Zunge. Nur wenige Geräusche und Tierlaute waren zu hören. Vereinzelt standen hohe Bäume in der ansonsten kahlen, von flachen Gräsern, Pflanzen und Farnen bewachsenen Gegend. Die wenigen Bäume spendeten kaum Schatten.

Nach ein paar Stunden dieses mühsamen Vorankommens blieben sie erschöpft stehen. Vor ihnen lag eine vermutlich vom heftigen Regen überschwemmte Wasserfläche, die sich zu beiden Seiten unabsehbar in die Länge streckte, der direkte Weg zur anderen Seite betrug vielleicht 20 Meter. Es roch modrig. Die Oberfläche war hellgrün, überzogen wie von einem Teppich. Hie und da standen große Blasen auf dem Schlickteppich. Unzählige Insektenschwärme schwirrten überall wie Säulen über dem Sumpf. „Shit!", sagte Nadine. „Und jetzt? Was bleibt uns? Direkt hindurch. Darauf kommt es jetzt auch nicht mehr an. „Niemals", schrie Aurora, „da bringst du mich niemals rein in diese Güllepampe. Das riecht entsetzlich. Wie faule Eier! Uuäähh! Und außerdem habe ich fürchterliche Angst vor Krokodilen oder Schlangen. Niemals! Ich gehe außen herum!" „Jetzt fang nicht an zu spinnen", schimpfte Nadine, „was denkst du, wie lange du da unterwegs bist, außen herum? Und wer sagt dir, dass nicht gerade dort Krokodile lauern? Ich sehe hier absolut kein Krokodil und keine Schlange! In ein paar Minuten sind wir durch und haben dann auch das überlebt. Waschen können wir uns unten am Strand, das ist echt nicht mehr weit. Glaubst du, mir macht das noch Spaß? Sie schritt vorsichtig nach vorne, glitt in die dicke, grüne Brühe und setzte sich in die Hocke, so dass nur noch der Kopf herausragte. Dann stand sie wieder auf. Wie ein unmenschliches grünes

Alien stand sie da und würgte wegen des üblen Gestanks. Aurora stand mit weit aufgerissenen Augen vor ihr.

„Ich würde dir das auch raten, Aurora, der Schlick, und wenn er noch so übel riecht, schützt vor Insektenstichen!" Reflexartig presste Aurora schnell ihre Hand auf ihre Scham. „Niemals! Nein, ich kann das nicht. Ich kann nicht in diese eklige Brühe steigen, die mir womöglich in alle Spalten und Ritzen und Löcher drückt. Ich ekle mich!" „Komm jetzt!", schrie Nadine Aurora an. „Ich habe keine Lust, mit dir zu diskutieren, ich habe die Schnauze voll, mir reicht es!" Sie machte ein paar Schritte in die übel riechende Brühe. Sofort sank sie ein und knickte mit einem Bein ein. Bis zum Bauchnabel stand sie da. Der grüne Belag schloss sich sofort um ihren Körper. „Ich gehe jetzt!" Aurora stampfte mit einem Bein. „Ich kann nicht." Sie wimmerte. „Ich kann echt nicht. Ich laufe außen herum und wenn ich zwei Tage unterwegs bin." Nadines Augen wurden zu Schlitzen: „Na dann gute Nacht heute Nacht. Wird sicher wieder richtig gemütlich, noch dazu in sumpfigem Gebiet!" „Aber ich kann nicht, ich sterbe! Ich habe solche Angst vor Krokodilen und vor der ekligen stinkenden Brühe an meinem Körper!"

Schmutzig, überzogen mit verkrustetem Lehm und Schlamm, zerkratzt von Kopf bis Fuß stand sie da. Ihr Haar klebte am Kopf. Tränen quollen aus ihren Augen. Die Hand hielt sie weiterhin gepresst an ihrer Scham. Sie lispelte leicht, denn die Zunge, auf die sie sich gebissen hatte, war geschwollen.

„Ich sage dir jetzt mal was", schrie Nadine erneut, „wir haben hier einiges erlebt und Dinge überlebt, die an ein Wunder grenzen. Ich habe einen Leoparden mit den bloßen Händen und einem Gürtel erwürgt. Aber das Leben ist kein pausenloses Wunder! Menschen starben an der Seilbrücke und wenn wir beide lebend ans Ufer und zurück zum Hotel gelangen, mag das Schicksal oder Glück oder Wunder oder Fügung sein. Aber es kann genauso gut sein, dass wir es nicht überleben. Dass wir kurz vor dem Ziel draufgehen, verhungern, verdursten, doch noch gefressen werden, an Wundfieber krepieren oder kurz vor dem Hotelstrand von Haien gefressen werden! Und es ist möglich, dass nur eine von uns überlebt! Egal ob du oder ich! Das ist die Realität. Und die andere wird zusehen müssen, dass sie weitermacht! Natürlich geben wir alles daran, dass wir das beide überstehen, aber ich gebe dir keine Garantie. Entweder wir schaffen das jetzt vollends oder nicht. Ich bin alt genug, ich bin Realistin. Ich habe das Leben kennengelernt!"

„Glaubst du, ich bin unerfahren, nur weil ich jung bin?", schrie jetzt auch Aurora unter Tränen. „Ich habe schon in den Lauf einer entsicherten Knarre geschielt, weil ich sie zu dicht an meiner Stirn zwischen meinen Augen hatte, als dass es beide Augen hätten erfassen können. Ich habe nicht immer freiwillig mit Sex meine Schulden beglichen!" Nadine starrte sie an.

„Und ich habe schon Freunde von mir geschlagen, um sie wieder zu Bewusstsein zu bringen, weil sie sich ins Koma gesoffen hatten. Nicht alle haben die 4 oder noch mehr Promille überlebt!", setzte Aurora hinzu. „Ich weiß, wie schnell man stirbt!"

Resigniert ließ Nadine die Schultern fallen. „Liebling, ich würde dich tragen, wenn ich die Kraft dazu hätte, aber meine Schulter schmerzt höllisch und mein Fuß ebenfalls. Ich würde dich tragen. So hoch, dass dich die Brühe nicht berührt!" Dann nahm sie beide Arme hoch und ging davon. Bis zu den Schultern sank sie ein. Der Boden unter ihren Füßen war weich und glitschig. Wie ein Sog hielt er die Füße fest. Deshalb versuchte Nadine eher Schwimmbewegungen zu machen.

Langsam stieg Aurora, die Hand fest an ihre Scham gepresst, in die Brühe. Sie versuchte sich zu setzen, aber sie konnte es nicht. Sie sank ein, zog das eine, dann das andere Bein aus dem sumpfigen Untergrund. Sie hielt die Luft an. Ihr war schlecht. Sie hatte Todesangst und ekelte sich furchtbar vor dem Gestank. Mücken schwirrten um ihren Körper und ihr Gesicht. Sie pustete ständig die Mücken weg und versuchte, den Abstand zwischen Nadine und sich zu verringern. Der Teppich aus hellgrünem Schlick schloss sich fest um Auroras Brüste und Oberkörper. Sie konnte nicht hinsehen. Die Luft war tropisch heiß. Die Sonne brannte auf ihren heißen Kopf. Durch den salzigen Schweiß in ihren Augen musste sie ständig blinzeln. Die Todesangst führte wieder dazu, dass sie das Verlangen spürte, zu urinieren, aber sie presste alle Schließmuskel zusammen und hüpfte weiter, sodass ihre Füße nicht vom Sog des schlammigen Untergrundes eingesogen werden konnten. Nadine vor ihr war bereits wieder bis zu den Hüften aus der Brühe gestiegen. Hoffnung! Sie hatten es gleich geschafft. Dennoch war sie etliche Meter hinter Nadine. Da schlug etwas schmierig und glitschig gegen ihre Beine. Sie schrie auf! Ein nasses, großes, schmieriges Etwas rammte von unten zwischen ihren Beinen gegen sie. Sie schrie, Nadine blickte sofort zu ihr, wobei sie kippte und in die Brühe nach vorne fiel, sich fing und aufrichtete. Aurora schrie, packte mit beiden Händen den glitschigen schweren Leib, riss ihn hoch und starrte in ein Wesen, das sie wieder aufschreien ließ. Dunkelgrau und moosbewachsen fuchtelten kurze Pfoten in der Luft, ein ebenso glitschiger Körper hatte sich gegen ihren gepresst, der lange schwere Schwanz klopfte gegen Auroras Leib. Winzig kleine schwarze Löcher an den Seiten des Kopfes wirkten wie Augen. Angewidert stieß Aurora das Monster mit aller Kraft von sich. Sie schrie aus vollem Halse, schüttelte sich und sah, wie sich das Monster schwerfällig mit schlängelnden Bewegungen durch den grünen Teppich schob und am Ufer im Schlamm liegen blieb. „Ein Monster!", hatte sie mehrfach geschrien, „eine Schlange!" Umso schneller hastete sie jetzt weiter. Sie musste würgen, presste den Mund zusammen, um sich nicht zu übergeben. Mit beiden Händen ruderte sie sich vorwärts durch die grüne, stinkende Masse, die immer noch hier und da Blasen aufwarf. Ihr Fuß hing plötzlich fest. Irgendetwas zerrte an ihrem Fuß. Sie kam nicht voran. Sie griff nach unten, wobei sie fast mit dem Gesicht eingetaucht wäre, spürte eine Art Schlingpflanze, riss daran, kam aber nicht los. Nadine hatte gerufen: „Eine Echse, ein Molch, ein Riesenmolch!" Sie trat wieder einen Schritt in das Wasser, sank aber sogleich ein und steckte im morastigen Untergrund fest. Sie reichte Aurora ihren Arm, aber diese war mehrere Meter von ihr entfernt. „Verdammt", schrie Aurora und riss an den Pflanzen, die ihr Bein festhielten.

Nadine sah sich um. Ruhig und bewegungslos lag die Natur da. Keine Vögel waren zu sehen. Nur Tausende von Insekten schwirrten nervös über der Wasserfläche und summten schrill. Flach, grasig und blättrig lag die Vegetation in der prallen Sonne. Die wenigen hohen Bäume spendeten kaum Schatten. Nichts bewegte sich, außer Aurora, die wütend und heftig an den Schlingpflanzen riss. Der grüne, stinkende Algenteppich schaukelte. Sanfte Wellenbewegungen weiteten sich aus. Immer weiter schaukelte der Algenteppich. Nadine starrte auf die Umgebung. Nichts bewegte sich. Da erhoben sich plötzlich Blätter, Laub und Lehm wie von Geisterhand in mehreren Metern Entfernung. Die Natur erhob sich. Grau, Grün, Braun erhoben sich schwach aus dem Untergrund. Mit einem Schlag blitzten zwei kleine gelbe Augen inmitten der getarnten Masse auf. Langsam aber sicher schob sich die Masse, schob sich das Krokodil, schwerfällig, unauffällig und tonlos, in den Algenteppich hinein.

Schlagartig begann Nadines Herz zu schlagen, dass es ihr fast die Brust sprengte. Aurora hatte noch nichts bemerkt, riss und zerrte weiter an den Pflanzen, streckte den Kopf zur Seite um nicht einzutauchen oder von der Brühe zu schlucken. Langsam schoben sich die zwei kleinen gelben Augen mit den schwarzen Schlitzen durch den Schlick. Wie ein kleines Oval ragte ein Stück vom Rücken des Ungetüms aus der grünen Masse der Oberfläche. Das Krokodil wurde schneller.

„Mein Gott, Aurora, ein Krokodil!", schrie Nadine. Aurora fuhr herum und sah die kleine, graubraune Erhebung mit den gelben Augen und den schwarzen schmalen Pupillenschlitzen auf sie zu gleiten. Schlagartig tauchte sie mit dem Kopf unter, zerrte mit aller Kraft an den Schlingpflanzen, aber sie gaben nicht nach. Ihr Kopf tauchte auf, sie prustete den Schlick aus dem Mund und starrte auf das Krokodil.
Mit aller Kraft riss Nadine an ihrem im Sumpf steckenden Fuß, hastete stampfend schweren Schrittes zu einem großen Ast in ihrer Nähe. Sie musste diesen großen Ast dem Krokodil in den Rachen schieben, in dem Moment, wenn dieses das Maul aufriss, sonst war Aurora verloren. Verzweifelt zog und riss sie an dem Ast, der fast zwei Meter Länge hatte, aber dieser steckte noch mit samt der Wurzel im Erdreich und bewegte sich keinen Millimeter. Sie zog und wackelte und zerrte. Vergeblich. Aurora stand wie erstarrt bis zum Hals in der dicken Brühe und war zu keiner Bewegung mehr fähig. Sie gab auf. Das Krokodil kam auf sie zu.

„Hilf mir!", schrie Nadine verzweifelt in den Himmel. „Hilf mir!" Da erblickte sie am Ufer im Schlamm liegend den Riesenmolch. Wie von Sinnen rannte sie durch das Gras hin, blieb wenige Meter davor stehen, machte ein paar vorsichtige Schritte, warf sich auf das Ungetüm und packte es mit beiden Händen, ihre heftigen Schmerzen nicht im Ansatz spürend. Sie kam hoch und presste den glitschigen, nassen, schweren Leib mit aller Gewalt an ihren Körper. Sofort begann das träge Tier zu zappeln und schlug mit dem langen Schwanz hart gegen ihre Beine. Es wand seinen dicken Kopf hin und her, die vier Pfoten ruderten wild in der Luft umher. Nadine wurde schlecht von dem üblen Geruch, den das Tier verströmte. Wenn sie jetzt los ließ, wenn ihr dieses, wie ein riesengroßes Stück nasse Seife glitschige Tier aus der Umklammerung rutschte und abtauchte, war es zu spät für Aurora. Wieder sanken ihre Beine beim Gehen ein. Aurora war leichenblass. Nadine spürte, dass sie es nicht mehr rechtzeitig schaffen würde, sie hatte die Kraft nicht, dieses fette Tier zu werfen. Am Ufer angekommen sah sie an dem Riesenmolch vorbei, das Krokodil hatte Aurora erreicht, schoss nach vorne, riss sein Maul auf, Nadine warf sich mit voller Wucht dazwischen, drückte das schleimige Tier von sich, spürte einen heftigen Schmerz im rechten Arm. Es krachte. Wasser und giftgrüner Schlick spritzte in alle Richtungen. Nadine fehlte jede Orientierung. Sie tauchte ab, tastete nach Auroras Beinen, riss daran, packte den Leib Auroras unterhalb des Hinterns, umklammerte ihn, wie sie den Molch gepackt hatte, stemmte sich hoch, riss Aurora mit sich, bekam einen gewaltigen Schlag vom Schwanz des Krokodils gegen den Schädel, warf den Leib Auroras von sich ans Ufer. Völlig benommen von dem heftigen Schlag blickte sie hinter sich, wild und unüberschaubar schlug und spritzte grünbraunes Wasser in alle Richtungen. Der Schlag, Wasser, Schweiß und Schlick trübten ihre Blicke. Blut lief aus ihrem rechten Arm, er war aufgerissen. Sie warf sich auf die auf dem Bauch liegende Aurora, stemmt ihre Hände gegen deren Hintern und drückte sie weiter an Land. Sie bemerkte, dass Aurora sich mit den Händen aus dem Ufer heraus zog und vorwärts kroch. Schnell stemmte sie auch sich aus der aufgewühlten Masse von Wasser, Blut und grünem Schlick, zog sich aus dem Wasser, robbte auf den Armen weiter, sah dass Aurora viele Meter weiter gekrochen war und zusammensackte. Nadines sämtliche Innereien drehten sich, sie würgte ununterbrochen und musste sich immer wieder hintereinander übergeben. Durch den leeren Magen erbrach sie nur Saft und Galle. Sie kroch auf allen Vieren weg vom Ufer, übergab sich wieder, kam auf die Knie und auf die Füße, drückte sich hoch, übergab sich erneut und blickte zum Wasser.

Schnappend schluckte das Krokodil. Riss den Kopf hin und her, Wasser und grüne Brühe spritzten hoch. Der lange Schwanz des Molchs hing aus dem Maul. Sie wollte nach Aurora sehen, da erstarrte sie von neuem. Sie blickte in gelbgrüne Augen, die aus dem niedrigen Gras in einem schwarzen Pantherkopf steckten. Eine Pranke zum Sprung bereit nach vorne aufgesetzt. Doch die Pantheraugen starrten an ihr vorbei. Auf das Krokodil.

Langsam zog das rechte Auge Nadines nach rechts, das linke Auge versuchte, den Panther nicht loszulassen, doch es gelang ihm nicht, das linke Auge musste folgen. Beide Pupillen rollten nach rechts. Mit letzten schnappenden Bewegungen verschlang das Krokodil die letzten Reste des großen schweren Molchs. Langsam, wie in Zeitlupe glitten beide Pupillen wieder nach links. Zum Panther. Unverändert war er da. Plötzlich zuckten die beiden gelben Augen in ihre Richtung. Der schwarze Panther und Nadine sahen sich an. Das Raubtier bewegte sich nicht. Wieder unterdrückte Nadine den Reiz, sich zu übergeben. Sie schaute in die Augen des wilden Tieres. Dieses geheimnisvollen schwarzen Panthers. „Was willst du mir sagen?", dachte Nadine, ohne sich zu bewegen und ohne zu atmen. Der Panther schaute sie an. Regungslos seine

Mimik. Bewegungslos seine Schnauze, sein geschlossenes Maul, die Pranke saß sprungbereit im Gras. „Wer oder was bist du?", dachte Nadine jetzt. Der Panther reagierte nicht. Dann wand sich sein Blick von ihr ab, hin zu dem Krokodil. Das Krokodil! Langsam, zögernd rollten beide Pupillen Nadines wieder nach rechts. Tropische Hitze. Die Sonne brannte. Das Wasser schaukelte noch leicht, hier und da war der grüne Teppich aus Schlick offen, schloss sich aber zunehmend. Blasen stiegen auf. Das Krokodil war verschwunden. Keine Spur. Keine Bewegung im Wasser. Kein Krokodil an Land. Es war verschwunden. Schnell rollten die Augen zurück nach links. Der Panther war weg. Als wäre er nie da gewesen. Das Gras, die Farne und Pflanzen waren hier überall so niedrig, dass man sich niemals hätte vorstellen können, dass sich hier ein Panther verstecken könne, ohne gesehen zu werden. Und doch war er da und nun spurlos verschwunden. Lebensgefahr? Lauerte er noch? Aurora!! Sie blickte sich um. Aurora lag viele Meter von ihr entfernt am Boden. Auch sie musste sich ständig übergeben, stöhnte, weinte bitterlich und übergab sich wieder. Schnell lief sie zu ihr. Blut lief an ihrem rechten Arm ab, das Blut in ihrer linken Schulter klopfte zum Bersten. Der Fuß, mit dem sie in den großen Dorn getreten war, schmerzte ebenfalls. Sie zog das Bein nach.

Aurora zitterte am ganzen Leib. Nadine berührte sie. Doch Aurora stieß sie hart von sich. „Keine Krokodile", hatte ihr Nadine versichert. Zusammengekauert lag Aurora auf ihren Knien sitzend da, zitterte, übergab sich wieder und weinte.

Nadine setzte sich daneben. Eine Weile sagte sie nichts. Dann berührte sie Aurora wieder vorsichtig. Doch diese schüttelte sie ab. Nadine sah sie an. Sah, wie sich die Wirbelsäule am Rücken deutlich abzeichnete. Die Tage im Dschungel waren eine wunderbare Diät. Wenn man abnehmen wollte. Der Körper Auroras, wie ihr eigener auch, war übersäht mit den getrockneten Krusten des Schlamms und Schlicks aus dem Gewässer. Die Krusten spannten. Mehrfach rubbelte Nadine an ihrem Körper. Gegen die Insektenstiche war die Kruste allerdings ein geeigneter Panzer.

„Der Panther war da", sagte sie schließlich. „Der schwarze Panther war da. Ich weiß, du willst mir nicht zuhören, aber unser Panther war da. Flach gebückt lag er im Gras, zum Sprung bereit. Ich verstehe das alles nicht. Es ist ein gefährliches Raubtier. Und doch tut er uns nichts. Er griff mich nicht an und war doch angespannt zum Springen bereit. Hätte ich den schweren Molch nicht entdeckt, oder wäre er mir in letzter Sekunde entglitten – ich warf mich zusammen mit dem Molch gegen den Rachen des Krokodils. Der Molch oder ich! Du warst sicher!" Aurora hörte auf zu schluchzen und lauschte. „Aber ich habe das komische Gefühl, dass wenn der Molch nicht gewesen wäre, der Panther gesprungen wäre. Im Kampf gegen das Krokodil. Oder, um sich zu opfern! Der Panther scheint uns beizustehen. Aurora, wir können jetzt hier sitzen oder liegen bleiben, dann wird es wieder bald dunkel. Dort drüben am Horizont sieht man das Festland, man erkennt sogar kleine Schiffe oder Boote. Wir haben es bis auf wenige Kilometer geschafft! Unsere Hotelzimmer warten!

„Es ging so rasend schnell", schluchzte Aurora unter Tränen, „die scheiß' Schlingpflanze, der Gestank des Wassers, das Krokodil, ich sah nur den aufgerissenen Rachen, du bist auf mich gestürzt, ich dachte, jetzt werden wir alle gefressen. Alles und jeder schlug um sich, Wasser spritzte, ich wurde gepackt, ich dachte, das reißt mir das Bein weg wegen der Schlingpflanze, mir flog ein Fleischfetzen von dem schleimigen Viech ins Gesicht." Wieder würgte sie und übergab sich mit leerem Magen. Nadine beugte sich über sie und hielt sie fest. Doch wieder wollte Aurora sie wegstoßen. „Siehst du nicht, dass ich kotze?" Und wieder würgte sie alles aus dem hohlen Bauch herauf. „Ja, verdammt, ich sehe und ich rieche es! Aber genau deshalb bin ich bei dir. Wir sind seit Tagen Eins, verstehst du? Eins. Du und ich. Wir sind feste, dicke Freundinnen! Ich rette dich, du rettest mich. Ich rette dich, du rettest wieder mich. So geht das pausenlos, seit wir hier sind. Und ein seltsamer, schwarzer Panther steht uns bei."

„Der Gestank!", sagte Aurora, es ist auch der Gestank, der mich so anekelt! Der Gestank der stinkenden Brühe überall an meinem Körper, der Gestank des Molches, der Gestank. Ich kann mich nicht bewegen. Ich will nicht, dass sich der Dreck, die Brühe und der Gestank mit jedem Schritt weiter in jede Ritze, Spalte oder Körperöffnung von mir drängen. Ich kann nicht!" „Himmel, Aurora, ich weiß, du nimmst das sehr streng mit der Körperhygiene", wobei sie sich nicht ausmalen wollte, was Aurora sich antat oder in sich aufnahm, wenn sie mit all den vielen Männern schlief oder diese befriedigte. Das passte nicht zusammen, das passte nicht zu Aurora, „aber jetzt betrachte das Ganze bitte endlich rein biologisch! Du hast Schleimhäute, die dich schützen, du hast ein Immunsystem, das dich schützt. Vielleicht hat deine Regelblutung sogar Infektionen da unten mit ausgespült. Aber jeder weitere Tag hier birgt neue Gefahren. Also, komm', lass' uns gehen, ich helfe dir." Dann zog sie Aurora hoch. Deren Beine waren noch wackelig. Vom Schock, von den Anstrengungen, von Hunger und Durst. Langsam und mühsam gingen sie weiter, indem sie sich beide gegenseitig stützten.

Wolken schoben sich vor die Sonne. Dies spendete ein klein wenig Schatten, was sie genossen. Nach einer Weile hörten sie plätscherndes Wasser. Schnell folgten sie dem Geräusch und kamen bald an einen kleinen Bach, der sich durch das dichte Blätterwerk schlängelte. Hier war die Gegend auch wieder vermehrt mit Steinen und Felsen durchsetzt. „Da, sieh, eine Gumpe", rief Nadine. „Eine was?", fragte Aurora müde. „Eine Gumpe, ein beckenartiger Strudeltopf. Wie der, in dem wir uns auf der Anhöhe gewaschen hatten." Auroras Augen weiteten sich. Freude trat in ihr müdes, ausgezehrtes Gesicht. Doch die Miene verfinsterte sich sofort wieder. Nervös sah sie sich um. Fressfeinde? Schlangen? Andere gefährliche Tiere? „Komm schon", sagte Nadine, „der Dschungel ist gefährlich. Täglich. Ständig. Aber nicht pausenlos!" Sie schleppte sich zu der Gumpe, die wie ein Becken von schönem glatten Fels umrahmt war. Grüne, weiche Moospolster hatten sich gebildet. Die Sonne stand weiter hinter den kleinen Wolken, was die Luft sofort ein wenig erträglicher machte. Frisches, kristallklares Wasser sprudelte in das Becken hinein und ergoss sich auf der anderen Seite weiter in einen kleinen Bach. „Das Wasser muss direkt dort vorne irgendwo aus dem Untergrund kommen, sonst hätten es die Regengüsse der letzten Tage auch in einen braunen, schmutzigen Brei verwandelt", freute sich Nadine. Sie stieg in das Becken, stieß einen Jubelschrei aus, beugte sich nach vorne und trank gierig von dem kristallklaren Wasser. Dann setzte sie sich in den Kessel, wusch ihre gesamten Wunden, betrachtete die lange Risswunde am Arm, die ihr wohl das Krokodil zugefügt hatte, schrubbte die Schlammkrusten von sich. Auch Aurora war ihr sofort gefolgt und tat ihr alles nach. Sie trank gierig von dem Wasser, so viel, bis sie wieder lauthals rülpste, tauchte unter, wobei Nadine fast glaubte, sie käme gar nicht mehr hoch, wusch sich lange die kurzen Haare, die Ohren, das Gesicht. Gegenseitig rieben sie ihre Körper im Wasser sauber. Das Wasser verwandelte sich schnell in

Schmutzbrühe, was sofort ausgespült wurde, sodass das Wasser im Becken schnell wieder klar wurde. Sie freuten sich und hörten nicht auf, sich gegenseitig abzureiben. Gründlich, lange und ausgiebig wuschen sie sich, warfen Wasser in die Luft, bespritzten sich gegenseitig, tauchten einander unter und sanken schließlich erschöpft ins Wasser. Bequem wie in einem Whirlpool saßen sie auf Steinen im Wasser und lehnten sich zurück. Aurora strampelte mit den Beinen. Sie konnte lediglich die Augen nicht schließen. Sobald sie dies versuchte, schnappte das Krokodil grausam zu. Das Bild war präsent, sobald sie die Augen schloss. Mit offenen Augen genoss sie das frische Wasser, das angenehm kühlte und sprudelte. Die Sonne verbarg sich noch immer hinter kleinen Wolken, was ebenfalls angenehm war. Nadine hatte ihre Haare nach hinten gestrichen, den String ausgewaschen und zum Trocknen auf einen Stein gelegt. „Siehst du, so schön kann der Dschungel von einer Minute zur anderen sein", schwärmte sie, wobei ihre Schulter und die lange Risswunde am Arm durchaus schmerzten. Übel schmerzten. Aber die Frische und Kühle des Wassers, das Ausruhen und Durchatmen tat gut. Die Tatsache, dass sie Orientierung hatten und hofften, nun schnell mit einem vorbeikommenden Boot ans Festland zu gelangen, motivierte beide ebenfalls.

„Was machen wir, wenn uns jemand sieht?", fragte Nadine. Sollen wir wirklich so nackt am Ufer stehen und winken? Oder uns mit Blättern behängen? Das sieht doch auch lächerlich aus. Wie in einem billigen Robinson Crusoe-Film. Aber so splitternackt?" „Mir egal", sagte Aurora, „ich will nur zurück ins Hotel und dann nach Hause." Sie schluckte. Das Wort "Nach Hause" traf in ihrem Fall nicht wirklich zu. Sie wollte sich hier das Leben nehmen. Wenn sie aber bei Nadine wohnen konnte, hatte sie zumindest einen Ort, wo sie überhaupt hin konnte, wenn sie zurück in Deutschland waren.

Nadine überlegte weiter: „Wenn uns aber kein Rettungsboot, sondern so eine schwimmende Touristenkutsche abholt, landen binnen Sekunden unzählige Nacktfotos von uns im Internet. Mit Millionen von Klicks. Da wäre ich schnell erledigt. Beruflich und privat." „Fuck!", sagte Aurora und schlug mit der Faust ins Wasser, „da hast du natürlich recht. Das geht gar nicht. Wir müssen unbemerkt zurück an Land und ins Hotel. Glaubst du überhaupt, dass unsere Zimmer noch reserviert sind? Oder beschlagnahmt oder von der Polizei gesperrt?" „Hm, gute Frage", konterte Nadine, „das habe ich mir auch schon überlegt. Aber solange wir gebucht haben, können sie nicht einfach die Zimmer sperren, selbst wenn der Zimmerservice feststellt, dass tagelang nichts berührt wird und Personen verschwunden sind. Immerhin könnten wir ja ein paar Tage auf einer Expedition sein. Sie müssen schon warten, bis die Buchung abläuft. Und wenn ich mich nicht verrechnet habe, ist das in drei Tagen. Und bei dir?" „Müsste auch noch passen. Ich habe mir gar nicht gemerkt, wie lange ich das Zimmer gebucht hatte. Ich wollte ja bei der besten Gelegenheit Schluss machen, Danach wäre mir eh alles egal gewesen." Aurora senkte ihren Kopf ins Wasser und pustete etliche Luftblasen ins Wasser. Dann warf sie ihre Strähne nach hinten, schielte kurz und lehnte sich wieder zurück.

Sie beugte sich vor, griff Nadines Arm. „Wie hast du dir denn diesen langen Riss zugezogen?" „Ich weiß es nicht. Geschah, als ich mit dem schweren Molch gegen das Krokodil stürzte. Vielleicht habe ich den Arm zurückgerissen und bin an einem Zahn des Krokodils hängen geblieben, aber ein Krokodil beißt nicht langsam zu, es schlägt in Bruchteilen einer Sekunde den Kiefer zusammen, das hätte mir den Arm abgerissen. Vielleicht hatte ich Glück, weil der fette Leib des Molches noch dazwischen steckte." Aurora verzog den Mund: „Armes Tier. Musste dran glauben." Nadine staunte: „Wäre dir lieber gewesen, es hätte mich gefressen?" „Mann, nein, natürlich nicht. Ich finde nur überhaupt grausam, dass Tiere andere Tiere fressen. Oder dass wir Menschen so viele Tiere fressen. Äh, essen. Deshalb bin ich lieber Vegetarierin!"

Sie stand auf, kletterte auf die steinige Umrandung und begann, darauf zu balancieren. Sie wedelte mit den Armen zu beiden Seiten und setzte vorsichtig einen Fuß vor den anderen. „Pass auf", sagte Nadine, „sonst rutschst du aus und brichst dir womöglich den Arm oder ein Bein!" Dann betrachtete sie den Körper Auroras von Kopf bis zu den Füßen. Ihr Gesicht, das kurze schwarze Haar, ihre Nase, den Mund. Ihre Brüste, die sich klein, aber fest vom Oberkörper abhoben, die Spitzen der Brustwarzen fest aufgerichtet. Ihr flacher Bauch, die Hüften. Ihre mit Haarstoppeln versehene Scham mit dem kleinen silberfarbenen Piercing am Beginn ihrer Scheide und die Beine. Die Unterschenkel waren für ihre Figur vielleicht etwas kräftig, aber es stand ihr. Aurora drehte sich beim Balancieren, blieb stehen und richtete den Kopf gegen den Himmel. Wassertropfen perlten am Körper ab.

Nadine betrachtete ihren Hintern. Sie überlegte. Würde es Aurora gut tun, wenn sie sie nach dem Angriff durch das Krokodil etwas auf andere Gedanken brachte? „Du hast einen wirklich schönen Po, Aurora. Habe ich dir das schon gesagt?" Aurora drehte ihr Gesicht Nadine zu, ohne sich umzudrehen. „Nein, hast du noch nicht. Echt, gefällt er dir? Ist er wirklich schön?" Sie packte kurz mit beiden Händen ihre Pobacken. „Ja, echt schöne Form, sportlich fest und griffig", lachte Nadine und kommentierte so schnell das Zupacken Auroras an ihrem Hintern. Aurora ließ wieder los und drehte sich etwas nach rechts und links, so dass Nadine ihren Hintern von allen Seiten be-

160

trachten konnte. „Glaubst du, meinem zukünftigen Mann könnte mein Po gefallen?", fragte Aurora und fügte hinzu: „Meinst du, mehr Jungs und Männer stehen auf unsere Brüste oder auf unsere Hintern?" Nadine musste schmunzeln über die Denkweise von Aurora. Sie sagte: „Ehrlich gesagt, müsstest du das besser beurteilen können. Mir fehlen da Erfahrungswerte. Außerdem würde ich mir wünschen, dass ein potentieller Mann am ehesten Gefallen an mir hat. An meinem Wesen, meinem Charakter. Dann an meinem Gesicht, meiner Ausstrahlung. Körperliche Werte sind vergänglich, Schätzchen." Wieder durchfuhr es sie. Sie nannte Aurora Liebling, Kleines oder Schätzchen. Sie hatte sich vorgenommen, sie ebenbürtiger zu behandeln. „Wie alt bist du eigentlich?" „Neunzehn", sagte Aurora und drehte sich wieder Nadine zu. „Neunzehn", dachte Nadine und wunderte sich, wie ein solch junges Mädchen schon so ein verpfuschtes, hoffnungsloses Leben hinter sich haben konnte, dass es bis zum Suizidgedanken kam. „Und wie viele Schulden hast du?" Aurora wirkte verlegen: „7.000,- Euro", sagte sie leise. Wieder wiederholte Nadine in Gedanken: Siebentausend Euro. „Zuhause bei mir liegt eine Armbanduhr. Ein richtig schönes Teil, aber ich trage sie nicht. Einer meiner letzten Verehrer hat sie mir geschenkt. Allerdings wollte er immer, dass ich mir eine Magerfigur mit Modelmaßen zulege, die Haare färbe und mich von Kopf bis zu den Füßen tätowiere. Er wollte aus mir eine komplett andere Frau machen. Manchmal verstehe ich die Männer nicht. Was glaubst du, was die Uhr gekostet hat?" Aurora überlegte: „500,- Euro? 1.000,- Euro?" Nadine schüttelte den Kopf. „Du wirst es nicht glauben, satte 65.000,- Euro! Und das ist in der Kategorie von handgefertigten Designeruhren noch ein Durchschnittspreis." Aurora brachte den Mund nicht mehr zu. Auch Nadine grübelte. Sie hatte den Lamborghini herumstehen und achtlos eine Uhr im

Wert von 65.000,- Euro herumliegen. Für andere Menschen war bei Schulden in Höhe von ein paar Tausend Euro das Leben zu Ende. Unüberschaubare Schulden. Aussichtslosigkeit. Fertig. Ende. Suizid.

Sie, Nadine, fühlte sich tief in ihrer Seele glücklich, Aurora kennengelernt zu haben und ihr helfen zu können. Und Aurora, die hierher reiste, weit weg von zuhause, um sich das Leben zu nehmen, überlebte die Katastrophe der gerissenen Seilbrücke und bekam seitdem täglich in dieser Wildnis die Gelegenheit zu sterben. Abstürzen, Leopard, giftige Pflanzen, giftige Spinnen und Ameisen, Riesenschlangen, Blutvergiftung, Hunger, Durst, Krokodil. Sie kämpft mit ihr zusammen täglich um das Überleben und spricht plötzlich davon, dass sie sich wünscht, dass ihrem zukünftigen Mann ihr Hintern gefällt. Sie wünscht sich einen Partner, einen Mann. Sie wünscht sich ein Baby, das sie stillen möchte und wünscht sich eine Familie. Was hatte Aurora so schnell so verändert? Aber sie selbst hatte sich auch in den wenigen Tagen in der Wildnis sehr verändert. Aß rohen Fisch, überlebte wie Aurora viele Gefahren, erwürgte einen Leoparden, riss ihn in Stücke und fraß Teile davon. Sie stürzte sich todesmutig auf ein gefährliches Krokodil in dessen Element, einem trüben Gewässer und opferte ein anderes, ekelhaftes Getier dem Krokodil zum Fraß, um Aurora zu retten. Sie stellte ihren Reichtum und ihr Luxusleben infrage und genoss das Leben ohne Kleidung in wilder Natur. Sie küssten, streichelten und liebten sich. War einem hier nach Liebe, Erotik und Sex? Zwei Frauen, die sich nie hätten vorstellen können, eine Frau zu lieben? Oder war es pures Verlangen nach einem Menschen, um nicht der Wahnsinnigkeit der Einsamkeit der Wildnis zu erliegen?

„Hey, träumst du?", fragte Aurora und schubste Nadine eine Handvoll Wasser ins Gesicht. „Was denkst du?" Nadine schüttelte den Kopf. Noch einmal goss sie zwei Hände voll frischem Wasser in ihr Gesicht. Dann griff sie den in der Sonne getrockneten String-Tanga Auroras. „Möchtest du den wieder tragen? Anziehen?" Aurora betrachtete ihr winziges Kleidungsstück. Das einzige, das ihnen geblieben war. „Hm, nein. Binde dir ruhig damit wieder die Haare zusammen. So siehst du richtig cool aus und es ist praktischer, als wenn einem die verschwitzten Haare ständig ins Gesicht hängen, oder? Außerdem, du hast auch nichts anzuziehen und das bisschen Stoff bedeckt ja eh so gut wie nichts. Ich bleibe nackt. So wie du." „Danke, Aurora", sagte Nadine und band sich die Haare wieder zu einem Knoten zusammen und zurrte ihn mit dem String fest.

Aurora war zu ihr ins Wasser gestiegen und setzte sich daneben. „Kannst du verstehen, wie Tiere nur mit ihrer Zunge Wasser saufen? Sie hängen doch den Kopf beim trinken nach unten. So!" Sie beugte sich nach vorne, mit dem Gesicht dicht über die Wasseroberfläche und versuchte, wie ein Tier, mit ihrer Zunge Wasser in den Mund zu schaufeln. Nadine lachte laut. „Du solltest dich mal sehen!" Dann beugte sie sich jedoch auch vor und begann dicht neben Aurora ebenfalls mit der Zunge Wasser aufzunehmen. Sie schielten sich dabei zu und mussten hustend lachen. Wie in einem Wettkampf schnalzten ihre Zungen ins Wasser und spritzen Wasser hoch. Das Wenigste landete jedoch im Mund.

Da erstarrten sie in der Bewegung. Sie starrten nach vorne, ihre Zungen hingen synchron lange ausgestreckt ins Wasser. Aus den verschiedensten Grüntönen der Blätter schälte sich ein Raubtier. Ein Panther. Ein schwarzer Panther. Sein Fell glänzte in der Sonne. Unbeeindruckt ragte er majestätisch heraus und kam mit erhobenem Haupt direkt auf sie zu. Die Augenpaare der beiden Frauen rollten zueinander. Auroras Zunge schnappte in ihren Mund zurück. „Unser Panther?", fragte sie flüsternd. „Woher soll ich das wissen?", nuschelte Nadine mit heraushängender Zunge. „Ist er wieder satt? Oder meinst du, dieses Mal ist er hungrig?" Aurora zog bei dieser Frage beide Augenbrauen über ihrer Nasenwurzel zusammen. „Keine Ahnung", Nadine leckte sich vorsichtig die Lippen trocken, „frag ihn doch." Aurora wagte, den Panther anzublicken. Sie schaute in klare, gelbe Augen mit kleinen schwarzen Pupillen. „Hi", brachte sie krächzend und flüsternd heraus. Sie spürte Unwohlsein in Bauch und Unterleib. Der mächtige Panther kam näher. Millimeter für Millimeter wichen die beiden Frauen mit ihren Köpfen zurück. Der Panther setzte beide Pranken vorsichtig an den felsigen Rand der Gumpe und beugte sich langsam nach vorne. Zum Sprung?

Dabei ließ er Aurora nicht aus den Augen. Sein Gesicht senkte sich. Seine lange rosa Zunge fuhr heraus. Gierig verschlang er von dem frischen kühlen Wasser. Immer wieder fuhr die Zunge schnell ins Wasser und scharrte dieses in sein Maul. Dann fuhr die Zunge einmal kreisrund über sein Maul und seine Tasthaare. Er blinzelte kurz. Nadine fuhr wieder Millimeter nach hinten, als der Panther sie ansah. Dann erhob er sich, witterte in der Luft, wandte sich langsam um, und war im nächsten Augenblick verschwunden.
Nadine und Aurora sackten zusammen. „Das glaubt uns kein Mensch!", sagten sie synchron und mussten darüber staunen.
„Ah, Mist, er war zu schnell verschwunden", ärgerte sich Aurora. „Spinnst du? Wolltest du ihn streicheln? Dich mit ihm unterhalten? Fragen, was er so alles frisst, weil er uns immer verschont?", fragte Nadine mehr als erstaunt.
„Ich wollte sehen, ob er Eier hat", entgegnete Aurora bestimmt. „Ob er was hat?" Nadine konnte nicht folgen.

Aurora saß aufrecht im Wasser und breitete beide Arme aus, die Handflächen nach oben gerichtet. „Ob er Eier hat wollte ich sehen. Hoden!" „Also dir ist echt nicht mehr zu helfen. Da kniet ein gefährliches Raubtier vor uns, zugegeben möglicherweise das Tier, das uns seit Tagen verschont und uns seltsam begleitet und du hast nichts Besseres im Kopf, als dich zu fragen, ob er Hoden hat?"

„Mensch, überleg doch. Ich frage mich, ob dieser mysteriöse schwarze Panther, der uns auf Schritt und Triff folgt und weder angreift, noch frisst, weiblich ist, oder männlich! Mich interessiert nicht, ob irgendein wilder Panther hier im Dschungel Hoden hat, aber ich will wissen, ob uns ein männlicher Panther beisteht, oder ob er weiblich ist! Siehst du das bei einem Panther am Gesicht? Oder an der Frisur? Man kann bei vielen Tieren nicht am Fell, sondern nur daran erkennen, ob es weiblich oder männlich ist, wenn es Brüste, also Zitzen hat, oder eben einen Penis. Wobei man am ehesten die Hoden sieht. So wie bei Hunden."

„Männlich? Weiblich? Zugegeben, ich bin noch gar nicht auf die Idee gekommen, dass dieser schwarze Panther weiblich sein könnte. Du hast recht. Es könnte durchaus eine Pantherin sein. Vielleicht versteht sie uns deshalb besser. Wer weiß, was ein männlicher Panther mit uns anstellen würde." Nadine grübelte. „Oh ja, wer weiß", wusste Aurora, „Männchen sind immer triebhaft. Egal ob Menschen oder Tiere. Die wollen immer nur das Eine. Ficken. Immer ficken. Oder eben fressen." Nadine wandte sich ihr zu: „Wusstest du aber, dass es in der Tier- bzw. hauptsächlich in der Insektenwelt bei Spinnen und der Gottesanbeterin zum Beispiel viele Weibchen gibt, die entweder sofort nach der Paarung, oder wenn es sein muss sogar währenddessen, ihrem Geschlechtspartner den Kopf abbeißen und ihn dann komplett verspeisen, um an eiweißreiche Nahrung für das Gedeihen der Brut zu gelangen?" „Uäääh, igitt!" Auroa schüttelte sich. Das ist ja gruselig." Nadine musste lachen: „Da geht es unserer menschlichen, männlichen Spezies doch richtig gut. Die bekommen ständig die Wäsche gemacht, finden die Wohnung sauber und aufgeräumt vor und bekommen ihr Leben lang Mahlzeiten zubereitet vorgesetzt. Und nach dem Sex lehnen sie sich erschöpft und zufrieden zurück, haben sich glücklich gemacht und glauben, uns glücklich gemacht zu haben." Wieder mussten beide lachen.

Dann erhoben sie sich aus dem kühlen, frischen Wasser. Beide stiegen aus der Gumpe. „Hey, ist dir kalt?", fragte Aurora lachend, „deine Brustwarzen sind ganz fest und stehen stramm!" „Du sollst mich nicht immer so im Detail anstarren", mahnte Nadine. „Hey", Aurora machte einen entschlossenen Gesichtsausdruck, „wer hat mir denn gerade eben noch auf die Brüste und besonders auf den Hintern gestarrt, hä?" „Ja, okay, du hast recht und ja, wenn man eine Weile in dem kühlen Wasser sitzt, dann werden die Brustwarzen eben hart. Komm, lass' uns jetzt gehen, wir haben noch ein Stück Weg vor uns bis zum Strand. Und dann stellt sich ohnehin die Frage, wie wir ans Festland gelangen. Ob ein Boot oder ein Kahn vorbeikommt. Dann bliebe die Frage, ob wir scharf darauf sind, nackt gerettet zu werden. Oder ob wir gezwungen sind, die Strecke zu schwimmen. Dürften ein paar Kilometer sein. Mit dem Katamaran waren wir eine Stunde unterwegs. Wenn wir schwimmen, sind wir nicht so schnell." „Glaubst du, hier gibt es Haie?", fragte Aurora und verzog das Gesicht. „Ich habe keine Ahnung, ich habe mich einfach zu wenig erkundigt, über die Gegend hier im Urlaub. Durchaus möglich, dass es Haie gibt. Und Haie sollen fähig sein, einen einzigen Blutstropfen über etliche Kilometer hinweg im Wasser zu wittern. Also hoffentlich bleiben unsere Wunden trocken und deine Regelblutung ist vorbei."

Zügig gingen sie weiter, durchstreiften dichte Waldstücke und Wiesen mit den exotischsten Blumen, die sie je gesehen hatten. Das Pfeifen, Zwitschern, Trällern, Schnattern und Piepsen unzähliger Vogelarten begleitete sie. Sie erschraken, als ein Papagei über ihnen hinweg flog. Sein Flügelschlag war laut und kräftig. Aurora zerrte Nadine am Arm, als vor ihr ein winzig kleiner bunter Vogel, möglicherweise ein Kolibri, in der Luft stehen blieb und seinen Schnabel in einen Blütenkelch stieß. Sie hörte das leise Surren seiner Flügelschläge. Dann sah sie einen giftgrünen Frosch auf einem Blatt sitzen, mit leuchtend orangefarbigen Beinen und Augenringen. Doch Nadine ermahnte sie, vorsichtig und schnell weiterzugehen. Je auffälliger und bunter bestimmte Tiere waren, von Kolibris und Papageien abgesehen, desto giftiger waren diese Tiere in der Regel. So viel wusste sie.

Die Sonne hatte den Himmel wieder erobert, es wurde heiß und schwül. Nur vereinzelt standen kleine weiße Wolkenknäuel am Himmel. Sie folgten dem kleinen Bachlauf, der sich kaskadenartig, plätschernd, über Felsgestein durch Gräser und Farne spülte und immer wieder kleinere Gumpen bildete, aus denen sie gierig Wasser tranken. Entdeckten sie Früchte oder Nüsse an Bäumen, so verspeisten sie diese hastig, denn ihr Hunger war sehr groß. Sie wurden mutiger, gingen schneller, redeten nicht viel und behielten die Gegend, sowie Bäume und Untergrund stets im Auge. Denn die tödliche Gefahr in einem Dschungel kam schnell und ohne Vorwarnung.

Zwischen all den Bäumen und Ästen war nach wie vor das Festland in der Ferne zu sehen. Es war später Nachmittag, die Sonne stand bereits tiefer, als sie an eine größere

167

Gumpe kamen, die mit herrlich klarem Wasser gefüllt war. Ihre felsenartige Umrandung war stark moosbewachsen. Das Wasser schimmerte in diesen Bereichen türkisfarben und grünblau. Schnell stieg Aurora in die Gumpe, tauchte unter und kam mit einem Aufschrei der Freude wieder hoch. Sie drehte sich, schaufelte mit ihren Händen Wasser und warf es auf Nadine, die sofort in die Gumpe sprang, Aurora packte, drehte und lauthals verkündete: „Du bekommt deinen Hintern versohlt, du freches Ding!" Sie hielt Aurora unter einem Arm gepackt und klatschte ihr mit der flachen Hand mehrfach auf ihre nassen Pobacken, dass es nur so klatschte. Dann entglitt ihr diese und schubste sie, so dass Nadine ins Wasser fiel. Sofort spürte sie einen Schmerz an ihrem Hintern. Etwas hatte sie heftig gebissen! Lachend tauchte Aurora hinter ihr auf und rief: „Hier gibt es bissige Piranhas!" Und sofort tauchte sie wieder ab und versuchte erneut, Nadine in den Hintern zu beißen. Diese wehrte sich, packte Aurora wo sie konnte, was ihr jedoch an ihrer Schulter und am rechten Arm an der Risswunde Schmerzen zufügte. Dennoch balgten sie lange und ausgiebig im Wasser herum, bis sie erschöpft nachließen. Nadine setzte sich auf das weiche, hellgrüne Moospolster und legte sich entspannt auf den Rücken. Sie blinzelte und schaute in den blauen Himmel, der von Blättern und verschiedenen Grüntönen eingerahmt war. Wieder sah sie die schmalen Kondensstreifen der Flugzeuge.

Aurora war zu ihr gekommen und betrachtete ihren nassen schwer atmenden Körper. Langsam strich sie das Wasser von Nadines Körper, fuhr mit ihren Händen und Fingerspitzen die Form ihrer Brüste nach, streichelte ausgiebig die beiden Brustwarzen, die hart und fest waren, drückte die Brüste leicht und kniff ganz vorsichtig in die harten Brustwarzen. Nadine zischte leise. Aurora strich den Bauch Nadines trocken, verharrte an Wunden und

Stichen und streichelte diese liebevoll. Ihre Finger strichen durch das nasse dunkle Schamhaar Nadines und strichen die Wasserperlen heraus. Nadine atmete schwer. Die Finger Auroras glitten langsam tiefer und da Nadine ein Bein auf dem Rand liegen hatte, ihr anderes Bein jedoch etwas abgewinkelt noch im Wasser hing, hatten die Finger Auroras leichtes Spiel. Sanft ertasteten sie die etwas sichtbaren Schamlippen Nadines, fuhren auf ihnen auf und ab, betasteten die Form und strichen zwischen ihnen den Verlauf der Spalte nach oben. Aurora hatte sich über Nadine gebeugt. Ihre lange schwarze Haarsträhne hing genau über Nadines Scham. Aurora griff ihre dünne, lange Haarsträhne und strich mit ihr durch die Schamhaare Nadines. Sie betrachtete das Muster aus dunkelbraunen kurzen, gekräuselten Schamhaaren und ihren eigenen pechschwarzen langen Haaren. Sie beugte sich tiefer zwischen die Beine Nadines. Ihre Zunge drückte sich gegen die Spalte und fuhr langsam in kleinen kreisenden Bewegungen über die Schamlippen Nadines. Diese stöhnte, sie spürte die harte Metallperle auf der Zunge Auroras an ihren empfindlichen Stellen. Sie packte Aurora am Kopf und hielt sie dort unten fest. Aurora streichelte und leckte weiter mit ihrer Zunge über das Geschlecht Nadines, sie küsste, knabberte sachte mit den Lippen, saugte und drückte ihre Zunge schließlich gegen den kleinen harten Punkt, die geschwollene Klitoris. Ein heißer Aufschrei entfuhr Nadine. Sie bog ihren Rücken durch und drückte sich Auroras Zunge entgegen.

Ihre Hände und Finger suchten Halt. Sie betasteten wild Auroras Ohren, die fünf Ohrringe, fuhren durch das kurzgeschorene Haar an den Seiten und fanden schließlich Halt im längeren Deckhaar, krallten sich daran fest. „Aurora", stöhnte Nadine laut und hemmungslos.

Plötzlich fiel ihr ein, was Aurora mehrfach geäußert hatte: Dass sie geneigt war, Schulden, finanzielle und auch immaterielle, mit Sex zu begleichen. Warum war Aurora so gierig nach ihr? Sie war 20 Jahre jünger. Für Aurora musste sie, Nadine, doch eine alte Frau sein mit ihren fast 40 Jahren. Was fand Aurora an ihr? Schlagartig wurde sie nüchtern. „Aurora, bitte lass uns aufhören", sagte sie fest entschlossen und drückte Auroras Kopf sachte weg. Diese blickte verwundert auf. In ihren Augen lag Unverständnis. „Was ist? Gefällt es dir nicht? Bin ich nicht gut?" Ihre Augen wurden traurig. Nadine beugte sich hoch, nahm Auroras Gesicht in ihre Hände und sagte liebevoll: „Doch, du bist gut, du bist fantastisch, wie du das machst, aber ich kann mich nicht hingeben. Wir müssen hier weg!" „Du willst es nicht, oder? Du willst nicht, dass eine Frau an dir rummacht, stimmt es?", fragte sie. Nadine schwieg. Sollte sie „Ja" sagen? Dass ihr dies nicht gefiel, wenn eine Frau an ihr rummachte? Dass sie nur auf Männer stand? Es wäre die beste Möglichkeit gewesen, für immer mit dieser erotischen Beziehung aufzuhören und Aurora davon abzuhalten, bestimmte Dinge, die sie ihr anbot, Geld, Wohnung, Hilfe, mit Sex zu bezahlen. Aber es wäre gelogen gewesen. Denn in der Tat genoss sie die Berührungen und Liebkosungen der jungen Frau intensiv. Dennoch entschied sie sich für die härtere Variante: „Aurora, wir sind hier zusammen gestrandet. Wir kämpfen ums Überleben, nur ein paar Kilometer vom Hotel entfernt. Wir bezeichnen uns als Freundinnen. Wir sind kein Liebespärchen. Lass uns konsequent sein und das hier endlich hinter uns bringen."

Aurora wirkte traurig. „Einsamkeit in der Natur hat etwas Schönes", sagte sie leise. „Alles ist so unberührt natürlich. Die Natur selbst, die Bäume, die Felsen, das Wasser, der Himmel. Die Tiere. Wir beide. Wir sind oft schmutzig und nackt. Ernähren uns wild wie die Tiere, sind der harten Regel vom „Fressen und Gefressen werden" ausgesetzt und genießen aber auch die paradiesischen Zustände hier."

„Ja", sagte Nadine, „ich wollte die Natur besser kennen lernen nach meinem Trip in die sumpfigen Regenwälder Papua-Neuguineas und habe hier Natur kennen gelernt, intensiver geht es gar nicht. Aber wie willst du hier einen Mann finden und eine Familie gründen? Willst du dir einen einfliegen lassen? Deinen Affenfreund kannst du schlecht heiraten. Bringt es uns weiter, wenn wir uns nur noch gegenseitig lieben? Außerdem stimmt mit diesem Paradies etwas ganz und gar nicht. Dieses Grollen und Brummen. Die vielen Hubschrauber. Das Militär. Nein, das hier ist nicht unsere Bleibe. Lass uns verschwinden. Je eher, desto besser." „Du hast recht", sagte Aurora resigniert und traurig. „Aber", sie kam nahe an Nadines Gesicht, „bitte sag mir, ob ich nicht gut war bei dir." Nadine schaute ihr liebevoll in die blaugrauen Augen. Das war Auroras Leben, ihre Vergangenheit. Sex war das einzige, was sie gut konnte. Zumindest erfuhr sie wohl in ihrem kurzen Leben nie eine andere Bestätigung. „Aurora, ich habe dir doch gesagt, du machst das fantastisch, du bringst mich -, du bist unglaublich geschickt. Mit allem. Mit deinem Körper, mit deiner Zunge, mit deinen Händen und Fingern. Aber spare dir dieses Können und Talent doch auf. Für den Einen. Für den jungen Mann, der in dein Leben treten und dich glücklich machen soll. Der dir Kinder schenken soll. Und eine Familie. Aber du musst unbedingt auch die Erfahrung machen, dass du noch viel mehr Talente hast. Nicht nur fantastisches Geschick beim Sex." Ratlos blickte Aurora sie an. „Talente? Ich? Ich kann gar nichts. Ich habe keinen Schulabschluss, keine Ausbildung, kann nicht Auto fahren und habe keine Hobbies. Außer Sex." Sie lachte kurz herb auf. „Sex ist kein Hobby", sagte Nadine ernst, „und schon gar nicht deines! Sex ist ein Naturtrieb, künstlich aufgebauscht, ausgeschmückt und abstrahiert von den Menschen. Und die Medien- und Pornoindustrie gibt dem Ganzen den Rest. Und du warst auf dem besten Wege in die Prostitution!" „Ja", raunte Aurora, „das hatten wir schon. Du hast recht und ich habe mir vorgenommen, bewusster damit umzugehen. Nicht mehr auf jeden reinzufallen, nicht mehr jeden glücklich machen zu wollen. Aber Sex macht mir Spaß. Es ist jedes Mal aufregend, sinnlich, spannend, befreit, macht glücklich - naja, meistens - und soll sehr gesund sein." „Tobe dich an deinem zukünftigen Mann aus. Das wird ihm gefallen", sagte Nadine und strich ihr liebevoll über die Wange. Dann gingen sie weiter.

Nach mehreren Kilometern durch dichtes Gras und Buschwerk kamen sie erneut in ein kleines Waldstück. Nadine hielt kurz inne. „Geh bitte vor, ich muss pinkeln. Sie setzte sich nieder in die Hocke. Aurora blickte sie an. „Könntest du bitte ein paar Schritte weiter gehen?", fragte Nadine bestimmt. Doch Aurora blieb hartnäckig stehen. „Ich bleibe. Ich muss dich beschützen. Du weißt, die wilden Tiere." „Könntest du dich dann bitte wenigstens umdrehen? Ich möchte nicht, dass du mir dabei zusiehst!" „Ist es so schlimm, wenn ich es sehe? Hier ist doch alles wild und natürlich", fragte Aurora. Nadine zog die Augenbrauen hoch. „Was hast du davon, wenn du mir dabei zusiehst?" „Was hast du davon, wenn ich es nicht sehe? Schämst du dich?" Aurora grinste. Nadine blickte zur Seite: „Ach, leck' mich", dachte sie und verrichtete ihr Geschäft. Dann stand sie auf und ging an Aurora vorbei. „Danke", sagte Aurora leise und folgte Nadine.

Sie wurde nicht schlau aus Aurora. Aber das musste warten. Jetzt galt es, zurück zum Festland zu kommen, ins Hotelzimmer, die restlichen zwei oder drei Tage zu gestalten, nach Hause zu fliegen, sich dort schnellstens in einem Krankenhaus durchchecken zu lassen und zur Normalität zurück zu finden.

Wieder blieb sie kurz stehen. „Normalität?", fragte sie sich. Normalität? Was ist denn im Leben und auf diesem Planeten normal? Normalität. Norm. Normdenken. Wer definiert Normalität? Zuhause war das Meiste von dem, was sie tat, normal. Die Gebäude und architektonischen Kunstwerke, die sie als Architektin schuf, waren durchaus nicht normal.

Hier im Dschungel war normal geworden, dass sie beide nackt waren. Zuhause undenkbar. Hier war normal gewesen, dass man tötete, um zu essen oder zu fressen. Zuhause töteten andere. Man bekam alles in Plastik verpackt oder an der Wurst- und Fleischtheke marketingstrategisch schmackhaft serviert. Hier würde womöglich zur Normalität werden, würden sie hier bleiben, dass zwei Frauen einander liebten und Sex hatten. Was zuhause nach vielen Jahren normal geworden war. Zwischen Frauen und zwischen Männern. Falls Aurora hier nicht doch noch sogar mit dem Affen ...

Sie schüttelte den Gedanken von sich. Hier war anscheinend, zumindest für Aurora, normal, dass man sich beim Pinkeln zusah, als sei das das Normalste der Welt. Abnormal, empfand sie. Sie musste lachen. Wieder das Wort „Normal". Sie war weiter gegangen und Aurora folgte ihr.

Talente? Aurora überlegte. Ich soll Talente haben? Was denn für Talente? Sex kann ich verdammt gut. Aber sonst? Eine Friseurlehre hatte sie begonnen. Die kleine Firma hatte sie ohne Schulabschluss eingestellt. Ihr vertraut. Haare schneiden, färben, frisieren, das hatte ihr durchaus Spaß gemacht. Doch die Inhaberin, eine junge, dynamische, selbstbewusste Frau, starb an Krebs. Das Haarstudio wurde geschlossen und sie saß wieder auf der Straße. Sie kümmerte sich nicht darum, in einem anderen

Haarstudio neu anfangen zu können. Hobbies? Was waren Hobbies? Stehlen, Klauen. Das war das Hobby vieler Freunde von ihr. Sport würde sie gerne treiben. Aber die Fitnessstudios waren viel zu teuer. Sie hielt sich durch laufen, Gymnastik und Liegestützen fit oder trainierte spät abends an öffentlichen Sportgeräten, um ihren Körper in Form zu halten. Was ihr in der Obdachlosenszene an Körpern, egal ob männlich oder weiblich, begegnete, war abschreckend. Sie liebte ihren Körper. Ihre Figur, ihre Brüste, ihr Geschlecht. Sie fand ihre Unterschenkel und Waden etwas zu kräftig und die Nase zu breit, das Gesicht zu rund. Aber sie war zufrieden und suchte tatsächlich ständig nur Bestätigung, wenn es um Sex ging. Dabei war vielen ihrer Freier wohl wichtig, dass sie sauber und gepflegt war, im Gegenteil zu dem, was sich sonst in der Szene bot, aber darüber hinaus war sie wohl doch den meisten Jungen und Männern egal. Sie schlenderte Nadine hinterher.

„Hast du das gehört?" Nadine hielt abrupt an. „Stimmen. Menschen." Sie lauschten. Tatsächlich. In einer ihnen nicht verständlichen Sprache unterhielten sich Männer. „Wir sind gerettet", freute sich Aurora flüsternd. „Mir egal, ob die mich nackt sehen. Wir sind gerettet und kommen schnell zurück ins Hotel!" Sie wollte aufstehen und rufen, doch Nadine hielt sie zurück.
„Menschen. Ja, Menschen. Möglicherweise Umweltschützer. Oder Forscher. Oder Rettungskräfte, die uns suchen", flüsterte Nadine. „Na, dann los! Oder klemmst du jetzt, weil wir splitternackt sind? Immerhin sind es keine Touristen mit Handys und Fotoapparaten oder Kameras", antwortete Aurora. Nadine sah sie an: „Oder Militär. Gut oder böse. Oder Verbrecher. Kriminelle. Illegale Geschichten. Lass uns schauen, ob wir was erkennen." Sie gingen in die Knie, auf allen Vieren krochen sie vorsichtig

weiter. Dann konnte man sie erkennen. Mehrere Männer standen in T-Shirts und Hosen in Tarnfarben zusammen. Ein paar von ihnen waren bewaffnet mit Maschinenpistolen. „Kennst du die Sprache?", flüsterte Nadine. „Nein, noch nie gehört. Da, schau, da unten am Ufer liegt tatsächlich ein großes Boot, ich fasse es nicht. Unser Ticket nach Hause!" Aurora strahlte. Doch andere Männer internationalen Aussehens, exotische, farbige, dunkelhäutige, schleppten das Boot an einem Kettenzug an Land. Im dunklen Dickicht verschwand das Boot. „Ich fasse es nicht", flüsterte Nadine weiter, „die arbeiten bestimmt mit Tarnnetzen, um Dinge hier zu verstecken. Immerhin haben wir ein Boot. Aber du wirst nicht erleben, dass ich jetzt „Huhuu" oder „Hallo" rufe. Ein Haufen zwielichtiger Gestalten und zwei nackte, wilde Frauen. Ich habe keine Lust, in einem versteckten Bergwerk zu schuften oder die Liebessklavin irgendeines Verrückten zu werden." „Aber wenn es doch nur ganz normales Militär ist?", wollte Aurora wissen. „Normal?", flüsterte Nadine, „normal ist hier und überhaupt überall gar nichts mehr." Aurora verstand nicht. „Komm, wir ziehen uns zurück. Wir müssen warten, bis es dunkel wird und dann versuchen, das Boot zu klauen", flüsterte Nadine und kroch zurück. Nach mehreren hundert Metern versteckten sie sich.

Aurora zitterte. „Was hast du? Ist dir nicht gut?", fragte Nadine. Beide saßen auf Knien im hohen Gras unter großen Bäumen, die viel Schatten spendeten. Die Sonne stand bereits tief am Himmel. „Das Krokodil verfolgt mich", sagte Aurora leise, „ich werde den Anblick dieser Augen und das aufgerissene Maul nicht los. Auf diese Art und Weise dem Tod ins Auge zu sehen, ist schrecklich. Bei lebendigem Leibe gefressen zu werden." Sie schüttelte sich. „Versuche an etwas anderes zu denken", versuchte Nadine abzulenken, „ich darf mich auch nicht der Erinnerung hingeben, wie mich der Leopard ansprang mit seinem aufgerissenen Rachen. Er saß auf mir mit seinem schweren Gewicht und seine Fangzähne schnappten nach mir. Die Gürtelschlinge war meine Rettung. Aber ich war mir nicht sicher, ob ich die Kraft habe, das zu überleben, oder ob er mich erwischt und zerfleischt. Aber wir müssen diese Gedanken verdrängen. Wir brauchen jetzt unseren klaren Verstand, um hier weg zu kommen."

„Edelbert", sagte die vornehme Dame, die heute zu Tisch den gekochten Affen in Mango-Bambussoße bestellt hatte. Als Beilage frittierte Maden. Allerdings nur um damit für ein Foto zu posieren, was man im Urlaub Abenteuerliches gegessen hatte. Verspeist hatte sie schließlich das Extraangebot „Deutsches Wiener Schnitzel". Dass sie den gekochten Affen unangetastet zurückgehen ließen, führte bei dem Personal zu großem Unverständnis und Groll. Später saß die Dame entspannt im Liegestuhl und zupfte das Oberteil ihres im Leopardenfell-Look gestalteten Bikinis zurecht. Auf dem Oberteil, das für ihre üppige Oberweite viel zu knapp ausfiel, war jeweils ein großes, gelbes Leopardenauge aufgedruckt. „Edelbert", sollen wir nicht doch eine Safari buchen? Wir haben noch überhaupt kein Foto von wilden Tieren, um es zuhause zu zeigen!" Genervt blickte Edelbert auf: „Wenn du wilde Tiere sehen willst, gehe ich zuhause mit dir in den Zoo. Da sind die wilden Tiere, wo sie hingehören: Im Käfig!"

„Gut", Aurora atmete tief durch. „Du hast recht. Das lähmt, wenn man an solche Dinge denkt. Ich werde nochmal versuchen, herauszubekommen, was sich da abspielt." Sie stand auf. „Willst du wirklich? Soll ich mitkommen?" „Nein, bleibe hier. Wenn sie mich erwischen, muss wenigstens eine Hilfe holen können. Wie auch immer." Dann schlich sie davon. Nadine wurde immer noch nicht schlau aus ihrer Gefährtin. Einmal war sie so grob, fast ordinär, ein bisschen frech und vor allem auch mutig, dann erschien sie ihr wieder so jung und verletzlich. Gebeugt ging Aurora davon, das eine Bein immer wieder leicht nach sich ziehend. Sie würde Aurora nicht im Stich lassen, wenn sie zuhause waren.

Dann sank Nadine erschöpft nieder. Schweiß stand auf ihrer Stirn. Die Schmerzen in beiden Armen klopften. Sie fühlte sich fiebrig. Ihr war übel.

Aurora schlich durch das Dickicht zurück zu der Stelle, an der sie die Männer beobachtet hatten. Langsam wagte sie sich weiter vor. Sie drückte sich durch Blätter und Geäst und kam auf eine Lichtung, nur ein paar Meter vom Strand entfernt. Vor ihr bäumte sich eine hohe Steilwand auf, die zu einem Berg erwuchs. Die Steilwand war komplett zugewachsen mit Lianen und Grünzeug. Aurora lauschte. Keine Stimmen. Sie wagte sich ein paar Meter vor. Leise huschte sie durch den Sand. Sie wurde schneller und rannte zur anderen Seite in das Gebüsch hinein, in dem die Männer das Boot versteckt hatten. Sie fand das große Boot, das einen Außenbordmotor hatte. Es war mit künstlichen Tarnnetzen unkenntlich gemacht und mit sonstigen Ästen notdürftig zugehängt. Ein paar Meter entfernt standen im Freien mehrere große Stahlbehälter und große Kisten ohne Tarnung herum. Vorsichtig trat Aurora aus dem Gebüsch und wagte sich Schritt für Schritt zu den Stahlbehältern. Sie betastete die Behälter, klopfte mit der Faust dagegen und schaute, ob irgendeine Kennzeichnung vorhanden war. Außer den aufgemalten Initialen L.U.I. konnte sie nichts entdecken. Die schweren Holzkisten waren mit Spanngurten verzurrt. Auroras Augen wurden zu Schlitzen. „Was geht hier vor?", fragte sie sich. Gebeugt huschte sie weiter in Richtung der Steilwand. Sie schaute sich immer wieder um und lauschte auf

Stimmen. Sie hielt inne und hielt ihre Nase hoch, um zu wittern, ob sie auch irgendwelche fremden Gerüche vernahm. „Ich bin wie ein Tier", wunderte sie sich über sich selbst. „Ich bin nackt wie ein Tier, wild wie ein Tier und verhalte mich schon wie ein Tier." Sie stand vor der Steilwand und fasste sofort mit ihren Händen und Fingern die Pflanzen und Gewächse an, die die Steilwand überwuchert hatten. Netze! Auch hier Tarnnetze! Hochprofessionelle Tarnnetze, die von echten Pflanzen nicht zu unterscheiden waren. Sie streckte ihre Hand in das Pflanzengewirr und traf auf Stahl. Harten Stahl! „Ein Tor", dachte Aurora, „hinter all der Fassade aus Pflanzen und Gewächsen befindet sich ein sehr großes Stahltor! Und dahinter?"

Stimmen! Sofort riss sie den Kopf herum. An der Seite ging inmitten des Pflanzengewirrs eine schwere Türe auf und Männer traten heraus. In einer fremden Sprache unterhielten sie sich. Einer der Männer trug eine Maschinenpistole und deutete auf die Kisten und Behälter. Es sah aus, als gab er roh und deutlich Befehle. Die anderen Männer nickten und stammelten etwas zurück in der fremden Sprache. Wieder sagte der Mann mit der Maschinenpistole etwas. Seine Augen wurden größer. Er sah in den Sand. Grimmig fuhr er die beiden anderen Männer an und deutete mit der Maschinenpistole auf den Sand. Spuren eines Menschen, der hier barfuß gegangen war. Ratlos sahen sich die beiden anderen an. Noch grimmiger herrschte er die Männer an. Er sah sich um und die Männer gingen umher, um zu schauen, wo die Spuren herkamen und wo sie hinführten. Sie hörten vor der getarnten Wand, hinter der sich das große Stahltor befand, auf. Die Männer schauten ratlos nach oben und sprachen durcheinander. Ratlos und kopfschüttelnd gingen sie zurück. Alle redeten durcheinander. Sie gingen zurück zu

178

der Türe, verschwanden dahinter. Die Türe schloss sich und war durch die Pflanzentarnung fast nicht mehr zu erkennen.

Aurora begann wieder zu atmen. Ihre Hände schwitzten. In Sekundenschnelle hatte sie sich zwischen Tarnung und Stahltor gedrückt und war an den Netzen hochgeklettert. So schnell und leise, dass es nicht bemerkt wurde. In zehn Metern Höhe griff sie Fels und kletterte daran höher und drückte sich zwischen Pflanzen und Geröll. Sie blickte nach unten und konnte die Männer sehen. Nun war es ruhig. Sie schüttelte den Kopf. Sie war leichtsinnig gewesen, im Sand Spuren ihrer nackten Füße zu hinterlassen. Flach auf dem Boden liegend robbte sie weiter. Aufgrund des Untergrundes wechselte sie und ging auf allen Vieren weiter, drückte sich durch dichtes Buschwerk und Äste, kletterte oberhalb des Tores zur anderen Seite, von der sie gekommen war. Auf der anderen Seite hangelte sie sich an den Schlingpflanzen Meter für Meter nach unten, ein paar Meter von der Türe entfernt. Vorsichtig und leise trat sie auf den Grund, schob den dichten Vorhang aus Tarnpflanzen zur Seite und trat ins Freie. Sie hatte einen langen Ast abgerissen, ging ein paar Schritte rückwärts und verwischte mit dem Ast ihre Spuren im Sand. Dann warf sie den Ast weg, drehte sich um und wollte rennen, als hinter ihr mit einem Schlag die Türe aufgerissen wurde, eine Maschinenpistole entsichert wurde und ein Mann etwas schrie. Erstarrt blieb sie stehen.

Nadine wurde ungeduldig. Vom Stehen taten ihr die Füße weh, vom knien die Knie. Setzen wollte sie sich nicht in das hohe Gras. Es wimmelte von krabbelnden Tieren und Insekten auf dem Boden und an den Pflanzen. Wo blieb Aurora? Was erhoffte sie sich von dieser Expedition zurück zu den gefährlich wirkenden Männern? Oder war das ihre Art, die Gedanken an das Krokodil zu verdrängen? Sie wurde unruhig. Es wurde Abend. Wieder schwitzte sie abwechselnd kalt und heiß. Sie fröstelte, rieb sich Arme und Schultern, schüttelte sich. War Aurora bis zum Einbruch der Dunkelheit nicht zurück, würde sie verzweifeln. Dann schafften sie es wieder nicht zurück an Land. Und wo sollte sie diesmal übernachten? Seit dem Angriff durch das Krokodil war es stundenlang ruhig gewesen. Und in der erfrischenden Gumpe sogar schön und entspannend. Aber der Dschungel war hinterlistig und tödliche Gefahren kamen nicht, sie waren plötzlich da. Und was war mit dem mysteriösen schwarzen Panther? War er Freund oder letztlich doch Feind? War er Menschen gewöhnt? Warum tat er ihnen nichts? Warum stand er ihnen bei und machte ihnen auch noch gelassen vor, wie man Wasser mit der Zunge trinkt, nachdem sie es so spöttisch nachgeäfft hatten? Der schwarze Panther! Wenn Menschen und Tiere nur miteinander sprechen könnten. Und war es ausschlaggebend, ob der Panther nun weiblich oder männlich war?

Ein Geräusch ließ Nadine aufhorchen. Etwas bewegte sich durchs Gras. Schnell versuchte sie, die Richtung zu bestimmen, was ihr nicht gelang. Sie stand auf. Sah sich um, was sie als Waffe benutzen konnte. War es Aurora? Sollte sie rufen? War es einer dieser Männer? Waffe? Was diente als Waffe? Schnell griff sie einen morschen Ast, der jedoch zerfiel, als sie ihn ergriff. Sie betrachtete ihre Hände. Notfalls waren das ihre letzten Waffen. Sie atmete schwer. Es raschelte. Mit schweren Stiefeln konnte man nach einem Tier treten. Aber barfuß und komplett nackt fühlte sie sich schutzlos und ausgeliefert. Das Geräusch kam näher. Etwas knurrte und hechelte. Ihr Herz klopfte laut in ihrer Brust.

Aurora wagte nicht zu atmen. Nackt und schutzlos stand sie da und hatte eine Maschinenpistole hinter sich. Sie zog alle Muskeln ihres Gesichts zusammen. Wartete auf den Schuss. Ihr Herz klopfte wild und laut in ihrer Brust. Männer waren einfach gestrickt. Meistens. Sie konnte Männer verführen. Umgarnen. Verwöhnen. Befriedigen. Das war ihre Waffe! Sie sprach seine Sprache nicht und sicher wunderte er sich, wie eine splitternackte, wilde Frau hier her kam, aber Sex bedurfte keiner Sprache. Sie konnte ihm auch auf ihre Art zu verstehen geben, dass sie ihm zu etwas Schönem und Entspannung verhelfen konnte. Langsam drehte sie sich mit leicht erhobenen Händen um. Fluchend und vor sich her redend stampfte der fremde Mann in die andere Richtung zu den Behältern. Aurora riss die Augen auf. Er hatte sie überhaupt nicht gesehen. Schnell huschte sie rückwärtsgehend von ihm weg, ihn nicht aus den Augen lassend, als sie rückwärtsgehend plötzlich gegen etwas stieß. Ein weiterer Soldat!

Nadine atmete schwer, hatte ihre Hände abwehrend nach vorne gehalten und war bereit, sich auch der größten Gefahr zu stellen. Schnüffelnd kam eine hässliche Bestie aus den Gräsern hervor. Groß wie ein Schäferhund. Kein Wolf, eine Hyäne. Ihr Fell war gefleckt, wie das eines Leoparden. Sie fletschte die Zähne und knurrte gefährlich. Ihre schwarzen Augen glänzten. Die Zunge hing lange und triefend nass aus dem Maul. Die Hyäne blieb stehen und knurrte. Nadine stand reglos da. Ihr Herz klopfte rasend schnell und laut. „Ich bringe dich um", sagte sie leise und doch hörbar. „Ich bringe dich um und reiße dich in Stücke!" Fressen Hyänen nicht nur Aas? Wahrscheinlich fressen hungrige Hyänen alles. Wo eine Hyäne ist, sind viele? Eine sucht den gedeckten Tisch? Die Vorstellung von vielen ausgehungerten Hyänen lähmte ihre Glieder.

Tatsächlich raschelte es nun auch hinter ihr. Sie bekam Todesangst.

Reflexartig griff Aurora hinter sich und fasste raue Baumrinde. Kein Soldat! Sie schnellte herum, knallte gegen den Baum, und warf sich in das Dickicht hinein. Leise und langsam, ohne zu rascheln bewegte sie sich vorwärts. Da fiel ihr ein, dass sie unbedingt die Orientierung behalten musste, um Nadine zu finden. Hier im Dschungel sah alles immer gleich aus. Außerdem lauerten überall Gefahren. Nicht nur die großen Tiere, sondern auch kleine giftige Frösche, Spinnen, Käfer, Raupen, Salamander oder Insekten. Viele davon hoch giftig. Und sie war immerhin nackt. Vollkommen nackt. Was sie in einem Moment als Befreiung empfand und in der nächsten Sekunde als schutzloses ausgeliefert sein. Aus welcher Richtung war sie gekommen? Von hier? Von dort? Die Sonne senkte sich langsam hinter dem Horizont nieder. Es dämmerte. Wieso hatte sie sich die Strecke nicht gemerkt oder markiert? Blätter und Äste. Bäume, Sträucher. Überall. Wo war Nadine? Sie konnte nicht rufen. Der Wald wurde immer dichter. Sie bekam Panik.

„Papa, bitte, komm', lass uns nur noch ein Stück weiter fahren", nörgelte der 11-jährige Sprössling im Boot. Es ist doch gar nicht mehr weit bis zu der Insel." Der Vater drosselte den Motor. „Ich habe dir schon gesagt, dass es verboten ist, zu der Insel zu fahren. Außerdem befinden wir uns schon ein paar hundert Meter hinter der Bojenabsperrung. Ich bin nicht scharf darauf, ein fettes Bußgeld zu bezahlen. Die Insel ist absolutes Naturschutzgebiet und unbewohnt. Außerdem soll es dort von gefährlichen Tieren nur so wimmeln. Eine echte, unberührte Wildnis. Selbst in dem kilometerlangen dünnen Landstrich, der die Insel mit dem Festland verbindet, soll es von Krokodi-

182

len und Schlangen nur so wimmeln. Im vergangenen Jahr sollen Touristen versucht haben, in einer abenteuerlichen Wanderung über den Landstrich zur Insel zu gelangen. Sie haben es nicht überlebt. Den einen fand man im Magen eines verendeten Krokodils, der andere wird bis heute vermisst." „Aber Papa", der Junge starrte durch das Fernglas, „ich erkenne einen kleinen Landesteg am Ufer. Dann muss man doch auch anlegen können." „Können ja, aber nicht dürfen! Der Anlegesteg ist vermutlich für Umweltschützer oder Forscher." „Papa", rief der Junge entsetzt, „jetzt ist es wieder weg. Da war ein Mann!" „Lasst uns jetzt zurückfahren", wandte nun auch die Mutter ein, „es wird Abend und ich möchte vor dem Abendessen noch ein bisschen ruhen, duschen und mich frisch machen." „Aber Papa, da war ein Mann, ich habe einen Mann erkannt!" „Meine Güte, vielleicht war es ein Forscher oder ein Affe, lege jetzt das Fernglas weg und steuere den Motor, du kleiner Kapitän!" Enttäuscht setzte sich der Junge auf die Bank und griff das Steuer am Außenbordmotor. Der Vater sah durch das Fernglas. Er erkannte den kleinen Landesteg und besah sich das Ufer. Wenige Meter vom Strand entfernt erhob sich eine dicht zugewachsene Steilwand, die fast künstlich wirkte. Ein interessantes Gebilde, dieser senkrecht aufsteigende Hang, dachte er. Plötzlich glaubte er, eckige Gegenstände zu erkennen. Container? Dann verschwanden sie aus seinem Blickfeld. Der Junge hatte das Boot gewendet und fuhr zurück. Der Vater legte das Fernglas zur Seite und wandte sich an seine Frau. „Wagen wir uns an das Abenteuer „Buffet" oder gehen wir gepflegt essen?" Die Frau sah ihm tief in die Augen: „Wie wäre es mit essen gehen? Fangfrischer Fisch auf dem Grill und ein gepflegtes Glas Wein?" Er küsste sie. Der Junge verdrehte die Augen. „Langweilig", dachte er, drehte sich um, schaute kurz zurück und sagte leise vor sich hin: „Irgendetwas stimmt mit dieser Insel nicht. Sie birgt ein Geheimnis!" Er hatte nicht gewagt, seinem Vater zu sagen, dass er sogar glaubte, einen nackten Menschen durch das Fernglas gesehen zu haben. Eine nackte Frau. Das hätte ihm Vater nie geglaubt. Am nächsten Tag, das schwor sich der Junge, würde er alleine mit dem Boot hinausfahren. Bis zur Insel und an Land gehen! Dann tuckerte das Boot zurück in Richtung Strand.

Nadine schielte langsam hinter sich. Schweiß rann ihr in Bächen am Körper ab. Eine weitere Hyäne schlich hechelnd heran, zog die Lefzen zurück, bleckte die Zähne und knurrte. „Die zweite Hyäne", dachte Nadine, „unfair. Aber gut. Wenn es so sein soll. Der Architekt des Universums und meines Lebens will es so." Schräg über ihr tauchte auf einem Felsvorsprung die nächste Hyäne auf. Flach auf den Fels gepresst lauerte sie und wartete ab. „Zeit für deinen Auftritt, schwarzer Panther", dachte sie laut. Dann kam von der Seite eine vierte Hyäne angeschlichen. „Okay, Nadine, das war's dann", sagte sie zu sich selbst.

Aurora folgte hektisch den widerlichen, wilden Geräuschen irgendwelcher Bestien. Sie hatte gehört, wie Nadine aufgeschrien hatte.
Mit der großen Machete schlug sie Blattwerk entzwei, sah, wie sich eine Hyäne auf Nadine stürzte und versuchte, diese in Stücke zu reißen. Nadine lag in wirrem Unterholz, trat mit den Beinen nach dem Tier und hatte die Kehle der Bestie mit beiden Händen gepackt. Aurora stürzte vor und rammte mit voller Wucht die Machete der Bestie in die Seite. Blut spritzte, das Tier schrie auf und wich zurück, Nadine rollte sich zur Seite, Aurora holte erneut aus und schlug mit der Machete dem erneut angreifenden, schwer verletzten Tier den Schädel ab. Sie griff Nadine, half dieser auf und zerrte sie weg. Hinter

ihnen stürzten sich andere Hyänen auf den Kadaver ihres Artgenossen. Die Geräusche waren grauenhaft. Aurora hetzte voraus, schlug sich mit der Machete den Weg durch das Dickicht frei. Nadine folgte ihr, während sie immer wieder zurück blickte, ob nicht doch eine Hyäne folgte. Nach langem Hetzen durch den Urwald blieben sie keuchend und hustend stehen. In der Ferne hörten sie die wilden Geräusche der Hyänen, die über das von Aurora erlegte Tier herfielen. Nadine schüttelte sich: „Das war knapp. Das war verdammt knapp!"

Sie zitterte am ganzen Leib, hustete und stützte sich auf Aurora. Dann schaute sie mit großen Augen auf die vielen Blutspritzer auf Auroras nacktem Körper. „Bist du verletzt? Himmel, du bist voller Blut!" „Nein, sagte diese völlig außer Atem, „das ist von dem Viech!" Nadine deutete mit zitternden Händen auf die blutverschmierte Machete: „Wo um alles in der Welt hast du denn die her?" „Geiles Teil, was?", strahlte Aurora und war dennoch überhaupt nicht stolz darauf, eine wilde Hyäne auf bestialische Weise niedergemacht zu haben. Sie zitterte. „Habe ich einem Soldaten geklaut. Ich hatte mich im Dschungel total verirrt, war im Kreis gelaufen und kam schließlich fast verzweifelt wieder an der Stelle heraus, wo ich zuvor auf Männer gestoßen war." Sie erzählte, was ihr wiederfahren war, von den riesengroßen Tarnnetzen, der Stahltüre, der Seitentüre, aus der Männer kamen und sie um ein Haar erwischt hatten. Dass sie erstarrt da stand und glaubte, von einem Mann erwischt worden zu sein und dann doch ungesehen entkommen konnte. Dass sie, als sie im Kreis gelaufen war und wieder an die Stelle zurückkam, den Mann noch vorfand. „Ich hatte mich hinter Bäumen und Büschen versteckt und beobachtete, wie der Mann, der seine Maschinenpistole zur Seite gelegt hatte, mit der Machete an den Kisten hantierte. Da rief ihm ein anderer Mann unten vom Ufer her zu. Wütend fluchte er irgendetwas vor sich hin, packte seine Maschinenpistole und ging runter zum Strand." „Aber wie bist du an die Machete gekommen?", wollte Nadine, die immer noch am ganzen Leib zitterte, wissen. „Ich bin einfach über die ganze freie Fläche gerannt. Jetzt war mir egal, ob ich Spuren hinterließ. Ich sah nur noch die Machete. Eine geniale Waffe im Dschungel! Ich hoffte natürlich, dass er nicht zurückblicken würde. Was er aber tat. Ich griff nach der Machete und konnte mich gerade noch hinter einen der Stahlcontainer werfen, als er schnell angelaufen kam. Er hatte mich nicht gesehen. Er kam her, blieb vor den Kisten und Containern stehen und suchte verwundert seine Machete. Ich hörte ihn atmen und fluchen. Ich saß hinter dem Container, vor dem er stand! Er sah sich um, kam aber zum Glück nicht auf die Idee, dass sich seine Machete von selbst hinter dem Container versteckt haben konnte. Wieder rief ihn der Mann vom Strand wütend. Er brüllte zurück. Plötzlich sah ich seinen Stiefel. Ich hörte seinen Reißverschluss. Er pisste zwischen die Container. Mir genau vor die Füße! Dann stampfte er zornig davon. Ich habe gedacht, ich sterbe. Dann bin ich aber nicht über die freie Strecke zurück, sondern den langen Umweg den Steilhang hinter der Fassade wieder an den Schlingpflanzen und Tarnnetzen hochgeklettert, oben herum, auf der anderen Seite wieder hinunter und auf und davon. Diesmal versuchte ich mich zu besinnen, aus welcher Richtung ich gekommen war. Mit der Machete in der Hand fühlte ich mich sicherer und so erinnerte ich mich an verschiedene Bäume und Felsenformationen. Dann hörte ich das wilde Fauchen, Knurren und deine Schreie."

„Du bist genial! Du bist genial verrückt und mutig, ich bin sprachlos", stöhnte Nadine erschöpft. „Ich war umringt von Hyänen. Mit der ersten glaubte ich es noch aufnehmen zu können. Ich hätte es gewagt, aber als es vier oder fünf waren, war mir klar, dass das jetzt wirklich mein Ende ist. Du wirst mir das jetzt nicht glauben, aber die erste Hyäne sprang mich an. Ich zog das Knie hoch und verpasste ihr einen heftigen Schlag, so dass sie zurück fiel, aber die anderen Hyänen kamen angesprungen. Ich war gestürzt und schrie, als – ja, ich fasse es noch nicht – plötzlich ein riesiger Schatten ganz dicht über meinen Kopf und Körper sprang. Der schwarze Panther knallte hart zwischen meinen Beinen auf den Erdboden, fauchte und schlug mit den Pranken nach den angreifenden Hyänen. Ich raffte mich sofort auf und bin losgerannt, aber eine Hyäne folgte mir. Ich ergriff einen herumliegenden Astbrocken und schlug nach ihr. Ich erwischte sie am Kopf, kurz blieb die Bestie benommen stehen und ich bin weitergerannt. Ich hörte den Panther wild fauchen und die Hyänen in furchtbar hässlichem Geschrei heulen und knurren. Dann bin ich gestolpert, gefallen, habe mich umgedreht und sah nur noch, wie mich die Bestie ansprang. Dann bist du gekommen." Sie war blass geworden. Ihr wurde schlecht.

„Was? Wieder unser Panther? Das ist ja unbeschreiblich! Das glaubt uns kein Mensch", sagte Aurora voller Staunen.

„Jesus und seinen Wundern haben auch viele nicht geglaubt", sagte Nadine mürbe.

„Wie kommst du denn jetzt darauf?" „Fällt mir nur so spontan ein. Hat mir mal ein Pfarrer erzählt, als ich ihm sagte, dass ich das jetzt nicht glaube. Was er mir erzählte, was er im Hier und Jetzt im Vertrauen auf Jesus und durch und mit Jesus an Gutem erfahre. Wir haben zwar nicht diesen Jesus an unserer Seite, aber ich beginne schon lange zu begreifen, dass es mehr gibt in dieser Welt, als das, was wir mit unserem Verstand und unseren Sinnen verstehen können."

Es wurde dunkel. Jetzt nahmen sie auch wieder die Geräusche des Dschungels wahr. Da sie sich in der Gegend mittlerweile ein wenig auskannten, waren sie noch schnell zurück gelaufen zu der Gumpe, die sie zuletzt aufgesucht hatten, um sich Schweiß und Blut abzuwaschen und ausgiebig zu trinken. Beides, Blut und Schweiß, zog Ungeziefer und unter Umständen wieder wilde Tiere an.

„Unser Dschungelbuchpanther." Aurora konnte es immer noch nicht fassen. Wieder hatte er eingegriffen. Und selbst bei dem tödlichen Angriff des Krokodils saß er sprungbereit in der Nähe. „Ja", sagte Nadine, „wir erleben hier unsere ureigene Dschungelbuchgeschichte. Fast alles vorhanden: Dschungel, die Gefahren, kein Mowgli, dafür wir beide und hey, ja, die vielen Affen, von denen du erzählt hast, die unsere Klamotten geklaut haben! Die kommen auch vor. Und Menschen, die nicht in den Dschungel gehören. Die hat es hier auch. Und Kaa, die Riesenschlange hatten wir auch schon zu fürchten." Sie überlegte. „Elefanten fehlen noch. Im Dschungelbuch kommen auch Elefanten vor. Aber weißt du was? Wir brauchen ein bisschen Fantasie! Dicke, schwere, graue Ungetüme im Dschungel. Die nachts an uns vorbei dröhnen. Die Helikopter!" „Ja", schrie Aurora fast auf und hielt sich sofort die Hand vor den Mund. „Du hast recht, die Hubschrauber sind die Elefanten in unserer Geschichte! Fehlt noch der Tiger, der gefährlichste von allen. Also, wenn uns das noch bevorsteht ...!" „Lass überlegen", sagte Nadine. „Der Tiger ist grundsätzlich das Böse in der Geschichte. Was, wenn der Tiger ein Mensch ist? Der Kopf einer kriminellen Organisation hier auf der Insel?" „Ist das nicht ein bisschen viel Fantasie?", fragte Aurora. „Na, du warst doch dort und wurdest fast erwischt. Was hier läuft, ist mit Sicherheit hoch kriminell!" „Aber", Aurora überlegte weiter, „im Dschungelbuch kommt doch auch ein Orang Utan vor, der King Louie. Den haben wir auch noch nicht entdeckt. Und der Bär natürlich, der Balu!

Glaubst du, wir begegnen auch noch Balu, dem lieben, netten Bären hier?" „So richtig lieb und nett kommt mir auch der schwarze Panther nicht vor. Und auf die Begegnung mit einem Bären kann ich verzichten. Und auch den Orang Utan brauche ich nicht", sagte Nadine bestimmt und stieg aus der Gumpe, trank noch einmal gierig, streckte all ihre Glieder und zog dann Aurora aus dem Wasser. „Hier, nimm du sie." Aurora reichte Nadine die rasiermesserscharfe Machete. Nadine zog die Augenbrauen hoch. Aber in Anbetracht dessen, wie oft sie nun schon angefallen worden war, nahm sie die gefährliche Waffe, schlug Pflanzenfasern einer Liane ab, band sich damit einen Gürtel um, knotete diesen fest und steckte die Machete hindurch.

Den Durst gestillt, aber sehr hungrig, kehrten sie zurück bis kurz vor die Stelle, wo der dichte Wald aufhörte und der Strand mit der mysteriösen Steilwand und dem versteckten Boot vor ihnen lag. Mittlerweile war es richtig dunkel geworden. Es wirkte unheimlich. Die Geräusche im Urwald wurden weniger, nur die Fledermäuse und Flughunde lärmten in den Baumwipfeln. In der Ferne glitzerten klein die Lichter und Lampen des Festlandes, des kleinen Bootshafens, der Hotels, Ferienanlagen, kleinen Gasthäusern und Tavernen.

„Dort drüben im Gebüsch liegt das Boot versteckt. Dahinter habe ich sogar noch ein kleines Ruderboot entdeckt, aber das sah sehr baufällig und marode aus", flüsterte Aurora. „Gut", hauchte Nadine in die Dunkelheit hinein, „wir rennen jetzt da rüber, verstecken uns im Gebüsch, schieben das Boot ins Wasser und dann nichts wie weg von hier. Ich sehe keinen Menschen, keine Wache." „Aber", gab Aurora zu bedenken, „die wissen vermutlich auch, dass irgendetwas nicht stimmt. Meine Fußspuren im

Sand, die verschwundene Machete!" „Stimmt, wir müssen höllisch aufpassen!" Nadine zog die Machete aus dem Schlingpflanzengürtel. „Los!"

Beide rannten gleichzeitig durch den noch warmen Sand bis zur anderen Seite, als sie Stimmen hörten. Es reichte nicht bis zu dem Gebüsch. Schnell versteckten sie sich hinter den Stahlbehältern und Kisten. Zusammengekauert hockten sie dort und lauschten. Es knackte im Gehölz unweit von ihnen. Nadine hielt die Machete fest in ihrer Hand. Es knackte erneut. Sie spitzten die Ohren. Es war unheimlich. Es knackte wieder. Hinter ihnen im rabenschwarzen Wald knackte es ständig, so als schliche etwas durch das Unterholz. Vor ihnen erkannten sie deutlich im Mondlicht einen Mann, der aus dem unsichtbaren Versteck gekommen war. Eine Maschinenpistole im Anschlag. Sie verstanden nicht was er sagte, aber es klang, als rufe er: „Hallo, ist da jemand?" Sie schauten sich an. Er hatte eine Maschinenpistole. Sie beide waren nackt und hatten lediglich eine Machete. Wie würde ein solcher Kampf ausgehen? Wieder knackte es hinter ihnen. Diesmal deutlicher. Sie fühlten sich in die Zange genommen. Sie schwitzten und atmeten dennoch kaum hörbar.
Es grunzte. Irgendetwas grunzte im Dunkel der Nacht hinter ihnen. Untypisch für ein Raubtier? Ein Wildschwein? Der Mann richtete die Maschinenpistole in ihre Richtung und kam ein paar Meter näher. Mit den Augen gab Aurora Nadine zu verstehen, dass der Mann nur wegen des Geräusches hinter ihnen in ihre Richtung lief. Geräuschlos blickte Aurora immer wieder hinter sich, aber außer dunkler Finsternis war nichts zu erkennen. Es knackt noch lauter und dichter hinter ihnen, der Mann vor ihnen kam noch näher, war vielleicht noch zehn Meter von ihnen entfernt. Wieder rief er fragend etwas in ihre Richtung, während er stehen blieb. Da krachte es

dicht neben Nadine, mit beiden Händen hob sie die Machete in die Höhe, ein dumpfer Schlag und etwas dunkles, sehr großes drückte sich rumpelnd zwischen den Kisten ins Freie. Ein Grollen entfuhr dem schweren, schwerfälligen Bären, als er im Freien stand und den Kopf hob. Er röhrte und blickte sich um. Nadine und Aurora hielten den Atem an. Der Mann erschrak sehr und schoss eine kurze Salve der Maschinenpistole in ihre Richtung. Die Schüsse schlugen krachend in die Kisten ein, sie pfiffen ohrenbetäubend an den Stahlbehältern ab, dass den beiden Frauen die Ohren schmerzten. Wütend brüllte der Bär, riss sein Maul auf und rannte auf den Mann zu. Dieser stolperte rückwärts, die Maschinenpistole glitt aus seiner Hand, er stand auf und rannte schreiend davon. Der Bär grollte und brüllte noch lauter und wurde schneller, doch er verfing sich im Gurt der Maschinenpistole, die im Sand lag. Noch wütender brüllte er in die Nacht, der Lärm war beängstigend, riss den Kopf hin und her, hob das Bein und schüttelte, wurde aber die Maschinenpistole nicht los. Der Mann war hinter dem Tarnvorhang verschwunden. Der Bär riss mit seinem Maul brüllend an der Waffe, verfing sich mit seinen Zähnen in dem festen Gurt, riss den dicken Schädel hin und her, stampfte mit den Vorderbeinen wie wild in den Sand, da schleuderte er die Maschinenpistole von sich. Drohend brüllte er in die Richtung, in der der Mann verschwand, drehte sich, grollte und röhrte wieder angsteinflößend und kam auf die Frauen zu, die noch immer hinter den Behältern versteckt knieten. Sie blickten sich an, dann fiel ihr Blick auf die Machete. Wütend stapfte der Bär auf sie zu, wobei er immer wieder ein Bein anhob und brüllte. Vermutlich hatten ihn die Schüsse verletzt. Er brüllte und kam näher. Wuchtig stieß er ein paar Meter neben ihnen schwere Kisten auseinander, drückte sich brüllend und tobend hindurch und verschwand laut schreiend in der Finsternis. Sie hörten das Krachen und Bersten von Ästen, das sich immer mehr entfernte. Lange hörten sie noch den schreienden wütenden Bären, der sich im dichten Wald zu entfernen schien.

„Balu hat uns eine Maschinenpistole vermacht", flüsterte Aurora, „der Bär war da! Er hat uns geholfen, wir haben jetzt eine Maschinenpistole!" „Was hast du vor?", flüsterte Nadine und hielt sie am Arm fest. „Die Knarre holen, was sonst? Wenn wir mit dem Boot türmen und sie entdecken uns, sind wir nicht mehr so wehrlos", sagte Aurora leise. „Willst du einen Kleinkrieg anzetteln?", flüsterte wieder Nadine. „Nein", fauchte Aurora, „ich will jetzt nur die Knarre!" Dann huschte sie gebeugt vorwärts, beleuchtet vom hellen Mondlicht, auf die im Sand liegende Maschinenpistole zu. Nadine schaute ihr nach. Ihre Silhouette, das Lichtspiel des Mondlichtes auf ihrem gebeugten Rücken und ihrem Hintern und ihren Beinen, die schnell und leise durch den Sand huschten. Aurora war eine fantastische junge Frau!

Aurora bückte sich und griff die Maschinenpistole. Sie hatte ihn nicht kommen hören. Nadine riss die Augen auf, wagte nicht zu rufen. Ein kräftiger, muskulöser Mann in einem schmutzigen T-Shirt, Tarnhosen und schweren Stiefeln hielt seine Maschinenpistole auf Aurora gerichtet. Doch Aurora hatte schnell reagiert, war aufgestanden und richtete ihre Maschinenpistole auf ihn. Im Mondlicht standen sie sich ein paar Meter voneinander entfernt gegenüber. Ein bulliger, schwerer, muskelbepackter Mann mit sonnengebräunter Hautfarbe, kurz geschorenen Haaren, vollständig tätowierten Armen und einem entschlossenen grimmigen Gesicht. Und eine im Verhältnis zu seinem großen Körper kleine, vollkommen nackte, von oben bis unten mit Schmutz überzogene, am ganzen Leib zerkratzte, barfüßige Frau mit kurz geschorenen Haaren an den Seiten, wildem Deckhaar, einer Haarsträhne, die ihr ins Gesicht hing und einem ebenso grimmigen, entschlossenen Gesicht.

Nadine biss und kaute auf ihrer Unterlippe herum, ihre schweißnassen Hände hielten die Machete umklammert. Der bullige Mann sagte bestimmt und rau etwas zu Aurora in einer Sprache, die Nadine nicht kannte und hielt seine MP auf die junge Frau gerichtet. Was sollte Nadine tun? Aufstehen? Die Machete werfen? Sie würde niemals treffen. Den Mann ablenken, dass Aurora fliehen konnte? Die Salve der MP würde so rasend schnell kommen, sie hätten keine Chance. Da hörte sie plötzlich Aurora sprechen. Laut und deutlich. Aber auch diese Sprache war ihr fremd. Sicher sprach sie russisch. Nadine verstand es nicht. Der Mann wartete ab. Aurora hielt die Waffe langsam etwas tiefer auf den Mann gerichtet und wiederholte ihren Satz auf russisch fast gelassen. Nadine staunte. Wieder wiederholte Aurora ihren Satz und fügte noch etwas hinzu. Nadine konnte erkennen, dass Aurora die Waffe etwas von sich streckte, auf den Mann richtend. Ein hartes, kurzes Wort. Auf russisch. Der Mann senkte seine Waffe, warf sie weit von sich in den Sand. Aurora ging ein paar Schritte ohne ihn aus den Augen zu lassen und hielt ihre Waffe weiterhin punktgenau auf den Mann gerichtet. Nicht auf den Kopf. Tiefer. Sie bückte sich und griff die MP des Fremden und schleuderte sie in den Wald. Dann befahl sie ihm erneut etwas in ihrer Sprache. Der bullige Mann kniete sich nieder und streckte sich schließlich auf dem Bauch liegend lange aus und verschränkte seine Arme hinter dem Kopf.

Endlich hatte Nadine ihre Schockstarre überwunden, sie huschte zurück ins Gebüsch zu dem versteckten Boot und zerrte daran. Es bewegte sich nicht. Mit aller Kraft riss und zerrte sie an dem Boot, aber es bewegte sich keinen Millimeter. Da erinnerte sie sich, dass Aurora von einem kleinen Ruderboot sprach, suchte in der Dunkelheit und fand das Boot. Sie warf die Machete hinein und zerrte das Boot aus dem Versteck. Sie benötigte ihre ganze Kraft. Die linke Schulter klopfte schmerzhaft und der rechte Arm, den ihr das Krokodil aufgerissen hatte, ebenfalls, aber sie stemmte sich nach hinten und zog das Boot bis zum Strand. Der kleine Außenbordmotor kratzte im Sand und erschwerte das Ziehen, aber Nadine schaffte es.

Aurora war langsam rückwärts ein paar Schritte gegangen, sprach immer wieder ganz kurze russische Worte zu dem am Boden liegenden Mann. Sekundenschnell hatte sie mehrfach nach Nadine geschaut und erkannt, dass diese richtig reagierte und das Boot zur Flucht klar machte. Nadine schob das Boot ins Wasser, im Inneren lagen zwei Paddel und ein paar alte, fast vermoderte, leere Leinensäcke. Aurora kam rückwärtsgehend auf sie zu. Als sich der Mann bewegte, rief sie noch einmal kurz in seine Richtung. Ihre Füße glitten ins Wasser. Mit einer Hand hielt sie die Waffe weiter Richtung Ufer gerichtet, Nadine half ihr ins Boot. Schnell versuchte Nadine den Motor zu starten, aber er funktionierte wohl nicht. Sie griff beide Paddel und paddelte so schnell ihre Kräfte erlaubten, los. Sie biss die Zähne zusammen, denn die Schmerzen in Schulter und Arm waren heftig.

Schnell entfernten sie sich vom Festland. Der Mann am Strand schnellte hoch, war noch auf den Knien, als er Aurora in der Ferne aufrecht in dem kleinen Boot stehen sah, die MP immer noch in seine Richtung zeigend. Zögernd legte er sich wieder hin. Das Gesicht zu Boden geneigt. Dann verschwand das Boot in der Nacht.

Aurora legte schnell die MP in das Boot, achtete darauf, dass sie nicht in die messerscharfe Machete trat und begann, an dem Motor zu hantieren. Sie löste eine Verschraubung, steckte den Finger hinein um zu spüren, ob Benzin vorhanden war. Dann zog sie an Steckern, riss Kabel heraus und steckte sie um, zog mehrfach an der Schnur. Knatternd und stotternd sprang der Motor schließlich mit einem lauten Knall an, Schüsse pfiffen durch die Nacht. „Runter", schrie Nadine und drückte Aurora flach ins Boot. Holz krachte. Der Motor qualmte. Wieder peitschten Schüsse in ihre Richtung, spritzten im Wasser hoch, dann herrschte Stille außer dem tuckernden, qualmenden Motor. Schnell steuerten sie in die Richtung der vielen kleinen Lichter. „Glaubst du, sie folgen uns?", fragte Aurora. „Gut möglich, ja, ich denke schon, sie haben das große, schnellere Boot. Sie werden uns zum Schweigen bringen", sagte Nadine. Und weiter: „Wie hast du das gemacht? Was hast du auf russisch gesagt, dass du so einen Mann auf den Boden zwingst?" „Berufsgeheimnis", grinste Aurora und griff schnell die Paddel, um das Vorwärtskommen zu beschleunigen. „Ich würde paddeln, aber die Schmerzen ...", stöhnte Nadine. „Kein Problem", gab Aurora zur Antwort und paddelte schnell mit schweren Schlägen durch das Wasser. „Du kannst echt mit einer Maschinenpistole umgehen? Ich hätte keine Ahnung, wie man so ein Ding bedient oder damit schießt. Bestimmt nicht einfach nur abdrücken", sagte Nadine. „Gelernt ist gelernt", antwortete Aurora, „ aber nein, im Ernst, ich habe auch keine Ahnung, manchmal ist ein großer Bluff alles." Nadine verschlug es die Sprache.

Klar lag der Sternenhimmel über ihnen. Dicker Qualm stieg von dem kleinen Motor auf, der stotternd vor sich hin tuckerte. Schweißgebadet ruderte Aurora, was ihre Kräfte hergaben. Die Insel wurde kleiner. Kurz sah man verschiedene Lichter aufblitzen, dann war es dort wieder finster. Aurora musste lachen. Nadine verstand nicht. Aurora erklärte ihr Lachen: „Ich frage mich immer noch, was in den Köpfen der Menschen dort vor sich geht. Ich meine, sie gehen ein Risiko ein, entdeckt zu werden, von irgendwelchen Organisationen, der Polizei, dem echten Militär, Greenpeace, den Behörden, von anderen rivalisierenden Banden vielleicht. Und was macht ihnen zu schaffen? Eine von Zauberhand verschwundene Machete, ein wütender Bär und zwei harmlose, verwilderte, nackte Frauen, hahaha! Immerhin, wie zwei Urlauberinnen, die sich verirrt haben, sehen wir nicht gerade aus. Du wie eine gefährliche, mystische Amazone. Mit einem String-Tanga in den Haaren." Wieder musste sie lachen. Auch Nadine musste nun kurz lachen. „Wenn ich wie eine gefährliche Amazone aussehe, dann möchte ich wissen, was das war, was da vorhin nackt im Mondlicht stand und mit einer Knarre in der Hand einen Söldner oder sonstigen Schwerkriminellen in die Knie zwang mit ihren russischen Drohungen. „Tja", sagte Aurora trocken, „mit uns zwei ist nicht zu spaßen. Wir sind das perfekte Team. Gefährlich. Unberechenbar. Skrupellos. Unschlagbar!" Sie klatschten die Handflächen gegeneinander. Die Lichter des Festlandes kamen näher. Doch das Boot hatte ein Leck. Zunehmend drang Wasser ein. Die alten Leinensäcke waren durchnässt. Aurora ruderte wieder. „Hey", staunte Nadine, „da auf der MP, eine Gravur: L.U.I. wie auf den Kisten und Behältern!" „Hm", überlegte Aurora, „das große „I" steht bestimmt für international oder Industries!" „Gut möglich", antwortete Nadine, „wenn es englisch ist, aber weißt du, was mir noch auffällt?" Sie wiederholte laut die Initialen. „L.U.I. Hier haben wir unseren zwielichtigen Orang-Utan: King Loui, Lui, L.U.I." Sie lachten und staunten. Doch es war nicht lustig. Wieder waren sie knapp dem Tode entkommen. Diesmal einer unbekannten, vermutlich gefährlichen Organisation.

Sie erschraken beide sehr, als dicht neben ihnen ein lauter Schlag die Stille zerriss und dem Tuckern des Motors ein Ende setzte. „Meine Güte, war das ein Schlag", sagte Nadine schwer atmend. Auch Aurora war zusammengezuckt. „Egal jetzt", sagte sie, in ein oder zwei Stunden sind wir an Land." Sie packte die Paddel und ruderte mit kräftigen Schlägen weiter. „Was machst du, wenn du zuhause bist?", fragte sie, „hat das hier etwas verändert in dir?" „Sicher, und wie! Ich werde mein Leben allgemein überdenken. Meine Einstellung zur Arbeit, zum Umgang mit der Natur. Vor allem aber auch meinen Umgang mit Lebensmitteln. Mit dem, was wir alles essen und trinken. Und ich arbeite weiter an meiner Einstellung zur Natur. Und ich werde meinen Gärtner wieder einstellen. Ein alter, armer Mann. Seit seine Frau verstorben war, war mein Garten sein Ein und Alles. Und ich hatte ihn fürstlich bezahlt. Manchmal haben wir abends sogar noch zusammen gegessen oder Karten gespielt. Aber seit ich in Papua-Neuguinea war, wollte ich meinen Garten selbst pflegen und umgestalten. Aus dem englischen Zierrasen eine Wildblumenwiese machen, Bienen, Schmetterlinge, Libellen und Eidechsen sollten sich bei mir ansiedeln. Eigentlich gefiel ihm der Gedanke, aber ich wollte das alleine machen. Ich war egoistisch. Ich habe ihm alles genommen, was ihm mit seinen 78 Jahren noch etwas bedeutete. Ich hole ihn zurück. Ich will mit ihm zusammen einen naturnahen Garten aus meinem Anwesen machen. Vogelnistkästen müssen her. Ich hatte gar nie realisiert, wie steril mein Garten war. Er war einfach super gepflegt, ohne das kleinste Unkräutchen. Das muss sich ändern!" Aurora hörte nicht auf, zu rudern, während sie sagte: „Hat dir schon mal jemand gesagt, dass du manchmal ein bisschen viel redest?" Nadine lachte kurz auf: „Nur, wenn mich manchmal jemand viel fragt. Und du? Du kommst erst einmal mit zu mir. Lesen und

197

schreiben kannst du?" „Ja, klar, aber die Fehler beim Schreiben zählst du besser nicht", gab Aurora zur Antwort. „Gut, das üben wir. Dann schauen wir, dass du eine Arbeit oder einen Ausbildungsplatz bekommst. Ich bezahle dir den Führerschein und dir gehört jetzt schon der Lamborghini. Aber zu Beginn starten wir erst einmal mit einem PS-schwächeren Wagen. Die Spitzengeschwindigkeit von 350 km/h bei satten 770 PS ist ein bisschen viel für den Anfang.

Aber ich will nicht deine ganzen Pläne machen. Was hast du vor?" „Oh", begann Aurora, ich nehme deine Angebote gerne an. Ich bin so gespannt auf deine Wohnung und deine Arbeit, deine Kleider und das alles. Aber ich möchte auch gerne ein paar von meinen Freunden besuchen. Burney, der alte zahnlose Penner, dem ich meinen Hund Jack geschenkt habe." „Du hattest einen Hund?" „Ja, einen Dalmatiner. Weiß mit schwarzen Flecken. Ein echt lieber Kerl! Außer meinem eigenen Körper war er das Wertvollste, was ich besaß. Manchmal hat er bei mir mitgegessen, manchmal in Extremfällen haben wir uns das Hundefutter geteilt." Nadine schluckte. Aurora fuhr fort: „Ich glaube", sie machte eine kurze Pause, „ich glaube, ich möchte meine Mutter suchen." In der Dunkelheit konnte man die Tränen in den Augen Auroras nicht sehen. Dennoch glaubte Nadine zu erkennen, dass sie im Mondlicht auffällig glitzerten. „Meine Mutter. Meine Güte, ich wollte mich umbringen. Ich hätte meiner Mutter das angetan. Meiner Mutter. Die mich neun Monate in ihrem Bauch trug. Die mich an ihren Brüsten stillte. An ihren Brüsten, an denen vermutlich mein Vater immerzu gerne rumschrauben wollte. Sie hatte mich gewickelt, versorgt, mit mir gespielt, mir vorgelesen, mich in den Kindergarten gebracht und abgeholt und mich versorgt, wenn ich Fieber oder Masern hatte. Meine Mutter. Ich bin ihre Tochter. Ihr einziges Kind! Ich weiß gar nicht, ob sie noch lebt. Wie sie lebt. Wo sie lebt. Ich möchte sie sehen." Sie begann zu weinen. Nadine rutschte zu ihr auf die raue Holzbank und nahm sie in den Arm. Sanft schaukelte das Boot im dunklen Wasser der Nacht. Die Wasserlache im Boot umspülte ihre schmutzigen Füße. „Wir suchen sie", versprach ihr Nadine. „Nein", sagte Aurora, du tust genug für mich. Ich suche sie. Und wenn sie noch lebt, werde ich sie finden. Ich möchte sie zu einer glücklichen Mutter machen, die irgendwann doch noch stolz auf ihre Tochter sein kann. Wenn ich Arbeit habe und eine Familie. Geld. Und dann ist sie Großmutter." „Weißt du, Aurora, manchmal braucht es all die Dinge gar nicht. Du kannst deine Mutter vielleicht schon damit glücklich machen, indem sie weiß, du bist zurück. Und es geht dir gut und sie hat wieder eine Tochter. Ihre Tochter. Dich." „Ja, sagte Aurora unter Tränen, „und sie muss unbedingt dich kennenlernen. Dich, meine allerbeste Freundin!" Nadine war gerührt. Sie rieb sich eine Träne aus dem Auge. „Und dein Vater?", fragte sie schließlich. Aurora hob die Schultern hoch. „Ich weiß nicht. Mein Vater war immer so – ich weiß nicht – so unnahbar. Als ich klein war, saß ich auch oft auf seinem Schoß und er hatte mich oft geknuddelt. Aber irgendwann wurde er so kalt, so unnahbar, so gereizt. So desinteressiert an mir." Nadine drückte Aurora: „Ich bin zwar keine Psychologin, aber ich denke, bei einem Mann kommen da viele Faktoren zusammen. Dein Vater war arbeitslos. Ihr ward arm. Er war neidisch auf deine Mutter und ihren Arbeitsplatz und das wenige Geld, das sie verdiente. Er spürte womöglich das Älterwerden und stand, wie du sagtest, oder vermutest, lange schon sexuell auf dem Abstellgleis. Er wurde von seiner Frau nicht mehr begehrt. Er durfte seine Frau vermutlich nicht mehr begehren. Vielleicht müssen wir Frauen versuchen, die Männer manchmal ein bisschen mehr zu verstehen. Schön und gut, wenn wir uns nicht alles bieten lassen.

Aber Männer haben vermutlich ihre eigene Art, uns Frauen zu lieben. Vielleicht deuten wir das oft falsch. Davon ganz abgesehen, warst du ein kleines Mädchen und ich habe schon von Männern erzählt bekommen, dass sie Berührungsängste bekommen, wenn aus ihren Kindern Mädchen werden." „Oh, Gott, ist das kompliziert", sagte Aurora, während sie laut die Nase hochzog. „Ich will zu meiner Mutter. Vielleicht bin ich dann auch irgendwann bereit, meinen Vater zu suchen. Mein Vater, meine Mutter, ich, mein Mann und unser Kind! Eine glückliche Familie." Nadine schluckte wieder. Diese Hoffnung auf eine komplett harmonische Zukunft wollte sie Aurora mit ihrem Verständnis von Realität jetzt nicht zerstören.

Sie schwieg. Sie hatte das Gefühl schon wieder zu viel geredet zu haben. Außerdem wurden sie unachtsam. Sie lauschte. Aurora wollte etwas sagen, doch sie bat sie, still zu sein. Aurora hörte auf zu rudern. Stille. Schwarzer Nachthimmel, Millionen funkelnder Sterne. Hier und da blinkende Positionslichter von Flugzeugen. Das leise und sanfte Klatschen der Wellen an das alte, morsche Boot. Nadine lauschte weiter. Nicht sehen, sondern hören, wittern und spüren oder fühlen waren die schärfsten Sinne vieler Tiere. Keine Urwaldgeräusche. Stille. Stille? Nadine drehte sich um und sah zurück zur Insel. „Sie kommen!" „Was?", schrie Aurora, stützte sich gegen die Bordwand und wäre fast ins Wasser gekippt, „wo, ich sehe und höre nichts!" Da, dort in der Ferne", sie zeigte in Richtung der Insel, „ein schwarzer Schatten auf dunklem Wasser! Sie kommen mit einem Elektromotor, der macht keine Geräusche!" Jetzt erkannte auch Aurora das Boot. „Fuck, was jetzt? Schießen? Ich weiß gar nicht, ob die Knarre hier funktioniert? Es kann doch nicht sein, dass die uns jetzt doch noch erwischen und womöglich töten oder zurückbringen, ich hasse das! Ich lasse mich nicht fangen!" Nadine machte ein grimmiges, entschlossenes Gesicht:

„Unser schwarzer Panther hilft uns hier nicht mehr. Ab jetzt sind wir auf uns gestellt. Das wird schwierig. Die haben uns in einer viertel Stunde eingeholt. Keine Ahnung, wie viele es sind. Und was sie an Waffen dabei haben. Wir haben eine MP und können gar nicht damit umgehen. Im Ernstfall klappt dein Bluff nicht mehr. Dann bleibt uns eine Machete. Aber ich habe keine Lust, andere Menschen abzuschlachten. Außer mir bleibt keine Wahl. Hör' zu, Aurora, vielleicht ist es besser, du versuchst an Land zu schwimmen und ich halte sie auf. Wenn ich überlebe, folge ich dir. Wenn sie mich mitnehmen, musst du Hilfe holen. Aber nicht hier in der Gegend, wer weiß, wie korrupt das hier alles ist. Oft stecken Polizei, Militär oder irgendwelche Bürgermeister und andere Politiker mit drin. Du musst zurück nach Deutschland oder zumindest die deutsche Botschaft hier ausfindig machen. Und höre mir weiter zu, Schätzchen: Ich sage dir jetzt einen Code aus Zahlen und Buchstaben. Präge ihn dir sehr sorgfältig ein! Wenn ich das hier nicht überlebe ..." „Nadine!", zischte Aurora, doch Nadine winkte ab: „Sei still! Wenn ich das hier nicht überlebe, wendest du dich zurück in Deutschland an meinen Notar Henning & Co. Findest du im Internet. Ich habe in meinem Testament hinterlegt, dass mein Testament komplett hinfällig wird, wenn jemand mit diesem Code kommt. Demjenigen gehört dann mein gesamtes Erbe. Der Code ist in einem versiegelten Umschlag beim Notar hinterlegt. Die Erklärung beigefügt. Und jetzt sei still und gehorche!" Aurora wurde zornig: „Ich lasse dich nicht zurück! Wir kämpfen zusammen! Bis zum Schluss! Ich kehre nicht ohne dich zurück ans Festland. Niemals! Ich pfeife auf deinen Reichtum. Ich brauche dich! Nicht dein Hab und Gut und allen möglichen Plunder." Sie griff die MP und untersuchte sie, was in der Dunkelheit schwierig war. Das geräuschlos tuckernde Boot von der Insel kam näher.

Beide fuhren gleichzeitig herum. Was jetzt? Aus der anderen Richtung vom Festland kam ebenfalls ein Boot auf sie zu. Der Motor war zu hören, aber es fuhr sehr langsam und ohne jegliche Beleuchtung. „Vielleicht ist das die Küstenwache?", fragte Aurora aufgeregt. „Küstenwache? Jetzt hier und ohne jegliche Beleuchtung? Das glaubst du doch selbst nicht. Außerdem sagte ich ja, wer weiß, wie korrupt hier alles ist und wer hier alles mit wem unter einer Decke steckt. Nein, Aurora, die halten sicher Funkkontakt und nehmen uns in die Zange! Und unsere morsche Nussschale füllt sich mit Wasser!"

„Wie mit den Hyänen, es sind zu viele", dachte sie, biss sich auf der Unterlippe herum und grübelte, „aber selbst da gab es eine Lösung. Aber die hieß schwarzer Panther. Wie so oft auf der Insel."

Der Panther! Er war wieder die Lösung! Angriff oder Flucht hieß das strenge Gesetz der Wildnis. Der Schlange war der Panther auch vorsichtig und gerissen ausgewichen! „Wir fliehen", sagte sie, „lass die Knarre hier. Wir steigen ins Wasser und schwimmen so schnell es geht davon. Erstmal seitwärts, wo sie uns nicht vermuten. „Und die Machete?" Aurora war sehr aufgeregt. „Lass sie hier, die hindert beim Schwimmen! Los, komm, keine Zeit mehr für Diskussionen, das klappt."

Sie sprang in die Dunkelheit hinein ins Wasser und schwamm sofort zügig los. Ihr linker Arm versagte sofort, aber sie zog mit dem rechten Arm umso kräftiger. Aurora griff die Machete, nahm sie zwischen ihre Zähne und sprang hinterher. „Ich glaube nicht, dass sie Suchscheinwerfer einsetzen. Das wäre zu auffällig, aber falls doch, müssen wir abtauchen und hoffen, dass der Schein über uns hinweg gleitet", sagte Nadine und zog schnell weiter. Mit der Machete zwischen den Zähnen, holte Aurora Nadine bald ein. Das Wasser war relativ ruhig. Es schmeckte salzig und war hier draußen frisch und kühl. Schnell versuchten sie Abstand zu gewinnen zwischen den beiden, sich nähernden Booten. Das vom Festland kommende Boot, eine vielleicht 6 oder 8 Meter lange Yacht, blieb stehen und schaukelte weiß in der dunklen Nacht. Nur im Führerhaus funkelte hier und da ein kleines Licht auf. Ansonsten war es dunkel und unbeleuchtet. Sie versuchten das andere, kleinere Boot mit dem Elektromotor auszumachen, aber es war ihnen nicht möglich, es zu entdecken. Sie hatten Angst, umzingelt zu werden und schwammen um ihr Leben in Richtung Festland. Die Yacht war an ihrem kleinen Boot angekommen, das konnten sie noch erkennen. Irgendwelche Personen beugten sich von der Yacht zum Boot. Das war im Mondlicht schwach zu erkennen. Aber sie vergeudeten keine Zeit, nach hinten zu schauen, sondern schwammen mit aller Kraft weiter. Die Lichter am Festland! Warum wurden sie nicht größer? Warum verringerte sich der Abstand zwischen dem Festland und ihnen so verdammt schleppend langsam?

Es war schon spät. Genüsslich schlenderten viele Touristen und Urlauber durch die beleuchteten Gässchen der kleinen Hafenstadt zwischen den Hotels. Souvenirläden, kleine Bistros, Gaststätten und kleine Kunstgalerien hier hergestellter handwerklicher Kunstgegenstände drückten sich aneinander. Die Luft war warm und schwül. Es wurde erzählt, gelacht, geküsst, geschaut, gekauft. Fotografiert. Vor den kleinen Eisbuden standen Leute Schlange. Im großen Saal des Hotels spielte eine kleine Band internationale Stimmungslieder. Es wurde getanzt und gelacht. Die großzügige Bar war umringt von Menschen. Exotische Cocktails in allen Farben, verziert mit den seltsamsten Früchten, standen herum. Man genoss den Urlaub, die Getränke, die Stimmung.

Im vornehmen Restaurant knallte der Champagnerkorken. Prickelnd ergoss er sich in die stilvollen Gläser. Man prostete sich zu. Urlaub, Ruhe, Entspannung, Auszeit vom Alltag. Man genoss es in vollen Zügen.

Die Gerüchte von verschwundenen oder vermissten Personen hielten sich hartnäckig, wurden aber von offizieller Seite auch nicht bestätigt, bzw. niemand wusste Genaues, es würde noch gesucht und recherchiert, ob nicht doch eine Expedition irgendwo im Inneren des Festlandes ...

Die Wunde am rechten Arm Nadines, die ihr wahrscheinlich das Maul des Krokodils zugefügt hatte, schmerzte wieder sehr, doch mit dem linken Arm konnte sie erstrecht nicht schwimmen. Sie war erschöpft, war müde, frustriert, ausgelaugt und zornig. Immer wieder schlug sie den rechten Arm nach vorne ins schwarze, vom Mondlicht schwach glitzernde Wasser und zog durch, schlug mit den Beinen kräftig nach hinten. Aurora schwamm neben ihr, die Machete unverändert zwischen den Zähnen. Ihre Haarsträhne hing nass im Gesicht und auf der Nase. Nadine sah in der Dunkelheit, mit welch Verbissenheit Aurora ohne mit der Wimper zu zucken, schwamm. Salzwasser brannte in verschiedenen Wunden.

Aurora fühlte durch die Anstrengung den stechenden Schmerz in ihrer Brustseite. Die geprellten oder gebrochenen Rippen vom Schlag gegen die Felswand, als die Seilbrücke gerissen war. Aber sie gab nicht auf. Sie sah nicht, sie spürte, dass Nadine müde und ausgelaugt war. Doch aufgeben durften sie jetzt nicht. Nicht so nah vor dem Ziel. Das Festland kam näher. Von den Booten keine Spur mehr. Nadine drehte sich kurz um: „Ich verstehe das nicht", sagte sie schwer keuchend, „wo sind die beiden Boote? Wieso folgen sie uns nicht? Es ist doch unwahrscheinlich, dass wir an Ort und Stelle, wo unser kleines Boot schaukelt, ertrunken sind. Sie müssen doch davon ausgehen, dass wir schwimmen!" Aurora nahm die Machete aus dem Mund. „Vielleicht war das doch die Küstenwache und verfolgt die Schurken zurück bis zur Insel? Oder sie gehören doch zusammen und die anderen glauben den Leuten von der Insel schlicht nicht, dass es sich bei uns um zwei einfache wilde Frauen handelt. Vielleicht bekommen sie Streit? Mir scheißegal, ich will nur noch an Land und zurück ins Hotel." Sie steckte die Machete zurück zwischen ihre Zähne und wollte weiterschwimmen, als sie Nadine ansah. „Ich kann nicht mehr", sagte diese. „Ich brauche eine Pause. Mir schmerzen meine Schulter und mein Arm furchtbar. Ich friere entsetzlich." Aurora machte ein paar Schwimmzüge auf Nadine zu. „Leg' dich auf den Rücken", sagte sie mehr als undeutlich mit der Machete im Mund. Dann packte sie Nadine unter den Schultern und schwamm auf dem Rücken weiter, Nadine mit sich ziehend. Immer wieder nahm sie den Sternenhimmel über sich wahr, das große, weite, schwarze Universum. Wasser schwappte über ihr Gesicht. Dann wieder der klare Sternenhimmel. Wie klein war sie. Ein neunzehnjähriges Mädchen, das nichts mehr von seinem Leben hielt und nun in einem Urlaub täglich die Möglichkeit bekam, zu sterben oder sich aufzugeben. Aber zusammen mit Nadine, einer so unglaublich wunderbaren Frau, kämpfte sie um das Überleben. Nicht nur gegen Naturgewalten und wilde, gefährliche Tiere, sondern auch noch gegen das Böse im Menschen, eine unbekannte, heimliche, gefährliche Organisation auf der wilden Insel. Der Schmerz in ihrer Brustseite stach tiefer, ihr Atem wurde pfeifend, sie biss hart auf das glänzende Metall der Machete und schlug mit den Beinen ins Wasser, so gut sie konnte. Obwohl auch ihre eine Hüfte schmerzte. Sie warf gelegentlich den Kopf nach hinten, um nicht von der Richtung abzukommen oder gar im Kreis zu schwimmen. Von den Booten war nichts zu hören und nichts zu sehen. Hätte sie sich schon vorher das Leben genommen, sie hätte Nadine nie kennengelernt. Sie war so froh, dass sie ihre Chance bekam. Sie würden es schaffen. Sie würde siegen. Aurora Radost hatte gelernt zu kämpfen!

Er konnte nicht einschlafen. Seine Eltern waren noch auf einen Drink in die Bar gegangen. Unruhig wälzte sich der elfjährige Junge in seinem Bett herum. Es war warm, die Klimaanlage lief auf kleiner Stufe. Die Insel ließ ihn nicht los. Er hatte mit seinem Fernglas dort Menschen gesehen. Sogar, wenn er sich nicht täuschte oder einer Luftspiegelung zum Opfer fiel, eine nackte Frau. Zumindest ein nackter Mensch. Mit kurzen Haaren. Vielleicht doch ein Mann, aber er war sich sicher, es war eine nackte Frau. Das war doch ungewöhnlich. Etwas stimmte nicht mit der Insel. Schade, dass sein Vater nicht darauf einging. Er und seine Mutter wollten ihren Urlaub genießen. Eine nackte Frau. Er hatte sie über den Strand rennen gesehen. Was war das für eine Insel? Was war das für eine Frau? Sie war nackt. Das war für den Elfjährigen besonders aufregend. Wieso hatte sie keine Kleider an und auch keine Badekleidung? Es sah nicht nach einem Pärchen aus, das sich dort ohne Erlaubnis zum Nacktbaden einfand. Der andere Mann sah wie ein Soldat aus und trug eine Waffe. Das passte alles nicht zusammen. Er zog sein T-Shirt aus und betrachtete seine schmalen Oberarme. Er war sehr schlank. Egal. Mutig konnte man auch sein, wenn man nicht muskelbepackt war. Morgen in aller Frühe würde er seinen Eltern einen Zettel schreiben und alleine mit dem Boot zur Insel fahren. Er wollte unbedingt mehr erfahren. Vielleicht konnte er ein Held sein? Wieso hatte sie keine Kleider an? Der Anblick einer nackten Frau auf einer verbotenen Insel ließ ihn nicht los. Wurden ihr die Kleider weggenommen? War sie gezwungen, nackt zu sein? Er sah sich um. Es war ruhig im Zimmer, das Fenster stand einen Spalt breit offen. Der Mond und die Laternen schienen gemeinsam durch die dünne Gardine. Er zog seine Unterhose aus. Betrachtete sich. Sie würden ihm die Kleider genommen haben. Er war gezwungen, nackt zu sein. Es war ihm peinlich. Aber auch seltsam und aufregend. Nackt lief er vom Mond- und Laternenlicht beschienen im Zimmer hin und her und versuchte herauszufinden, was das für ein Gefühl war, wenn man gar keine Kleider hatte, die man anziehen konnte. Dann hüpfte er ins Bett, bedeckte sich mit dem dünnen Laken und lag noch lange wach. Fernglas, Taschenmesser, etwas zum Trinken, Streichhölzer, seinen kleinen Kompass, Handy natürlich ... dann schlief er irgendwann müde ein.

Nadine spürte die Wellen des Meeres unter ihrem Körper und die ruckartigen Bewegungen der Beinschläge Auroras. Sie blickte abwechselnd hinauf zum schwarzen Sternenhimmel und ringsum sich herum auf das dunkle Wasser, das schaukelnd an ihr entlang und vorüberströmte. Sie beobachtete die Oberfläche. Dann blickte sie wieder zum Nachthimmel empor: „Oh, Vater im Himmel, kosmischer Architekt, bitte kein Hai! Ich weiß, du hast uns die Machete erst jetzt kurz vor dem Ziel zugespielt, damit wir uns wehren können, wo wir mit bloßen Händen versagen würden. Und hier hilft uns auch nicht dein schwarzer Panther. Aber bitte, bitte kein Hai, der eine von uns in Stücke reißt! Wenn doch, wie soll das werden? Nimm mich anstelle von Aurora. Aber ohne mich würde sie erneut abstürzen. Das ist das Ergebnis dieser Geschichte. Sie braucht mich! Aurora? Bitte nicht. Sie hat schon so viel durchgemacht in ihrem jungen Leben und ich weiß, dass Menschen überlebt haben, denen ein Hai Gliedmaßen - Arme und Beine - abgerissen hat, aber bitte tu ihr das nicht an. Bitte auch mir nicht! Bitte, lass uns beide gesund überleben, damit wir von dir reden und zeugen können." Zum ersten Mal seit sie Teenager war und erwachsen wurde, sprach sie in Gedanken ein Gebet.

Aurora zog Nadine mit sich. Sie verlor keinen Gedanken darüber, ob ihre Kräfte schwanden. Sie wollte nur noch zurück an Land. In Sicherheit sein. Selbst durch die beiden mysteriösen Boote fühlte sie sich nicht mehr bedroht. Sie hatte nur eine Sorge. Den Blick in den schwarzen Sternenhimmel gerichtet dachte sie vor sich hin: „Du, komischer Architekt, bitte schicke uns keinen Hai! Bitte keinen Hai! Du hast uns abstürzen lassen, hungern und dürsten lassen, hast Leoparden, Schlangen, Insekten, Sturmfluten, Unwetter und ein Krokodil auf uns gehetzt und dann auch noch ein Rudel gefräßiger Hyänen. Aber bitte keinen Hai! Du kannst mir Nadine nicht wegnehmen und ich möchte nicht, dass sie sowas als Krüppel überlebt! Und ich, ich möchte auch nicht mehr sterben. Nur noch, wenn ich alt bin. Bitte kein Hai. Auch wenn ich eine Machete habe. Ein kleines, unbedeutendes, dummes Mädchen mit einer Machete. Bitte kein Hai! Danke."

Die Zeit verging. Mutig und ohne Pause zog Aurora Nadine mit sich. Dann irgendwann löste sich Nadine aus dem Griff. „Danke, vielen Dank, Aurora, ich kann jetzt wieder." Nebeneinander her zogen sie mit kräftigen Zügen und Schlägen durch die leichten Wellen. Man hörte nur das Plätschern ihrer Schwimmbewegungen. Eine weitere Stunde und noch eine weitere Stunde. Das Festland kam näher. Die Lichter wurden größer. Es war tief in der Nacht. Und gefühlt noch eine weitere Stunde schwammen sie wortlos unter letzten Anstrengungen weiter, Häuser wurden größer, Hotelanlagen waren zu erkennen, kleine Boote waren am Strand festgemacht. „Ja, ja", schrie Nadine, „wir haben es geschafft! Aurora nahm die Mache-

te aus dem Mund, blickte zurück und schrie: „Danke!"
Nadine blickte sie verwundert an. Die Machete klemmte
wieder zwischen den Zähnen und Aurora zog durch, so
schnell sie konnte. Noch wenige hundert Meter. Sie puste-
ten und husteten. Sie weinten beide.

Dann hatten sie es geschafft. Ruhig und verlassen lag der
Strand im Mondlicht. Kleine Wellen klatschten ans Ufer,
schäumten auf und wurden zurückgespült. Immer wieder.
In all den Häusern und Hotels brannten nur noch wenige
Lichter. Es war spät oder bereits früh. Sie wussten es
nicht. Sie spürten Grund unter den Füßen, gingen ein
paar Schritte, stürzten erschöpft, rafften sich wieder auf
und krochen schließlich auf allen Vieren an Land und fielen in den Sand. Aurora nahm die Machete und rammte
sie in den Sand.

Sonntag

Von den sanften schäumenden Wellen umspült lagen ihre erschöpften Körper reglos da. Sie lagen beieinander und jede hatte einen Arm um die andere gelegt. Sie spürten ihren schweren Atem. Sie rückten noch näher zueinander. Sie küssten sich und schmeckten Salz und Sand. Dann ließen sie sich auf den Rücken fallen und lagen weiter reglos da.

„Wir können nicht hier liegen bleiben", stöhnte Nadine erschöpft, „wir müssen uns schnell umsehen. Es liegen mit Sicherheit am Strand Handtücher oder Strandmatten oder sogar Kleidungsstücke herum, die wir uns borgen können um nicht nackt ins Hotel zurück zu müssen." Sie stand auf und zog Aurora hoch. Sie blickten nach allen Richtungen. Sie liefen hunderte Meter in die eine Richtung und hunderte Meter in die andere Richtung, doch es war kein einziges Bade- oder Handtuch zu finden. „Das gibt es doch nicht", murrte Nadine, „ich war schon an so vielen Urlaubsorten und habe mich stets gewundert, was die Leute alles liegen lassen. Berge von Handtüchern und Strandmatten, Sonnenbrillen, Kinderspielzeug und sonstigem Plunder. Aber ausgerechnet hier an diesem langen Strand scheint man abends aufzuräumen! Ich finde ja schon den Zufall super, dass wir beide im selben Hotel untergebracht sind, aber es sind einige hundert Meter bis zum Hotel und wir müssen uns die Zimmerschlüssel an der Rezeption holen. Weißt du was? Ich werde jetzt ganz entspannt zum Hotel laufen, mir den Zimmerschlüssel holen und so tun, als wäre Nacktheit das Normalste auf der Welt!"
„Aber schau mal, wie wir aussehen", sagte Aurora und fügte ironisch hinzu, „zerkratzt und zerstochen, hier und da

noch Blutergüsse und du siehst ohnehin aus, als hättest du mit einem Leoparden *und* einem Krokodil gekämpft!" „Egal jetzt, komm!" Dann liefen sie los. Durch die verlassenen, von Straßenlaternen beleuchteten Wege und Gassen. Vereinzelt brannten in Ferienwohnungen noch Lichter. Auch im einen oder anderen Hotel brannten vereinzelt Lichter. Hunde bellten irgendwo. Mutig und ganz gelassen liefen sie nackt auf dem warmen Asphalt. „Die ideale Uhrzeit", sagte Nadine heiter. „Kein Mensch unterwegs!" „Da schau, da vorne auf dem kleinen Platz ist eine große Uhr. Drei Uhr in der Frühe! Wahnsinn, endlich wieder ein Zeitgefühl", platzte Aurora heraus. „Hast du die Zeit vermisst?", fragte Nadine. „Hm, du hast Recht. In der Wildnis kommt man ganz gut ohne Uhr zurecht. Man steht auf, wenn es hell wird, wurstelt sich durch den Tag, hängt faul rum, wenn man satt ist, ist auf der Hut, nicht gefressen zu werden und sucht sich einen sicheren Schlafplatz, wenn es dunkel wird. Schlicht und einfach." Sie lachten. Eine Katze huschte über den Weg. Irgendwo piepte schrill ein einziger Vogel. Grillen zirpten ihren Gesang.

„An die Nacktheit könnte man sich fast gewöhnen", sagte Aurora, strich mit beiden Händen über ihre Brüste und sah an sich hinunter. „Es hat etwas Befreiendes", sagte Nadine, „aber ich kann mir nicht vorstellen, dass mein nächster Urlaub ein FKK-Urlaub wird. Unter vielen Menschen ist mir wahrscheinlich dann doch lieber, wenn ich etwas auf dem Leib trage und nicht so ausgeliefert bin. Selbst die meisten der primitiven Völker und Ureinwohner verbergen zumindest ihr Geschlecht aus Scham oder um es zu schützen." „Ja", Aurora schüttelte sich kurz, „ich hatte echt massenhaft Panik in den letzten Tagen, was mir da unten alles in alle möglichen Ritzen und Löcher kriechen und krabbeln könnte. Und Männer sind mit ihrem Teil da unten vielleicht noch empfindlicher", sie lachte kurz, „dass das vielleicht immer wieder zum falschen Zeitpunkt steif wird oder dass sie dort gestochen werden oder ihnen das Teil abgebissen wird." Wieder kicherte sie kurz.

Sie erschraken, als ein Mann mit einem Hund um die Ecke kam. Nadine verdeckte sofort ihre schwere Wunde an der Schulter mit der anderen Hand und grüßte förmlich: „Hallo!" Der Mann musterte die beiden Frauen mit großen Augen und schüttelte leicht verwundert den Kopf. Dann ging er weiter. Sie kicherten. Aurora flüsterte: „Der denkt bestimmt zwei Lesben kommen vom Nacktbaden." „So geschunden, wie wir aussehen? Aber mir ist egal, was der denkt", sagte Nadine belanglos, „was weist daraufhin, dass wir Lesben sind? Weil zwei Frauen mitten in der Nacht nackt unterwegs sind? Kaum, oder? Und dass wir uns schon geküsst und gestreichelt haben, dürfte er kaum wissen und wenn, was spielt es für eine Rolle? Ich lasse mir kein Klischee aufzwingen. Hetero, schwul, lesbisch, queer oder was es sonst noch alles diesbezüglich gibt oder angeblich geben soll. Ich lebe und atme und was ich sonst so mache, kann anderen egal sein." „Darling", sagte Aurora bewusst laut, lehnte sich an sie und drückte ihr forsch ihre Zunge zwischen die Lippen. Nadine riss die Augen auf und wollte Luft holen, doch Auroras Zunge ließ nicht locker, sie holte sich Nadines Zunge und küsste sie innig. Nadine spürte die wilde, hemmungslose Zunge, spürte den Metallknopf auf Auroras Zunge und spürte deren warmen Körper an ihrem. Doch genauso schnell und zudringlich wie sie war, ließ Aurora auch wieder ab. „Der Mann hat uns die ganze Zeit nachgeschaut", lachte sie, „ich wollte ihm was zu sehen geben." Sie zwinkerte mit einem Auge. „Freches Ding", schimpfte Nadine und klatschte mit der flachen Hand auf Auroras Pobacke. „Aua", schrie diese übertrieben und „hey, jetzt ist die andere Backe beleidigt, mein Po besteht aus zwei Hälften!"

212

„Das kannst du haben!" Schnell klatschte sie auch auf die andere Hälfte von Auroras Hintern. Dann nahmen sich beide in den Arm und gingen zügig weiter.

Vor dem Hotel angekommen empfingen sie große Laternen, die den Vorplatz hell erleuchteten. Nadine schritt mutig weiter. „Jetzt oder nie", sagte sie nur. „Warte", sagte Aurora, „vielleicht liegen am Pool Handtücher herum. Vielleicht ist es doch besser, wenn man deine schweren Wunden nicht sieht. Das wirft Fragen auf. Dass wir nackt unterwegs sind, ist schon spannend genug und wenn der Portier weiß, dass wir seit Tagen verschwunden waren, haben wir nachher vielleicht noch die Polizei auf dem Hals." Sie schlichen durch die Anlage zu den großen, in geschwungenen Formen angelegten, Pools. Hellblau schimmernd lagen die durch Unterwasserscheinwerfer illuminierten Pools zwischen Sonnenschirmen und Palmen. Schnell und leise huschten die beiden Frauen zwischen den Liegestühlen umher auf der Suche nach Badetüchern. Doch sie wurden auch hier nicht fündig. „Mist", fauchte Nadine. „Komm", sagte Aurora und ging zum Haupteingang.

In der groß angelegten Eingangshalle plätscherte ein großzügiger Springbrunnen. An den Seitenwänden leuchteten überall kerzenartig gestaltete Wandleuchten. Kleine Tische und Sessel luden zum Verweilen ein. Eine kleine Bar empfing tagsüber wartende Gäste. An der Rezeption saß zusammengekauert ein Mann und döste vor sich hin. „Warte hier", flüsterte Aurora, „wenn ich winke, gehst du an mir vorbei zum Fahrstuhl." Dann schritt sie aufrecht und mutig zur Rezeption. „Hallo? Jemand zuhause?", fragte sie laut und deutlich. Der Mann, ein Mann mittleren Alters mit leichten grauen Ansätzen an den Schläfen, fuhr hoch: „Meine Güte haben sie mich erschreckt!" Dann starrte er auf Aurora, die bis zum Bauchnabel nackt vor ihm stand. Der Rest des Körpers hinter dem Tresen verdeckt. Ihr entging nicht, dass er auf ihre Brüste starrte. Was kein Wunder war. Wer erwartete hier schon um diese Zeit eine nackte Frau. „Unsere Zimmerschlüssel bitte. Meinen, Nummer 96 und den meiner – äh – Freundin, Nummer 69, bitte." Sie lächelte. Der Mann sah sie weiter verwundert an. „Ist alles in Ordnung? Sie ..." „Ja, ich weiß", unterbrach ihn Aurora, „ich bin nackt und ich sehe aus, als wäre ich in einen Kaktus gefallen. Was so eigentlich auch fast stimmt. Blöd, wenn man im Dunkeln mit der Freundin ein bisschen in der Natur rumschleicht, ein bisschen nackt badet und dann erstens in dorniges Gestrüpp stolpert und dann im Dunkeln auch die Badesachen nicht mehr findet. Würden Sie mir jetzt bitte die Schlüssel geben? Wir sind müde!" Der Mann schüttelte sich: „Oh, entschuldigen Sie, selbstverständlich." Hastig griff er hinter sich an die Wand und entnahm die beiden Schlüssel. An den Haken hingen kleine Notizzettel. Er warf einen Blick darauf und musterte Aurora dann noch deutlicher. „Sind sie sicher, dass alles in Ordnung ist? Sie waren mehrere Tage nicht hier." „Geht Sie das etwas an? Ich habe ja nicht gesagt, wann meine Freundin und ich losgegangen sind. Wir haben uns verlaufen und ein paar Tage gebraucht, ja. Ist aber nicht weiter schlimm." „Man vermisst noch Personen", sagte der Mann verunsichert. „So?", fragte Aurora und erinnerte sich, wie Nadine sagte, man könne unter Umständen hier niemandem trauen, „also wir waren in den letzten Tagen nur zu zweit unterwegs", sagte sie bestimmt und dachte, dass es sich dabei noch nicht einmal um eine Lüge handelte. „Noch etwas", fügte sie flüsternd hinzu und beugte sich dabei nach vorne zu dem Mann, „meine Freundin ist auch nackt und sie hat ein echtes Problem damit, so gesehen zu werden. Wenn Sie sie ansehen, wenn sie hier nackt reinläuft, beginnt sie zu

214

schreien und wird hysterisch, ehrlich. Die können Sie dann gar nicht mehr bändigen! Sie hat schon Krämpfe bekommen und gespuckt bei sowas! Also würden Sie sich bitte kurz umdrehen?" Der Mann wich zurück. Kopfschüttelnd drehte er sich mit samt seinem Drehstuhl herum und murmelte etwas Undeutliches vor sich hin. Mit der Hand hinter ihrem Rücken gab Aurora Nadine ein Zeichen. Diese rannte auf leisen Sohlen an ihr vorbei zu dem Fahrstuhl und drückte den Knopf. Die Fahrstuhltüre öffnete sich. „Vielen Dank", sagte Aurora höflich, schritt lässig zum Fahrstuhl und verschwand hinter der sich schließenden Türe. Nadine sackte zusammen. „Was hast du denn dem jetzt wieder erzählt, dass der sich sogar umdrehte?" „Dass du es nicht magst, wenn man dich so anstarrt, wenn du nackt bist. Stimmt doch, oder?" Nadine schaute sie zweifelnd an. „Ja, stimmt, danke!"

Vor Zimmer Nummer 69 blieben sie stehen. „Tja", sagte Aurora und gähnte herzhaft lange, „jetzt bist du mich los. Endlich hast du wieder dein Bett für dich alleine und deine Ruhe vor mir. Mein Zimmer liegt ganz da hinten am Flurende." „Bleib hier. Bleib bei mir", sagte Nadine und musste auch gähnen. Gähnen ist immer irgendwie ansteckend. Sie schloss die Zimmertüre auf. „Ich bin gleich zurück", sagte Aurora, „ich muss nur dringend meine Zahnbürste holen und ein paar Klamotten für morgenfrüh." Dann rannte sie leise auf dem Teppichbelag den Flur hinter. Nadine ging schnell ins Zimmer, sah sich um, ob irgendetwas verändert wurde, griff sofort ihren Laptop und hing in ans Netz, um ihn zu laden und griff nach ihrem Handy, das sie vergessen hatte, mitzunehmen. Auch hier war der Akku leer und sie hing es sofort ans Netz. Aurora kam zurück und betrat das Zimmer. Sie schlossen die Türe. Nadine ging sofort zum kleinen Kühlschrank und entnahm eine Wasserflasche, trank gierig daraus und gab

Aurora zu trinken. Dann schlangen sie ein kleines Päckchen Erdnüsse gierig hinunter und aßen eine Tafel Schokolade gemeinsam. „Geh duschen", sagte Nadine und rieb sich dabei die Augen, fasste ihr Haar und entknotete den Stringtanga aus ihrem Haar. Sie hielt ihn in ihren Händen und betrachtete ihn ausgiebig. Das kleine dunkelblaue Dreieck und die winzig dünnen schwarzen Bändchen. Dann reichte sie ihn Aurora. Diese sah ihr in die Augen. Nadine nickte: „Ja, ich möchte ihn gerne behalten. Ich weiß, du hast nicht viel Wäsche, aber ich kaufe dir neue. So viel du möchtest!" Aurora lächelte. „Behalte ihn." Dann ging Auroa ins Bad. Wasser rauschte. Nadine hörte Aurora leise singen.

„Nadine, kommst du mal?" Nadine stand auf und ging ins Bad. „Könntest du mir den Rücken waschen? Ich möchte wirklich richtig sauber sein!" Nadine strahlte, ging zu Aurora in die große, begehbare Dusche und seifte ihr den Rücken ein. Langsam massierte sie ihr auch mit knetenden Bewegungen das Genick und die Schultern. Aurora stöhnte: „Tut das gut!" Nadine massierte weiter, lange und ausgiebig. Sie seifte den Rücken erneut ein, fuhr mit ihren Fingerkuppen über die Wirbelsäule Auroras bis zu ihrem Steißbein und den Ansatz des Hinterns. Sie hielt inne. Aurora beugte sich ganz leicht nach vorne und stellte die Beine einen Hauch breiter auseinander. Nadine fuhr mit der eingeschäumten Hand tiefer und massierte die Pobacken Auroras und wusch ihr ausgiebig den Hintern. Langsam und behutsam fuhr sie mit den Fingern zwischen die Pospalte. Tiefer. „Ja", hauchte Aurora, die das Wasser abgestellt hatte, „wasche mich gründlich rein von dem Dschungel." Die Finger berührten die kleinen Fältchen des Anus. In kleinen kreisenden Bewegungen fuhr die Fingerspitze Nadines darüber. Sie strich zwischen den Beinen Auroras über deren Damm und fühlte plötzlich die warme, nasse Spalte ihrer Scheide. Doch sie zog sich zurück, atmete tief durch und stellte das Wasser an. Aurora drehte sich um, küsste Nadine schnell und kurz auf den Mund und sagte: „Danke. Jetzt bist du dran."

„Wasche mir einfach nur kurz den Rücken", sagte Nadine und gähnte wieder herzhaft, „ich schlafe gleich im Stehen ein und möchte noch ein paar Stunden schlafen, bevor ich mich aufs Frühstücksbuffet stürze." Doch Aurora ließ sich nicht nehmen, Nadine mit der gleichen Hingabe zu waschen, wobei sie sich ausgiebig mit den Brüsten und den Brustwarzen Nadines beschäftigte und diese liebevoll wusch. Auch dem Rücken widmete sie sich ausgiebig und genoss die nächsten Minuten unter dem prasselnden, warmen Wasserstrahl der Dusche mit Nadine zusammen.

Sie putzten sich die Zähne, dann ging Nadine ins Zimmer. Aurora ging noch auf die Toilette und kam nach. Nadine betrachtete die frisch geduschte Aurora. Die lange Haarsträhne hing ins Gesicht. „Bitte tu mir einen Gefallen, Aurora", sagte Nadine. Aurora sah sie fragend an. „Bitte schiele kurz." „Schielen?", fragte Aurora überrascht. „Das versuche ich mir schon so lange abzugewöhnen. Das ist doch saublöd." „Nein", entgegnete Nadine, das ist sowas von schön. Das ist so süß. Das bist genau du. So liebe ich dich." Aurora stand nackt vor ihr und schielte auf ihre Haarsträhne. Wie ein Blitz durchfuhr Nadine ein Wohlgefühl. Sie liebte genau das an Aurora. Vom ersten Mal an, als sie ihr noch fremd war und schielte. Zufrieden legte sie sich zurück. „Danke, Aurora, vielen Dank!" Und ihr wurde plötzlich klar, dass Aurora sich bedankt hatte, als sie ihr im Urwald beim pinkeln zusehen durfte. Was waren sie beide nur für schräge Frauen. Sie lachte. Aurora warf sich neben sie auf das breite Bett. Schnell löschte Nadine das Licht und sie hörten sich nur noch atmen. Nadine knipste genervt das Licht wieder an und verstaute Laptop und

Handy, denn das helle Blinken im dunklen Zimmer nervte. Dann lagen sie wieder nebeneinander und hörten sich atmen. Ihre Hände berührten sich. Auroras Magen knurrte wie ein Tiger. Sie schliefen ein.

Irgendwann erwachte Nadine. Es war dunkel. Sie griff neben sich. Das Bett neben ihr war leer! Aurora war weg. Nadine schreckte hoch. Das Laken war zerwühlt. Da ging die Toilettenspülung und Aurora kam mit verschlafenen Augen zurück. Nadine atmete durch. Sie blickte auf die Uhr: 6:30 Uhr. Sie konnten noch gut zwei Stunden liegen bleiben.

Aurora kuschelte sich wieder ins Bett und deckte sich mit dem Laken zu. „Konntest du schlafen?", fragte sie leise. „Wie ein Stein", antwortete Nadine, „und du?" „Bin auch sofort eingeschlafen. Es tut gut, in Sicherheit zu sein, wenn man sich zum Schlafen legt. Ein wesentlicher Vorteil des zivilisierten Lebens." Wieder streckte sie ihre Hand aus und ihre Fingerkuppen strichen sanft über die weichen Brustwarzen Nadines. Doch ihr fielen die Augen zu und ihre Hand wurde schlaff. Sie war eingeschlafen.

Der Wecker klingelte. Nadine stellte ihn aus und streckte sich. Sie gähnte herzhaft. Vorsichtig fuhr sie mit einer Hand über die Wunde an ihrer linken Schulter. Die geschwollenen Wundränder der langen Kratzspuren des Leoparden fühlten sich übel an. Ein Ziehen in dem rechten Arm, der langen Risswunde, schmerzte. Dennoch genoss sie es, in einem weichen, gepflegten Bett zu schlafen. Ohne Käfer und andere Insekten, die den Körper nachts stundenlang erkundeten. Sie schüttelte sich kurz. Dann fuhr sie mit der Hand über ihre beiden Brüste, fuhr über ihren Bauch und strich sich durch das krause Schamhaar. Sie spürte ihre volle Blase. Sie bog den Rücken durch, spreizte die Beine angewinkelt, gähnte erneut

218

und streckte noch einmal den ganzen Körper. Sie drehte den Kopf zur Seite.

Aurora lag friedlich neben ihr auf dem Bauch. Das Gesicht ihr zugeneigt, aber ins Kopfkissen gedrückt. Das lange Deckhaar und die Strähne hingen ins Gesicht. Das Laken war vom Bett gerutscht. Sanft hob und senkte sich der Oberkörper Auroras. Sie atmete gleichmäßig. Nadine betrachtete ihren Körper. Da lag sie. Diese junge Frau. Die so vielschichtig war. Lebensmüde, mutig ohne Ende, schwach, stark, süß, lieb und sexy, frech und ein bisschen ordinär. Zerbrechlich und knallhart, wie sie mit der MP den starken Muskelmann in die Knie zwang. Aurora.

Nadine stand auf und ging auf die Toilette. Fast hätte sie wetten können, Aurora käme angerannt und wolle wieder zusehen, aber diese regte sich nicht. Sie ging zurück ins Zimmer, setzte sich auf die Bettkante und streichelte den Rücken Auroras. „Hey, Aurora, es wird Zeit. Auf uns wartet das größte Frühstücksbuffet der Welt!" Wieder betrachtete sie die Wirbelsäule und den Rücken Auroras. Aurora murrte schläfrig und spannte beide Pobacken fest an. Nadine musste lächeln. „Komm schon, sonst essen uns andere alles weg." Doch Aurora blieb liegen und wackelte ein wenig mit ihrem Hintern. Wieder musste Nadine lächeln. Sie beugte sich nieder und küsste erst die eine, dann die andere Hälfte des Hinterns. Jetzt drehte sich Aurora auf den Rücken, streckte sich lang, gähnte und stützte sich auf die Ellbogen. Sie blinzelte. „Ich sterbe vor Hunger", sagte sie gähnend. „Endlich wieder frisches Obst und Gemüse, Toast, Ei, Marmelade, Honig, ohne dass man das Obst mit Steinscherben", sie riss die Augen auf. „Die Machete! Himmel, wir haben die Machete am Strand vergessen!" Auch Nadine riss die Augen auf. „Mist!" Aurora schnellte hoch, stieg in einen kleinen schwarzen, knappen Slip, griff ihre Hose, zog diese hastig an. Es war eine schwarze Leinenhose, die ihr viel zu groß schien, am Bund und an den Knien aber passend war, es war dieser Schnitt, der die Hose ballonartig wirken ließ. Sie streifte ein schwarzes Top über und fuhr sich kurz wild durch die Haare. „Ich laufe schnell runter und hole sie." „Lass doch", erwiderte Nadine. Ich meine, was wollen wir jetzt noch damit? In den Flieger mitnehmen können wir sie wahrscheinlich eh' nicht. Ob die als Souvenir durchgeht wage ich zu bezweifeln." Doch Aurora war schon verschwunden.

Schnell ging Nadine zu dem kleinen Tisch und griff Laptop und Handy. 198 neue Nachrichten wusste ihr E-Mail-Account zu vermelden. Sie verdrehte die Augen und überflog hastig ein paar Mails. Mit wenigen Sätzen beantwortete sie die wichtigsten Mails. Zuhause wusste niemand von ihrem Schicksal. Alles lag noch im Rahmen. Sie war im Urlaub und würde in zwei Tagen zurückfliegen. Nur wenige Kontakte waren gewohnt, dass sie sich fast täglich meldete. Es waren ausnahmslos geschäftliche Kontakte. Schnell fuhr sie über ihr Handy. 279 neue Nachrichten aus 26 Chats. Hastig überflog sie auch diese.

Aurora kam völlig außer Puste in den Raum. „Weg. Sie ist weg, die Machete. So ein Mist. Die ersten Menschen sind schon am Strand, reservieren wie üblich Liegen oder schwimmen bereits." Sie lehnte sich auf die kleine schmale Anrichte vor dem Spiegel. „Hast du eigentlich kein Handy?", fragte Nadine. „Nein, sowas besitze ich nicht. Ich wüsste auch nicht, wer mich da anschreiben sollte oder wen ich ständig anrufen sollte. Außerdem habe ich dafür kein Geld." „Ein bisschen beneide ich dich für deine gezwungenermaßen gewordene Bescheidenheit", gab Nadine von sich. Aurora raufte sich die Haare. „Wie konnten wir nur die Machete vergessen! Wenn gestern Nacht, bzw. heute früh doch unsere Verfolger am Strand waren, wissen sie jetzt, dass wir hier an Land sind!" Nadine grübelte.

„Egal jetzt. Wir können es nicht mehr ändern. Wir wissen nicht, wer die Machete hat. Vielleicht die Leute von der Gastronomie, vielleicht haben die heute früh beim Richten der Terrasse am Strand die Machete entdeckt. Vielleicht hat sie heute früh auch schon ein Kind gefunden, wer weiß. Komm, lass uns endlich frühstücken gehen."

Gehst du nackt?", fragte Aurora. „Meine Güte, ich bin ganz durcheinander", sagte Nadine, stieg in einen beigefarbenen Slip, in eine blaue Jeans und zog ein weißes T-Shirt über. „Oh, sagte sie, als sie kurz in den Spiegel sah, „jetzt habe ich den BH vergessen. So kann ich nicht gehen." Gerade als sie das T-Shirt wieder ausziehen wollte, hielt sie Aurora davon ab. „Hey, zeig, lass' sehen! Nur weil deine Titten sich ein wenig abzeichnen durch den weißen dünnen Stoff? Das sieht doch sexy aus. Lass' das so. Schau, bei mir sieht man auch ein bisschen die Brustwarzen durch den Stoff. Ist viel schöner als mit BH, ehrlich!" „Ich weiß nicht", sagte Nadine, wog den Kopf hin und her und sah noch einmal in den Spiegel. „Jetzt lass' es. Mir zuliebe!" „Gut", beschloss Nadine, „gehen wir heute eben ohne BH." Sie zurrte dunkelbraune Riemensandalen fest. „Seltsames Gefühl, Kleider auf der Haut zu tragen", stellte sie fest. „Also doch FKK-Urlaub", lachte Aurora, „stelle dir mal vor, alle hier wären nackt. Auch das Personal!" Nadine lachte. Dann verließen sie das Zimmer.

Sie ließen sich Zeit am Buffet. Hungrig und durstig bewunderten sie wieder in aller Ruhe die Vielfalt der angebotenen Speisen und verglichen das Angebot mit dem, was sich ihnen in den letzten Tagen bot. Dann saßen sie an einem kleinen Tisch und genossen Toast, Maisfladen, Brötchen, Marmelade, Honig, Fisch, Fleisch, Wurst und Käse, Rührei mit Speck, Aurora hielt sich an Vollkornmüsli, Corn Flakes, frisches Obst und Gemüse.

Zwei Gläser frisch gepresster Orangensaft und zwei Tassen herrlich duftender Kaffee rundeten ihr Frühstück ab.

Dennoch wurde Aurora nachdenklich. „Ich muss immer wieder daran denken, dass es außer uns doch vielleicht Überlebende gab. Die vielleicht schwer verwundet irgendwo lagen und mit dem Tode rangen."

„Was hätten wir tun sollen? Haben wir vielleicht nicht mit dem Tode gerungen? Wir wollten doch zurück ,aber wir fanden den Weg nicht, hatten uns verlaufen, wurden ständig von wilden Tieren angegriffen, bekamen die Klamotten geklaut, waren auf der Suche nach Essbarem und haben uns schließlich entschlossen, nicht mehr bergauf zu wandern, sondern ans Ufer, um von dort weg zu kommen oder auf Hilfe zu treffen. Dass der Expeditionstrip unseres Rangers wahrscheinlich illegal war und auf der Insel noch dazu große, kriminelle Dinge vor sich gehen, erschwert die Sache extrem. Ich habe vorhin schnell die deutsche Botschaft angeschrieben und geschildert, dass ich zumindest mitbekommen habe, dass eine Gruppe Leute mit einem Katamaran zur verbotenen Insel gefahren sei. Dass wir beide dabei waren, habe ich vorsichtshalber verschwiegen. Jetzt liegt es in der Hand anderer. Im Übrigen habe ich auch schnell einen Freund von mir, der in einer Münchener Klinik Chefarzt ist, um einen Termin gebeten für uns beide, sobald wir in Deutschland sind. Wir müssen uns unbedingt durchchecken lassen, unsere Wunden untersuchen lassen, deine Rippen röntgen und vor allem auch unsere Urin- und Blutwerte prüfen lassen. Ich möchte nicht, dass sich in unseren Körpern über Monate hinweg Parasiten durchfressen."

„Hast du nichts Passenderes zum Frühstück?", unterbrach sie Aurora. „Oh, entschuldige. Noch Kaffee?" „Ja, bitte."

Nach dem ausgiebigen Frühstück gingen sie zurück in Nadines Zimmer. Aurora hatte ihre Reiseunterlagen mitgebracht. Nach mehreren Telefonaten gelang es Nadine schließlich, Auroras Rückflug umzubuchen, sodass sie am selben Tag mit ihr zusammen nach Deutschland und München fliegen konnte, um von dort aus sofort in die Klinik zu fahren. Danach ging Aurora in ihr Zimmer. Nadine forschte noch einmal E-Mails und Chatverlauf durch und beantwortete mehrere Nachrichten. Sie putzte sich die Zähne, setzte sich in einen Sessel und ruhte sich aus.

Aurora, in ihrem Zimmer angekommen, putzte sich ebenfalls die Zähne, zog Top und Hose aus, stieg aus ihrem Slip, legte sich auf ihr Bett, streckte sich aus und schlief sofort ein.

Am Nachmittag suchten sie die örtliche Polizeistation auf und warfen dort einen anonym verfassten Zettel mit dem Hinweis auf die verunglückte Gruppe auf der verbotenen Insel mit der gerissenen Hängebrücke im Briefkasten ein.

Dann bummelten beide durch die Gassen, vorbei an Souvenirläden, Boutiquen und Restaurants.

Sie saßen mit einem großen Eisbecher auf einer Terrasse des Eiscafés, redeten wenig und schauten erschöpft und müde hinaus aufs Meer. In der Ferne lag ruhig und friedlich die Insel, die gar keine Insel war. Die mit einem kilometerlangen, schmalen Landstrich mit dem Festland verbunden war. Naturschutzgebiet, Zutritt für jegliche Besucher strengstens untersagt. Hier wollte man möglichst unberührte Natur sich selbst überlassen und eine größtmögliche Artenvielfalt gewährleisten. Diese Artenvielfalt hatten sie zu Genüge kennengelernt.

Wie groß war das, was sich hinter der Stahltüre im Inneren des Berges verbarg? Welche Rolle spielten die Militärhubschrauber? Was war mit dem kleinen Stamm wilder Ureinwohner geschehen, die angeblich vor mehreren Jahren vollständig ausgestorben waren? Und, wie Aurora formulierte: Was war mit den anderen Opfern geschehen, die abgestürzt waren. Gab es Überlebende? Und der Ranger, der habgierig Geld kassierte und die illegale Expedition auf die Insel wagte? Hatte er überlebt?

Müde schlenderten sie weiter, kehrten in ihr Hotel zurück und beschlossen, sich wieder auszuruhen bis zum Abendessen. Sie einigten sich auch wieder darauf, dass Aurora bei Nadine blieb. Sie entledigten sich aller Kleider, legten sich auf das Bett und schliefen beide sofort wieder ein.

„Ich weiß nicht, wie es dir geht", begann Nadine, als sie an einem kleinen Tisch in einem gemütlichen Restaurant saßen, „aber ich habe die Sache mit den anderen Opfern abgegeben. Klimmt komisch, aber ich habe gebetet, wenn du so willst. Ich weiß nicht so recht, was ich glauben soll, aber ich glaube ja so gesehen schon lange an diesen kosmischen Schöpfer. Es lag nicht in unserer Macht, nach den anderen Verunglückten zu sehen. Und die kriminelle Organisation macht es noch schwieriger. Lass uns darauf vertrauen, dass danach gesehen wird. Und hoffen, dass es noch Überlebende gab." Sie hob das Glas. „Auf uns. Darauf, dass zumindest wir beide überlebt haben und zwar alles, was uns widerfuhr in diesen Tagen!" Aurora stieß ihr Weinglas an das von Nadine. „Auf uns. Und auf unsere Freundschaft", sagte sie. Sie genossen den Wein. Eine Kerze brannte zwischen ihnen still vor sich hin. Gäste an anderen Tischen unterhielten sich leise.

„Jetzt haben wir das bald hinter uns. Übermorgen fliegen wir zurück", sagte Aurora. „Ja", antwortete Nadine, „und die Welt ist um zwei dicke Freundinnen reicher." Sie zwinkerte mit einem Auge und fügte hinzu: „Wir haben ganz schön viel gemeinsam erlebt." „Stimmt", sagte Aurora, „unglaublich viel. Trauriges, Gefährliches, Tödliches. Aber auch Schönes, wenn ich daran denke, wie wir uns täglich gegenseitig gerettet haben, uns gegenseitig Mut gemacht hatten. Und du küsst fantastisch!" Sie fuhr sich mit der Zunge über die Lippen. „Hey", Nadine schaute nach rechts und nach links, „jetzt bloß keine Details!" „Eigentlich ist es hier drin doch recht warm", meinte Aurora. „Warum?", wunderte sich Nadine. Aurora lachte: „Weil man durch den dünnen Stoff deines Shirts deine Brustwarzen plötzlich viel deutlicher sieht und dir ist doch nicht kalt, oder?" Jetzt zwinkerte sie mit einem Auge. „Oooh", Nadine rollte die Augen, „du starrst mich wieder an!" Aurora lachte.

Aurora stöberte in der Speisekarte. „Also zur Vorspeise Gurken - Tomaten – Raita und als Hauptgericht die Gemüsepfanne mit den gerösteten Bambussprossen, in hausgemachtem Rahmkäse, mit Mandeln, Rosinen und Butter-Sahnesoße." „Und ich", verkündete Nadine, „die Maisplätzchen an Gurkendip als Vorspeise und den in Curryjoghurt marinierten, gegrillten Schwertfisch mit Avocado-Salsa und Glasnudeln."
Der Kellner nahm die Bestellung entgegen. Aurora und Nadine blickten sich im Schein der Kerze an. Sie lächelten. Aurora blickte Nadine tief in die Augen. „Geht es dir gut?", fragte Nadine. „Ja, wirklich. Ich bin froh, dass ich lebe. Wenn man mit dem Gedanken spielt, sich das Leben zu nehmen, hat man keine Ahnung, was einem auch Gutes und Schönes noch bevorstehen kann. Ich hätte mir das nie träumen lassen. Solch ein gewaltiges Abenteuer zu erleben. Zu überleben. Und eine der besten Frauen dieser Welt zur Freundin zu bekommen." „Oh, jetzt werde ich aber gleich rot", schmunzelte Nadine, „ naja, vor ein paar Stunden war noch nicht sicher, ob wir das hier überleben. Und streng genommen, kann auf dem Rückflug der Flie-

ger abstürzen. Das Leben birgt immer Risiken. Aber es ist auch unglaublich schön." Der Kellner servierte die Vorspeisen.

Sie genossen die ausgiebigen Speisen, die ruhige, gemütliche Atmosphäre und die guten Gespräche. Sie erzählten von sich, sie schwiegen und sahen sich an. Spät am Abend gingen sie noch ein wenig am Strand entlang. Sanft spülten sich die Wellen in den Sand. Sie schauten in die Ferne, berührten sich dabei wie zufällig, nahmen sich in den Arm und schauten in den Nachthimmel. Am Horizont schimmerte noch immer das Wasser von der untergegangenen Sonne. Sterne nahmen ihren Platz am wolkenlosen Himmel ein. Vereinzelt saßen Liebespaare am Strand, Menschen führten ihren Hund aus. Musik drang aus der einen und anderen Bar.
Nadine und Aurora schlenderten weiter durch die Gassen, als sie an einer Disco vorbeikamen. „Komm, Nadine, lass uns noch einen Drink nehmen und ein bisschen die Atmosphäre genießen. Wir haben genug erlebt, wir müssen abschalten." Nadine gähnte. „Oh, bitte, lass' uns zum Zimmer gehen, ich bin müde ohne Ende und muss ins Bett. Morgen ist unser letzter Tag, da möchte ich ausgeschlafen sein." Aurora zögerte und grübelte. „Ach, komm, sei nicht so, nur ein Weilchen, ich war schon Jahre in keiner Discothek mehr." Nadine überlegte. „Ich bin so müde und davon abgesehen möchte ich behaupten, dass ich für den Laden meilenweit zu alt bin." „Ach was, du siehst fantastisch aus. Man sieht dir überhaupt nicht an, dass du schon so alt bist!" „Danke!" „Nein, ich meine du wirkst echt jünger, also komm!" „Vielleicht morgen Abend, heute bin ich echt fertig." Aurora wirkte fast ein bisschen beleidigt. Da fasste Nadine sie an der Schulter: „Hey, wir stellen uns vielleicht an! Du bist eine erwachsene Frau. Wenn du in die Discothek möchtest, dann geh doch ein-

fach und habe Spaß. Ich bin müde und gehe ins Zimmer und lege mich hin. Das ist doch einfach. Wir kleben seit Tagen aneinander wie die Kletten, wir gehen fast noch nicht einmal mehr alleine auf die Toilette", sie musste kurz lachen, „also, nur zu. Aber bitte pass auf dich auf. Bleibe nicht zu lange. Ich meine, jetzt mache ich dir schon wieder Vorschriften, natürlich kannst du bleiben solange du möchtest. Aber bitte, ich meine, schläfst du heute wieder bei mir?" „Wie denn? Ich habe keinen zweiten Schlüssel für dein Zimmer und ich möchte dich nicht unbedingt wecken. Wir können uns doch morgen beim Frühstück sehen, so um 9 Uhr, oder?"

„Na gut, mach's gut, pass auf dich auf, meine Liebe." Sie küssten sich auf die Wange. Nadine steckte Aurora noch Geld zu. Dann ging Aurora in die Discothek.

Nadine schlenderte zurück zum Hotel. Sie ging auf ihr Zimmer, checkte Nachrichten in E-Mail-Account und Handy, zog ihre Kleider aus und ging duschen. Als sie aus der Dusche kam stand sie vor dem Spiegel. Sie betrachtete ihr Gesicht, die ersten Falten und die schwere Wunde an ihrer Schulter. Das Aussehen der Wunde bereitete ihr Sorgen. Auch die Risswunde am Arm sah nicht gut aus. Beides schmerzte. Sie betrachtete ihre Brüste, die Aurora so sehr gefielen. Sie nahm beide Brüste in die Hände und hob sie etwas an. Fuhr sanft mit den Händen darüber, umkreiste mit Fingerspitzen ihre Brustwarzen und kniff sachte in die festen Spitzen der Brustwarzen. Sie betrachtete im Spiegel ihre Hüften und drehte sich, um ihren Po im Spiegel betrachten zu können. Anschließend im Zimmer hielt sie ihr kurzes, dünnes Nachthemd in der Hand, überlegte, ob sie es tragen wollte, ließ es jedoch fallen und fiel müde ins Bett. Sie legte sich auf den Rücken, fuhr sich mit der Hand kurz durch ihre Schamhaare, streckte Arme und Beine von sich und schaute zur Decke. Sie spürte ein

227

Ziehen und Stechen in beiden Wunden. Dennoch versuchte sie, zu entspannen.

Laute Musik mischte sich in die Vielfalt der bunten Lichter, die kreisend und blinkend den Saal erhellten. Aurora drückte sich durch die Menschenmenge. Sie betrachtete die jungen Leute, die herumstanden, erzählten, lachten oder auf der Tanzfläche tanzten. Sie betrachtete die Menschen, die tanzten. Ihre Gesichter, ihr Lachen, ihren Schmuck, ihre Kleidung, ihre Körper. Egal ob Frauen oder Männer. Sie sah sie an. Dann schob sie sich durch bis zur Theke und las die Getränkekarte. Sie bestellte sich ein Bier und setzte sich auf einen Barhocker. „Hey", kam sofort eine Stimme von der Seite, „ein Bier ist doch nichts für eine junge Frau, hier gibt es die exotischsten Cocktails. Bier trinkt man im Übrigen nicht alleine. Was dagegen, wenn ich mir ein Bier dazu bestelle?" Aurora sah ihn an. Er sprach deutsch? Und woher wusste er, dass sie Deutsche war? Der junge Mann war großgewachsen, fast hager. Er hatte strohblondes Haar, das millimeterkurz geschoren war. Seine Nase war groß und lang, der Mund schmal. „Wenn ich in Gemeinschaft trinken wollte, hätte ich gleich zwei Bier bestellt", sagte sie trocken, „siehst du zwei Bier? Ich nicht." „Na, das ist ja prima", antwortete der Mann und legte seinen Arm um Auroras Schultern, „dann fehlt quasi meine Hälfte unseres Bieres. Das haben wir gleich. A beer, please!" Aurora rief dem Kellner auf englisch zu: „And a big mirror. The young man has an obsessive need for company." Und zu dem Mann: „Wenn Sie jetzt bitte Ihren Arm von fremdem Eigentum nehmen könnten, wäre es mir recht. Ich pflege alleine zu trinken!" „Blöde Kuh", murrte der junge Mann, nahm sein Glas Bier und verschwand in der Menge. Aurora rief ihm nach: „Auf die blöde Kuh warst du gerade eben noch scharf!" Dann setzte sie das Glas an und trank es auf Anhieb leer und bestellte sich noch ein Bier.

„Hey, dear one", kam ein weiterer junger Mann auf Aurora zu. „May I offer you a drink? Oh, come on, you don't have to be so alone." Aurora sah ihn an: „What if I want to be alone tonight?" „Oh, come on, let make this night of yours and mine to our night." „No, thanks, as I said, I just want to be alone, is that okay with you now?" Der junge Mann zog weiter und verschwand im Gedränge. Aurora trank aus und mischte sich unter die Tanzenden. Sie schämte sich ein wenig für ihre alberne, ballonartige Hose. Zu gerne hätte sie ein chices enges Kleid getragen. Aber es war wie es war und so tanzte sie, schloss die Augen und gab sich ganz den Rhythmen der Musik hin. Immer hemmungsloser und wilder wurden ihre Bewegungen, ihr Körper forderte Freiheit von ihr, ihre Seele wollte durch die tanzenden Bewegungen wohl all die tragischen Ereignisse von sich schütteln. Sie fühlte sich wohl.

Eine kräftige Hand packte sie hart am Hintern. Sie riss die Augen auf. Ein älterer Herr, der gut und gerne 140 Kilogramm wog, drückte sich an sie. „Deutsch? English? Where's that young, cute and horny ass in there?", schrie er ihr im Schall der lauten Discomusik ins Ohr. Wieder griff er zu. „You are young, cute and sexy, and I have the money. Much money!" Sie stieß ihn von sich. „If you want to see the next morning alive, take your hand off!" „How much?", fragte er unbeeindruckt und hielt ihr verdeckt einige Geldnoten hin. Aurora legte den Kopf etwas zur Seite, sah ihm tief in die Augen und sagte laut: „One ---- two ----." Der Mann ließ von ihr ab. Er war verunsichert, was kommen würde, aber diesem Girl war alles zuzutrauen. Schweiß rann an seiner großen kahlen Stirn ab, das fettige, strähnige Haar klebte an den Seiten. Auch er schob sich rücklings durch die Menge und verschwand. Sie schüttelte den Kopf und versuchte, in den Rhythmus zurückzufinden. Da wurde ihr bewusst, dass es noch nicht allzu lange her war, da hatte sie Angebote dieser Art unter Umständen angenommen. Sie glaubte ja immer, genau das besonders gut zu können, was Männer von ihr verlangten. Wenngleich es ihr in erster Linie stets um Geld ging. Sie griff in ihre Tasche und fühlte die Geldscheine, die ihr Nadine zugesteckt hatte. Nadine war reich und sie war ihre beste Freundin. Nie wieder würde sie für Geld bestimmte Dinge tun müssen. Hoffte sie.

Sie stieß an einen Körper, drehte sich und sagte: „Sorry!" Der junge Mann, den sie anrempelte, sagte: „No problem. Are you english, russian, german?" „German, Deutsch", gab Aurora zur Antwort. „Ah", sagte der Mann in gebrochenem Deutsch, „das ist gut, aber isch kann nicht besonders gut deutsch zu spreschen. Du bist ganz alleine hier bei Urlaub?" „Nein", schrie Aurora in die laute Musik hinein zurück, „eine Bekannte von mir ist dabei, sie ist im Hotel". Der junge, nicht unsympatische Mann lächelte sie an. „Achjiit", stellte er sich vor und deutete auf die Menschen direkt neben sich, „Boris, Mujaid, Antiolay, Mahmed und Ndjyada." Antiolay war eine rassige schwarzhaarige, großbusige Schönheit, Boris ein bulliger, kantiger Typ, Mujaid eher klein und undurchschaubar, Mahmed über zwei Meter groß, ohne jedes Proportionsgefühl im Gesicht. Augen, Nase, Mund, Ohren, in diesem Gesicht passte rein gar nichts zusammen. Er hatte lediglich ein paar schlechte Zähne, alle anderen fehlten ihm. Ndjyada hatte nicht getanzt, stand etwas abseits und trug ein Gewand und ein Kopftuch, das ihre Haare gänzlich verbarg. „Ah", sagte der, der sich als Achjiit vorgestellt hatte, „trinken wir, es ist so heiß." Achjiit hatte eine gute Figur, schwarze, wilde Locken, ausnahmsweise strahlend weiße Zähne und ein sehr sympathisches Lächeln. „Kommst du mit?", fragte er Aurora. Diese lächelte zurück. „Ja, ich habe großen Durst. Gibt es hier auch

230

Wodka?" Ohne dass es Aurora bemerkt hätte, zwinkerte Achjiit der schwarzhaarigen Antiolay zu. Diese nickte zustimmend indem sie kurz beide Augen schloss. „Wodka?", fragte Achjiit, „wir wollen sehen, wieviele du trinken Wodka!" „Wodka?", wiederholte Aurora, „ich bin dabei!"

Es war spät. Nadine lag wach in ihren zerwühlten Laken. Sie schwitzte. Ihr Haar klebte nass an ihr. Ihr Atem ging schwer. Sie war erschöpft. Erschöpft, aber glücklich. Wenn sie eines gelernt hatte von Aurora, dann dass sie noch Feuer hatte. Dass tief in ihr verborgen Lust und Leidenschaft loderten. Lange, sehr lange hatte sie diese Gefühle verloren, verdrängt und glaubte bald, dass sie mit dem Älterwerden gegangen waren. Sie bekam mit der Zeit Scheu, sich überhaupt noch einmal näher auf einen Mann einzulassen. Sie hatte Angst, dass bestimmte Gefühle fehlen könnten, die ein Mann so begehrlich erwarten würde. Erschöpft und glücklich lag sie da und hatte sich selbst genügt in dieser Nacht und in diesem Bett. Sie und ihr Körper wurden sich einig und wurden Eins. Pure, entfesselte Lust und Leidenschaft mit sich selbst. Sie war zutiefst zufrieden. Und sie war froh, dass sie es selbst geschafft hatte, sich in diese Höhen zu katapultieren. Ohne Aurora. Wenngleich sich diese immer wieder ganz kurz in ihr Bewusstsein schlich. Doch bei aller Liebe und Zuneigung zu dieser jungen Frau wollte Nadine nur sich selbst genügen. Und das gelang ihr. Wieder atmete sie tief durch und strahlte pures Glück aus. Sie schälte sich aus dem Knäuel von Bettlaken, stand auf und ging selbstsicher und aufrecht zur Dusche. Sie war eine Frau. Kurz vor Vierzig. Aber sportlich, begabt, schlank, reich, erfolgreich, intelligent. Und sie war Lust. Lust, Verlangen, Erotik, Leidenschaft und Sex. Und das tat ihr gut.

Als sie aus der Dusche trat, betrachtete sie sich erneut im Spiegel. Ihre nassen wilden Haare. Sie würde sie abschneiden lassen. Nicht so kurz wie Aurora, aber deutlich kürzer. Dann betrachtete sie ihr dunkles, dichtes Schamhaar. „Hm", überlegte sie, „soll ich? Einfach nur ein einziges Mal, um es ausprobiert zu haben? Um zu wissen und zu sehen, wie es aussieht? Wie es sich anfühlt? Aurora zuliebe?" Es ging gegen ihre Prinzipien. Aber ausprobieren konnte man es. Die Haare wuchsen wieder schnell nach. „Albern", dachte sie, griff dann dennoch zu Schaum und Rasierer.

Montag

Relativ schnell wich die Dunkelheit dem lichten Tag. Nachtjäger wie Leopard, Tiger, Panther, Flughunde, Fledermäuse, Eulen und andere nutzten die Nacht um zu jagen, zu fressen und satt zu werden. Sie würden den heißen Tag über der Muße frönen, manche dem Paarungstrieb nachkommen, der sie zwang, aktiv zu werden.

Für viele andere Tierarten, die die Nacht in Ruhe und größtmöglicher Sicherheit verbrachten, sofern sie nicht gefressen wurden, hieß es jetzt Nahrung suchen. Die Sonne eroberte den blau werdenden Himmel. Es wurde heiß.

Die Menschen in der Hotelanlage stürmten das reichhaltige Frühstücksbuffet. Fressen und satt werden hieß es auch hier.

Grimmig schlug sie auf den Wecker. Die Sonne drückte sich durch die dunklen Gardinen und stach ihr ins Auge. Aurora murrte. Sie zog das Laken über den Kopf, doch die Sonne war stärker als das dünne weiße Laken. Dann fiel ihr Nadine ein. Sie hielt sich den Kopf. Ihr Schädel drohte zu platzen. Was war das für eine Nacht? Was war geschehen? Wie konnte sie nur? Nadine wartete im Frühstücksraum. „Ooooh, der Schädel!" Sie stützte sich auf die Ellbogen und strampelte das Laken vom Bett. Sie lag mit samt ihren Kleidern im Bett. „Aurora, Aurora", sagte sie zu sich selbst, „wie konntest du nur? Was war überhaupt geschehen?" Sie versuchte sich zu erinnern. Was ihr nicht vollständig gelang. Mühsam quälte sie sich aus dem Bett und schleppte sich zur Dusche. Sie bevorzugte kaltes Wasser. Um die bleierne Müdigkeit zu bekämpfen. Außerdem war sie aus dem Urwald kaltes Wasser gewohnt. Sie sah in den Spiegel. Sie sah müde und gerädert aus, betrachtete ihre Achseln und ihre Scham. Sie sollte sich rasieren, aber Nadine wartete. Zurück im Zimmer griff sie ihren Slip, doch Slip, Shirt und die schwarze Ballonhose rochen stark nach Nikotin. Da klopfte es an der Türe. Verwundert sah sie auf. Ein Lächeln zog in ihr Gesicht. Nadine holte sie ab. Sie ging zur Türe und öffnete. „Ja?", sagte sie nur, als sie den jungen Mann sah, der mit einem Päckchen in der Türe stand und nicht anders konnte, als sie anzuschauen. „Is' was?", fragte sie schlecht gelaunt und müde, „bin ich ein Alien oder was?" „Nein, äh", stotterte der junge Mann, „ich ..." Da erst bemerkte Aurora, dass sie noch vollkommen unbekleidet war. Sie erschrak, entschloss sich aber, so zu tun, als sei das jetzt völlig normal. „Haben sie noch nie eine nackte Frau gesehen?" Da fasste sich auch der junge Mann: „Ich soll dieses Päckchen abgeben von Frau Vagin. Sie wüssten Bescheid." „Danke", sagte Aurora höflich, steckte dem Mann 5 Euro zu, die sie aus der schwarzen Hose fummelte und wusste allerdings nicht Bescheid. Sie schloss die Türe und öffnete das Paket. „Hi, du Nachteule! Ich war noch in einer Boutique und habe vorsichtshalber ein Kleid für dich gekauft und ein paar leichte Sommersandalen. Hoffe, alles passt. Bis zum Frühstück. Deine Nadine", stand handschriftlich auf einem kleinen Zettel. Sie betrachtete die schwarzen Schnürsandalen und das weiße leichte Sommerkleid. Weiß? Nadine wusste, dass sie nur auf schwarze Klamotten stand! Wieder roch sie an dem Slip. „Nikotin. Übel." Dann zog sie sich das weiße Kleid über und betrachtete sich im Spiegel. Es passte wie ausgesucht, betonte ihre Taille. Hauchdüne Spaghettiträger liefen über ihre Schultern. Das Kleid wurde oben und unten am Saum, der bis zu den Knien reichte, durch eine dünne schwarze Linie geziert. „Fantastisch", dachte Aurora, „total sexy. Sie betrachtete sich im Spiegel, ob auffallen würde, dass sie keinen Slip trug, denn sie besaß keinen weiteren mehr. Sie schnürte die Sandalen, betrachtete noch einmal ihr Spiegelbild, ob sich auch ihre Brüste ein wenig abzeichneten, was ihr gefiel, und ging zügig zum Frühstücksraum.

Nadine saß vor einer Tasse Kaffee, als Aurora zu ihr kam. Sie küssten sich auf die Wange. „Puh", sagte Nadine, ihr blieb nichts anderes übrig, „wie viele Promille hast du denn noch im Blut?" „Ja, sorry, ich habe etwas übertrieben gestern", antwortete sie kurz, stellte sich dann aufrecht hin, „hey, vielen Dank! Das Kleid und die Sandalen passen fantastisch!" „Ja, du siehst hervorragend aus! Im Gesicht ein bisschen verlebt, aber sonst, echt sexy. Schön, wenn es dir gefällt. Nett, dass hier die Läden bis tief in die Nacht geöffnet haben. Ich bin gestern Nacht auf dem Heimweg an einer Boutique vorbeigelaufen und hatte spontan die Idee, dir neue Kleider zu kaufen. Mir wäre natürlich lieber gewesen, du hättest sie anprobiert, aber du musstest dich ja in der Diskothek amüsieren. War es gut?" „Ja, geht. Oh, habe ich einen Bärenhunger! Komm, lass uns ans Buffet gehen." Nadine sah Aurora von der Seite an. Dann gingen sie zum Buffet.

Während Aurora sich mit Müsli und reichlich frischem Obst eingedeckt hatte, wagte sich Nadine an Nasi Kerabu. Sie las auf der Beschreibung, dass der geröstete Reis seine blaue Farbe von der Blüte der Klitorie erhält und mit Hähnchen und Krabbenchips serviert wird. Sie nahm sich vor, bald herausfinden zu wollen, was eine Klitorie war. Und nein, zu Aurora würde sie bezüglich des schlüpfrigen Namens dieser exotischen Pflanze jetzt besser nichts sagen. Dann blickte sie zu Aurora. Diese sah wirklich „fertig" aus, obwohl das Kleid frisch und sexy an ihr wirkte. Sie sah geschädigter aus, als in den letzten wilden Tagen im Urwald. Dennoch lächelte Nadine und war froh, zusammen mit Aurora hier sitzen zu können. Sie biss sich

kurz auf die Unterlippe, trank von ihrem Kaffee und flüsterte dann zu Aurora: „Gestern spät in der Nacht nach der Dusche, da habe ich mich rasiert. Du weißt schon." Aurora zuckte aus ihrer gebeugten, müden Haltung hoch. Freudig platzte sie heraus: „Waas? Du hast dir echt die Pussy rasiert?" Nadine wurde knallrot: „Schrei doch nicht so", rief sie flüsternd aus. Am Nebentisch saß eine Frau mit einer weiten Leinenhose, die in wildesten Mandalamustern verziert war und einem Top in papageienbunten Farben. Ihr gegenüber saß ihr Mann. Trotz der Hitze trug er einen steifen weißen Anzug, mit einer auffallend bunten Krawatte in Dschungeldesign: „Edelbert, schau die jungen Frauen nicht so an!", herrschte sie.
Aurora beugte sich vor und sprach jetzt leise: „Das will ich sehen." „Was du nicht immer alles sehen willst", lachte Nadine.

„Kannst du mir vielleicht die Haare schneiden?", fragte Nadine und zog an ihrer langen Mähne. „Hey, klar kann ich das, ich kann das richtig gut, ich habe dir doch erzählt, dass ich eine Friseurlehre begonnen hatte. Ich schneide dir die Haare. Gleich nach dem Frühstück!"

Nach dem ausgiebigen Frühstück gingen sie in das Zimmer von Aurora. Aurora hatte eine eigene Schere und einen Rasierer dabei, denn sie schnitt sich selbst regelmäßig die Haare. Sie schnitt Nadine das Kopfhaar um die Hälfte ab, sodass es ihr nicht mehr bis zu den Schultern reichte. Nadine war begeistert. Sie fuhr sich mit den Händen durch das Haar, schüttelte den Kopf und fuhr sich noch einmal durch die Haare. „Klasse, sieht richtig gut aus, danke!"

Den Nachmittag verbrachten sie am Strand. Nadine trug einen knappen Bikini in Terrakottafarben. Das Oberteil, sowie das Höschen rechts und links an den Hüften waren jeweils mit einem kleinen Bronzering verbunden. Aurora trug einen schwarzen Badeanzug. Wobei dieser fast in eine Streichholzschachtel gepasst hätte. Er bestand aus sehr wenig Stoff und sah im Ganzen eher wie ein großes schwarzes Spinnennetz aus. Lediglich die Brustwarzen und die Scham wurden von kleinen Flecken Stoff verdeckt. Durch die Pospalte führte nur ein schmales Bändchen. Aurora hatte ihre Fingernägel und Zehennägel in Kobaldblau lackiert. Nadine sah sie an. „Dieser Badeanzug ist der Wahnsinn. Total gewagt, das Teil, du siehst raffiniert aus. Deine schwarzen Haare, der Piercing am Nabel und die blauen Nägel ..." Aurora fühlte sich sichtlich wohl. Sie sah an sich hinab. „Wenn wir nur nicht so mitgenommen und angefressen aussehen würden. Hoffentlich bleiben nicht allzu viele Narben." Wobei ihr klar war, dass Nadine viel schlimmer aussah. „Weißt du", fuhr Aurora fort, „ich war immer stolz auf diesen Badeanzug, auch wenn er geklaut ist", fügte sie mit gesengtem Kopf leise hinzu, „auch wenn ich ihn sehr selten trug. Aber jetzt, nach all den Tagen im Urwald, so gefährlich und bedrohlich es auch war, nachdem wir tagelang nackt waren, du und ich, ohne Scham, ohne Hemmungen, es war paradiesisch schön. Die Haut fühlte sich viel besser an, man war mehr Mensch, als in diesen Kleidern. Und wenn sie noch so chic sind. Mir gefällt dein Bikini. Aber nackt gefällst du mir viel besser. Und dass du dich rasiert hast, finde ich super mutig von dir. Ich will es sehen!"

„Aurora, in deinen Augen bin ich eine fast alte Frau. Was reizt dich ständig, mich anzusehen, wenn ich nackt bin? Warum interessiert es dich, ob ich mich rasiere? Du sagst, du stehst nicht auf Frauen. Und ich könnte, ganz davon abgesehen, deine Mutter sein."

„Nadine, ich stehe auch nicht auf Frauen. Zumindest war das in all den Jahren meine Einstellung. Ich weiß nicht, was es ist. Ich denke, das bist du. Der Mensch Nadine Vagin, der mich interessiert. Alles. Deine Lebensgeschichte, dein Charakter, dein Körper und sogar deine Lust und deine Gefühle. Ich mag dich. Ist das schlimm?" Nadine überlegte. „Nein, eigentlich nicht. Mir geht es ähnlich. Ich mag dich. Ich hätte mir niemals vorstellen können, eine Frau zu küssen. Aber zwischen uns ist es einfach passiert. Ich mag dich auch. Vielleicht lag es auch daran, dass wir in einem gefährlichen, wilden Urwald aufeinander angewiesen waren. Vielleicht gab es uns ein bisschen Sicherheit, wenn wir uns spürten."

Sie suchten sich etwas abseits zwei Strandliegen aus und hatten einen Sonnenschirm gemietet, denn pralle Sonne hatten sie in den letzten Tagen ausgiebig und sie wollten nicht, dass man ihre wunden Stellen, die Kratz, Biss- und Platzwunden, die Blutergüsse, die Schnittwunden scharfkantiger Blätter und geröteten Stellen, die immer noch von Insektenstichen oder den Ameisenbissen herrührten, auffällig sah. Dort schliefen sie im Halbschatten, rieben sich mit kostbarer Lotion ein, erzählten und genossen den leichten Wind, die Urlaubsatomsphäre, das sanfte Rauschen der Wellen und vor allem die Tatsache, dass keine akute Gefahr für ihr Leben bestand. Zwischendurch liefen sie auf die Hotelterrasse und genossen kalte, frische Cocktails.
Dann lagen sie wieder faul in ihren Liegestühlen. Manchmal gingen Gäste an ihnen vorüber, irgendwo brüllte ein Kind. Manche vorbeilaufenden Männer erlaubten sich genauere Blicke. Ein Mann versuchte, ein unverbindliches und doch interessiertes Gespräch anzuzetteln, aber sie lehnten dankend ab. Sie beobachteten, wie unbeschwert die Menschen sich im Meer wohlfühl-

ten. Entspannt und sicher. Wohlbehütet vom zivilisierten Leben. Sie beide hatten nur wenige Kilometer entfernt in einer Wildnis die grausame Wirklichkeit des Lebens in der Natur kennengelernt. Leben. Überleben. Satt werden. Ohne jeglichen Materialismus. Kein Dach über dem Kopf. Keine Möglichkeit, Mahlzeiten zuzubereiten. Noch nicht einmal Kleidung hatten sie zum Schluss.

„Die Männer starren mich alle so an, ich fühle mich nicht wohl", sagte Aurora. Nadine lachte: „Wunderst du dich, bei der Figur und dem Badeanzug?" „Ja, ich weiß, aber es ist alles anders als früher. Und mein Körper ist so zerkratzt und fleckig von den Wunden und Blutergüssen. Komm, lass uns ein paar Kilometer laufen, weg von den Menschenmassen hier. Eine einsame Bucht suchen." „Ich weiß nicht", überlegte Nadine, „ich genieße es, nach diesen Tagen in der Wildnis, unter Menschen zu sein. Zu sehen, wie sorglos sie ihren Urlaub und ihr Leben genießen."

„Du scheinst es nicht zu genießen. Bist du schlecht gelaunt?", fragte Aurora, „du machst die ganze Zeit so ein Gesicht. Ist es, weil ich gestern Nacht ein bisschen zu viel gesoffen habe?" Nadine machte ein gütiges Gesicht. „Nein", sie lachte kurz auf, „du kannst saufen, so viel du willst. Es sind die Schmerzen in meiner Schulter. In meinem Arm. Am Fuß. Ich spüre überall Schmerzen. Wie geht es deinen Rippen?"

Aurora fasste sich an die Seite. „Sticht höllisch bei jeder falschen Bewegung. Und meine Hüfte schmerzt nach langem Gehen oder Stehen. Ich bin nur froh, dass die Stiche und Ameisenbisse nicht mehr so fürchterlich jucken."

„Du hast recht", sagte Nadine und erhob sich langsam vom Liegestuhl. Lass uns ein bisschen laufen und ein ruhiges Plätzchen suchen. Sie ließen ihre Handtücher liegen und gingen langsam am Strand entlang, die Hotelanlage hinter sich lassend. Der Lärm der tobenden Menschen wurde leiser. Sanft spülten die kleinen Wellen den Sand auf. Ihre Füße wateten im warmen Wasser. Nadine ging hinter Aurora und sah auf das schwarze spinnennetzartige Gebilde des Badeanzuges und auf die rhythmischen Bewegungen ihres Hinterns. Wobei sie immer noch etwas ungleich ging.

Ja, im Moment passten sie nicht in die Menschenmenge. Und sie passten nicht in Badekleidung. Sie gehörten in die Natur. In die Wildnis. In eine einsame Bucht, die ausnahmsweise nicht pausenlos tödliche Gefahren barg.

Nach einer guten halben Stunde ließen sie den Lärm, Hotelanlage, Menschenmassen und Strandgetümmel hinter sich. Das Ufer wurde sandiger, steiler und felsig. Einzelne grüne, exotische Sträucher trotzten der Mittagshitze. Hoch oben am Himmel zog ein Vogel seine Kreise. Sie folgten einer langgezogenen Biegung. Die winzig kleinen Menschen in der Ferne der zurückgelegten Strecke waren nicht mehr zu sehen. Die Wellen waren hier größer. Weiße Gischt spritzte gegen steinigen und sandigen Strand. Hier und da huschten kleine Krebse durch den Sand. Aurora atmete hörbar durch, wobei ihr ein kurzer Schrei entfuhr. Es stach in ihren Rippen. „Die unberührte Natur kann so herrlich sein", sagte sie laut, sah Nadine an und schälte sich aus ihrem schwarzen Spinnennetz. Nadine war einmal mehr etwas überrascht, dass sie Aurora sofort auf deren kleine, wohlgeformte Brüste sah, mit den schönen großen Brustwarzen, die deutlich fest und hart waren. Der Piercing in ihrem Nabel glänzte und auch der silberfarbene Piercing am Beginn ihrer wieder blank rasierten Vulva blitzte in der Sonne. Aurora ließ zu, dass Nadine sie betrachtete. Sie bewegte sich nicht. Dann öffnete Nadine ihr Bikinioberteil und ließ es in den Sand fallen. Sie bemerkte Auroras Augen. Ihre Blicke, die auf ihren Brüsten lagen. Doch nun wollte Aurora mehr. Nadine atmete tiefer. Sie zögerte. Auroras Brustwarzen wurden immer härter und fester. Sie strich sich die lange Haarsträhne aus dem Gesicht. Sie wartete.

Nadine fasste ihr Bikinihöschen und zog es nach unten. Sie stieg aus dem Höschen und legte es zu ihrem Oberteil. Sie blieb stehen und gab sich den Blicken Auroras hin. Deren Augen waren geweitet und auf ihr Geschlecht gerichtet.

Aurora biss sich auf die Unterlippe. Sie schluckte. „Wahnsinn", entfuhr es Aurora, „du siehst fantastisch aus! Super glatt rasiert. Ich finde es so schön, dass man deine Schamlippen sehen kann." Ihre Blicke huschten hoch in Nadines Augen. „Ich meine, es geht niemanden etwas an und mich auch nicht, es ist dein Körper. Aber danke, dass ich hinsehen darf. Danke, dass wir beide uns einfach vertrauen und austauschen können über unsere Körper. Deine Pussy ist wunderschön." Sie kam näher. „Darf ich dich berühren? Nur ganz kurz?" Nadine antwortete nicht. „Darf ich?", wiederholte Aurora. „Ja", sagte Nadine.

Sie spürte, wie Aurora näher kam. Sie kam sehr nahe. Sie spürte ihren Atem. Dann berührte die Hand Auroras ihren Venushügel. Vorsichtig. Behutsam. Fühlte die glatte, rasierte Haut. Die Hand, die Finger voraus, strich sachte tiefer, berührte ihre leicht nach außen gewölbten Schamlippen. Nadine seufzte. Aurora griff ihr tief zwischen die Beine. Dann fuhr die Hand ganz langsam zurück. Aufwärts. Sie verstärkte den Druck auf einen Finger, der sich neugierig etwas zwischen die Schamlippen in die feuchte Spalte schob. Die Hand fuhr federleicht über ihren Bauch. Nadine atmete stärker. Die Hand Auroras fuhr weiter, strich über ihre linke, dann über ihre rechte Brustwarze, die beide extrem hart und fest aufgerichtet waren.

Nadine öffnete die Augen. „Danke", flüsterte Aurora, wandte sich um, „du siehst fantastisch aus, so. Und es fühlt sich sehr schön an", und lief zum Strand. Nadine sah

ihr nach. Auroras Beine wurden von weißer Gischt umspült, Wellen klatschten gegen ihren Körper. Sie beugte
sich nach vorne um die nächsten Wellen mit ihren Händen abzufangen. Wieder klatschte die nächste Welle
gegen Aurora und schnellte an ihrem Körper hoch.

Nadine betrachtete sie. Auroras nackten Körper. Ihren
Rücken und den festen Hintern. Es war seltsam, dass sie
schon wieder nackt waren. Die nächste Welle erfasste Aurora. Sie stürzte rücklings ins Wasser. Weißer Schaum
und Gischt stürzten sich über sie. Sie hustete und lachte
und richtete sich wieder auf.

„Vater im Himmel. Oder Gott. Du bist so allmächtig, all-
wissend und hast alle Fäden des Lebens in der Hand",
dachte Nadine beim Anblick von Aurora, „ sie ist noch so
jung. Ein Ding zwischen Mädchen und Frau. Sie kam
hierher, um ihr Leben zu beenden. Bitte kümmere dich
um sie. Habe ein Einsehen mit ihr. Oh, bitte schenke ihr
einen jungen Mann, der zu ihr passt. Der ihr ein Kind
schenkt. Und lass' sie heiraten. Und dann gib bitte noch,
dass die Ehe auch hält. Sie hat es verdient."

Sie blickte in den Himmel und bemerkte einmal mehr die
vielen weißen Kondensstreifen der Flugzeuge. „Gott, wir
sind so klein und unbedeutend. So winzig auf dieser Welt.
Und doch ist Aurora ein junger Mensch, der sein Leben
vor sich hat. Sie ist so wertvoll. Auch wenn sie es im Leben
noch zu nichts gebracht hat. Schenke ihr Leben. Und
schenke ihr den Mann, den sie sich so sehr wünscht." Nadine stutzte. „Ich?", dachte sie weiter und ihr war, als sei
eine Frage an sie gerichtet, „ohje, ich werde bald vierzig.
Ich weiß nicht, ob ich das noch will oder kann. Aber, ich
meine, wenn du, also ich meine, ein Mann? Für mich?"
Sie nickte. „Ja, wenn du es so planst, dann ja, kosmischer
Architekt."

„Hey", rief Aurora freudig lachend aus dem Wasser zu ihr herüber, „dein komischer Architekt meint es gut mit uns! Mein Körper freut sich richtig!" Zur Bestätigung hielt sie ihre Brüste fest und hatte je eine ihrer harten Brustwarzen zwischen Daumen und Zeigefinger. Dann klatschte sie ohne Vorwarnung nach vorne ins Wasser. Wieder wurde sie von den Wellen überspült. Auf allen Vieren kniend lachte sie erneut und hustete geschlucktes Wasser aus.

Nadine eilte zu ihr, sprang ins Wasser, reichte ihr die Hand. Zusammen rannten sie den Wellen entgegen, die hart und schaumig gegen ihre Körper preschten. Schaum spritze hoch über ihre Gesichter. Schon kam die nächste Welle auf sie zugerollt. Sie stürzten sich voran ins Wasser und schwammen gegen die schaukelnden Wellenbewegungen an. Sie wurden hochgetragen mit den Wellen und durch die Wellentäler getrieben und wieder hochgespült. Sie schwammen und lachten, lagen auf dem Rücken, tauchten ab, packten sich gegenseitig, um gemeinsam den Wellen zu trotzen. Schwammen zurück, ihre Füße fassten Kies und Sand, immer wieder wurden sie nach vorne gestürzt durch die heftigen Wellen. Blau war der Himmel über ihnen, die leuchtend gelbe Sonne teilte sich den Himmel mit weißen Wolken, die wie gewaltige Berge am Himmel standen.

Erschöpft ließen sich die beiden Frauen im Sand nieder, übersät von Sand und abertausenden Wasserperlen, streckten die Beine aus und hatten sich auf ihre Ellbogen gestützt. „Oha", bemerkte Aurora, „wir bekommen Besuch." Viele kleine und auch größere Segelboote waren draußen auf dem Meer zu sehen. Auch vereinzelte Wasserskifahrer, die von schnellen Booten gezogen wurden und Surfer, die sprunghaft über Wellen schossen. „Vielleicht sollten wir besser nach unseren Kleidern sehen", bemerkte Nadine und war dabei aufzustehen. Sie sahen sich um und sahen in einigen Metern Entfernung ihre Badesachen im Sand liegen. „Was für ein Glück, scheint alles noch da zu sein", sagte Nadine. Da wurde sie zu Boden gedrückt. Aurora drückte sie in den Sand und hatte sich kurzerhand auf sie gesetzt. „Du bleibst schön hier liegen und entspannst dich. Ich hole unsere Sachen." „Gut", lachte Nadine, du hast gewonnen. Ich bleibe liegen." Aurora stand auf und stand breitbeinig über ihr. Sie grinste. „Meine Freundin!" Nadine blickte zu ihr auf: „Nun, geh schon. Die vielen Boote machen mich nervös." Sie blickte an Aurora vorbei aufs Meer und auf die mitunter näher kommenden Segelboote.

Ruckartig zog sie Aurora zu sich. Aurora stürzte und fing sich gerade noch ab, landete auf Nadine. „Hey?", rief sie erstaunt, „warum so stürmisch?" Doch noch bevor sie zu dem Glauben kommen konnte, Nadine wolle wilde Zärtlichkeiten, sagte diese aufgeregt: „Das Boot! Das Elektroboot! Von der Insel. Da, dort!" Aurora schnellte herum.
„Meinst du tatsächlich?" Aurora hielt sich die Hand als Sonnenschutz an die Stirn. „Fuck!", du hast recht. Das ist das schlichte, kantige Boot, mit dem uns diese schrägen Gestalten folgten. Es kommt hierher!" „Schnell", Nadine zog Aurora weiter ins Wasser, „hier hinter den Wellen sind wir erstmal sicher, aber wir müssen uns verstecken. Was suchen die ausgerechnet hier?" „Meinst du, die suchen echt uns?", fragte Aurora, während sie auf dem Bauch liegend Nadine folgend durch das Wasser robbte, wobei sie von den kräftigen Wellen hin und her gespült wurden. „Keine Ahnung, was die hier am Strand suchen, aber ich habe erkannt, dass der eine Typ ein Fernglas hält und ich will um keinen Preis gesehen werden! Ich weiß nicht, ob das die Kerle sind, die mit uns zu tun hatten. Vielleicht haben andere aber auch eine Beschreibung von

244

uns erhalten." „Aber", wandte Aurora schnell ein, „da vorne am Strand sind tausende Urlauber unter ihren Sonnenschirmen, im und unter Wasser. Glaubst du, dass sie uns dazwischen finden und entdecken wollten?" „Ich weiß es echt nicht, aber falls sie wirklich zwei nackte Frauen suchen, eine mit braunen Haaren und eine etwas Kleinere mit kurzen schwarzen Haaren, dann werden sie hier mit uns sicher zufrieden sein", murrte Nadine, während sie sich mehrfach am aufschäumenden Wasser der Wellen verschluckte und heftig husten musste. Aurora machte ein fragendes Gesicht: „Aber die können doch nicht davon ausgehen, dass wir weiterhin nackt in der Welt rumrennen?" „Tun wir aber", war alles, was Nadine dazu einfiel. Aurora schaute resigniert nach oben in den Himmel und schielte.

„Schnell, da hinten war eine ziemlich tiefe felsige Einbuchtung!" Aurora folgte ihr. Sie robbten auf dem Bauch im Wasser weiter. Als das Wasser tiefer wurde, konnten sie laufen, stolperten aber über Steine und stießen sich die Füße an ihnen. Mit schnellen Schwimmbewegungen schwammen sie in die tiefe kleine Bucht. Die Wellen klatschten hier besonders kräftig gegen die Felswände. Beide hatten Mühe, nicht dagegen geschleudert zu werden. Eng drückten sie sich in einen kleinen Höhleneingang. Immer wieder drückte sich das Wasser bis zu ihren Gesichtern hoch und wurde wieder hinausgespült, so dass es ihnen bis zum Bauchnabel ging. Immer wieder. „Hier sitzen wir aber ganz schön in der Falle", meinte Aurora und sagte zornig „und unsere Klamotten haben wir wieder nicht dabei. Ich sage dir, wehe, wenn die Wellen sie wegspülen! Dann haben wir den nächsten Heimweg ins Hotel nackt vor uns!" „Ich habe gerade andere Sorgen", sagte Nadine, „hoffen wir, dass sie entweder etwas anderes suchen, oder uns beide nicht finden." „Hoffen wir beides", folgerte Aurora und wagte, den Kopf nach vorne zu strecken. „Und?", wollte Nadine wissen. „Es tuckert noch geräuschlos vor sich hin, kommt weiter näher. Die suchen echt den ganzen Strand ab." Sie wich zurück. Ihre Augen weiteten sich. „Und jetzt? Wenn sie unsere Badesachen finden, ist das schon mal komisch für sie." „Wir müssen hier raus", murrte Nadine sichtlich schlecht gelaunt, wir sitzen wie die Mäuse in der Falle!"

„Warte kurz." Nadine holte tief Luft und tauchte ab. Sie war verschwunden. Aufgeregt blickte Aurora abwechselnd auf die starken Wellen, die gegen ihren Körper klatschten und zu dem Höhleneingang. Das Elektroboot hörte man nicht, es konnte sein, dass es jeden Moment geräuschlos vor der Öffnung hielt und Aurora ausgeliefert war. Wo war Nadine? Da tauchte diese prustend und schwer atmend direkt neben ihr auf. „Schnell, mir nach, wenn man ein paar Meter taucht, kommt man in eine etwas größere Höhle." Sie hörten Menschen draußen sprechen. Schnell holte Nadine Luft und tauchte ab. Aurora hielt ebenfalls die Luft an, tauchte unter. Verschwommen sah sie vor sich Nadine tauchen. Sie musste Acht geben, dass diese ihr nicht die Füße ins Gesicht schlug. Es war unheimlich, unter Felsen hindurch zu tauchen. Das Wasser war hell, die grelle Sonne drang bis in diese Tiefe hinein. Dann wurde es dunkler.

Nach Luft schnappend spritzte Auroras Gesicht aus dem Wasser. Ihr Aufschrei hörte sich dumpf an. Nadines Gesicht ragte dicht neben ihr aus dem Wasser. Sie befanden sich in einem größeren Hohlraum, fast so groß wie ein Wohnraum, bis zur Felsendecke vielleicht 1,60 m von der Wasseroberfläche aus. „Jetzt sitzen wir erst recht in der Falle", meinte Aurora, „woher sollen wir hier drin wissen, wann die wieder weg sind?" Nadine überlegte: „Die werden nicht stundenlang vor einer kleinen Höhlenspalte warten."

Aurora wurde unruhig. „Ich muss hier raus. Ich habe Platzangst. Ich muss hier raus. Sofort." „Beruhige dich! Wenn die uns zu fassen bekommen und mitnehmen, hast du mehr Grund zu Platzangst, schätze ich mal", sagte Nadine ruhig und gelassen. Doch Aurora stand selbst im nassen Gesicht der Schweiß der Panik auf der Stirn. „Ich muss jetzt hier raus, sonst schreie ich. Ich kann nicht hier bleiben, das bringt mich um. Das ist wie ein Grab hier." Sie holte Luft, doch Nadine hielt sie vom Tauchen ab. „Bitte, atme durch. Atme! Atme tief ein und aus. Atme!" Aurora versuchte, sich loszureißen. „Lass' mich los!", schrie sie. „Ich muss hier raus. Ich ersticke in diesem Loch!" Ihre Stimme hallte wider in der kleinen, wassergefüllten Höhle. „Gut, geh'! Tauche, aber sei vorsichtig. Schau unter Wasser, ob du den Schatten des Bootes siehst. Bitte, bitte, sei vorsichtig!" Aurora nickte nur noch. Sie war blass geworden. Sie zitterte. „Du musst vorgehen. Ich kann nicht alleine unter den Felsen tauchen. Ich brauche Orientierung. Ich brauche dich!" „Gut", brachte Nadine ruhig hervor, „aber halte Abstand, sonst trete ich dich." Dann holte sie Luft und tauchte ab. Aurora folgte ihr sofort. Ihre Geduld war am Ende. Sie bekam Panik, als sie durch den schmalen Felsspalt tauchte. Sie wollte schreien. Dann nahm sie die tauchende Nadine vor sich wieder wahr. Ihre tauchenden Bewegungen, die vielen Luftblasen. Nadine! „Atme", sagte sie zu sich, während sie sich mit den Armzügen weiter vorwärts brachte, „atme, wie Nadine gesagt hat, atme!" Obwohl sie natürlich unter Wasser nicht atmen konnte, wurde sie ruhiger. Es wurde etwas heller unter Wasser. Rasend schnell schoss sie aus dem Wasser und schrie auf, hielt sich aber sofort den Mund zu. Nadine schob sich durch den engen Höhlenspalt nach vorne.

„Sie sind weg! Ich kann das Boot nirgends mehr sehen."
Sie zwängte sich durch den Spalt, Aurora folgte ihr dicht.
Sofort brach ihnen eine Welle ins Gesicht, das Wasser
schaukelte mächtig. In der Ferne waren nach wie vor einzelne Segelboote und Surfer unterwegs. Nadine kletterte
an der rauen, scharfkantigen Felswand aus dem Wasser,
ein paar Meter in die Höhe.

„Ich sehe das Boot", brach sie heraus, weit weg in der Ferne, sie fahren zurück! Wir haben es geschafft!"
Sie ließ los und sprang ins Wasser. Gemeinsam schwammen sie eine kurze Strecke zurück, bis zu der Stelle, an
der sie ihre Badekleidung vermuteten. Sie war weg. „So
eine Scheiße!", schrie Aurora zornig. „Der Wind", lachte
Nadine und zeigte in ein paar Meter Entfernung an die
Felsen. Dort lagen tatsächlich ihre Sachen verstreut im
Sand. Schnell ergriffen sie sie und hielten sie fest in Händen.

„Glaubst du, wir sind in Gefahr?", fragte Aurora. „Wenn
ich das wüsste. Ganz raus sind wir wohl noch nicht aus
dieser Geschichte. Wenn wir die Wildnis auch hinter uns
haben. Wir müssen herausfinden, was mit den Opfern geschah. Ob sie gefunden wurden. Ob Namen veröffentlicht
wurden. Ob wir mit auf der Liste stehen. Auf der Liste der
Leute, die auf der Insel waren und von den kriminellen
Machenschaften erfahren haben konnten. Und auf der
Liste der Überlebenden vor allem! Beziehungsweise wissen die ja, dass zwei Frauen ihnen auf die Schliche kamen.
Und sie wissen grob, wie wir aussehen. Wenn sie uns für
gefährlich halten, werden sie gezwungen sein, uns zu finden und auszuschalten!"
„Tolle Aussichten", stöhnte Aurora und betrachtete ihren
Spinnenanzug, der voll Sand hing. Nadine setzte sich in
den Sand. „Ich möchte jetzt einfach auf meinen, unseren,
kosmischen Architekten vertrauen. Dass wir morgen si-

cher mit dem Flieger zurück nach Deutschland fliegen und die Geschichte dann hinter uns lassen können. So gruselig, hart und grausam es auch war. Da, schau, der Himmel färbt sich orange und rot. Ein herrliches Abendrot." Tatsächlich hatten Wind und Wellen nachgelassen. Die großen Wolkenberge verteilten sich am gesamten Firmament zu Streifen, die sich färbten in blau, orange, violett und leuchtend rot. Boote und Surfer wurden weniger. Nadine ließ sich nach hinten in den Sand fallen und schaute in den sich weiter färbenden Himmel. Aurora hockte neben ihr und hielt ihre aufgestützten Beine umklammert. Nadine rückte etwas näher und streichelte Aurora den Rücken. Sie fühlte die Wirbelsäule auf dem braun und bronzefarben gewordenen Rücken.

Lange saßen, bzw. lagen sie so da und schwiegen. Boote und Surfer waren verschwunden oder winzig klein zurück auf dem Weg zu Strand und Hafen. Der Horizont färbte sich weiter orangerot, die Sonne war zu einem glutroten Ball geworden. Es war warm. Vereinzelt kreischten Vögel im glutrot werdenden Himmel.

„Unglaublich, wie schnell hier Todesgefahr und paradiesische Herrlichkeit wechseln", empfand Nadine, während sie sich im Sand räkelte und immer noch Aurora streichelte. „Das mit der gerissenen Seilbrücke und unser Überleben in der Wildnis war heftig genug", meinte Aurora, „dass wir auch noch in eine kriminelle Geschichte verwickelt werden, hätte echt nicht sein müssen. Aber wenn das dein komischer Architekt so plant, muss er wohl einen Plan damit haben." „Aus der kriminellen Geschichte möchte ich hiermit aussteigen, das ist mir eine Nummer zu groß, danke", sagte Nadine und rieb sich Sand vom Körper.

„Ich frage mich", begann Aurora und sah dabei in die Ferne zu der mysteriösen Insel, „wie es meinem Affenfreund
Jackoff geht. Hoffentlich gut. Und hoffentlich findet er
eine Partnerin." „Eine Partnerin?", fragte Nadine, „du
schließt Freundschaft mit irgendeinem wilden Affen und
wünschst ihm eine Partnerin? Gehst du davon aus, dass er
das will oder hat er dir das gesagt?" Sie musste kurz lachen. Aurora lachte ebenfalls kurz: „Nein, gesagt nicht,
aber ich weiß es ganz sicher." Sie wuschen sich noch einmal den Sand vom Leib und stiegen in ihre Badesachen.
Gemeinsam schlenderten sie am Wasser entlang zurück
zum Hotelstrand, der mittlerweile auch weitgehend verlassen in der Abendsonne lag.

Sie gingen gemeinsam in Nadines Zimmer. Nadine streckte sich. Sie legte ihre Lotion und das Handtuch beiseite
und zog den Bikini aus. Sie lachte: „Wird Zeit, dass ich
duschen gehe, der Sand kriecht wirklich in alle Ritzen des
Körpers. „Tja, ich werde auf mein Zimmer gehen und auch
duschen", sagte Aurora. Doch Nadine meinte nur: „Nun
komm schon!" Sie winkte ihr, dass sie ihr folgen sollte und
verschwand in der Dusche. Nachdem beide ausgiebig geduscht und ihre Kleider angezogen hatten, Aurora das
neue weiße und Nadine ein enges Strandkleid in mais-
gelb, gingen sie in den großen Speisesaal, der ein
außergewöhnlich üppiges Buffet für alle Hotelgäste bereit
hielt.

Es war unbeschreiblich, was das Buffet zu bieten hatte.
Nadine war diese Art der übermäßigen Völlerei, der un-
glaublichen Vielfalt an exotischen und internationalen
Speisen und Getränken gewohnt, aber Aurora kam aus
dem Staunen nicht heraus. Sie nahm von hier und da,
probierte dies und das. Zufrieden aß und trank sie, bis sie
sich den Bauch hielt. „Ich denke, ich platze jetzt dann",

250

sagte sie noch immer kauend mit vollgestopftem Mund.
„Ja", sagte Nadine, „der Kontrast zu dem Angebot im
Dschungel ist krass. Vor Tagen habe ich einen wilden
Leoparden gerissen und die Keule verspeist, du hast dich
von wilden Früchten, Nüssen und Bananen ernährt. Rich-
tig satt wurden wir nie. Und zum Trinken Wasser. Klares
Quellwasser, Regenwasser, braune Brühe aus dem Fluss.
Immerhin eine kleine Auswahl." Später machten sie sich
an die lange Tafel bereitgestellter Desserts. Aurora rülpste
laut.

Spät am Abend gingen sie noch einmal durch die kleinen
Gassen spazieren. Im Laternenschein und Glanz der vielen Lichter der Geschäfte und Kneipen oder Restaurants,
liefen hinunter zum Strand, genossen noch einmal den
friedlich daliegenden Strand, die kleinen, sanften Wellen,
die sich in den Sand spülten. Irgendwo draußen tuckerte
ein Fischerboot. Der Mond stand schweigend am dunklen
Nachthimmel. Sterne glitzerten. Sie standen nebeneinander. Sie blickten sich an. Lächelten. Nadine duftete nach
sehr sinnlichem Parfüm. Aurora hatte dezent blauen Lippenstift aufgetragen, ihre fünf Ohrringe glänzten im Licht
der Laterne.
„Dürfen Freundinnen überhaupt knutschen und sich be-
fummeln?", fragte Aurora leise. Nadine lächelte. „Wer
erlaubt es uns? Wer verbietet es uns? Unsere Freundschaft
ist das, was wir beide daraus machen."
Sie legten sich gegenseitig den Arm um die Hüften und
schmiegten sich aneinander. So standen sie schweigend
da und lauschten den sanften Wellen.

„Auch wenn ich irgendwann verheiratet bin", sagte Aurora
weiter, „ich liebe dich. Du bist meine beste Freundin. Eigentlich auch meine einzige. Ich liebe dich." „Obwohl ich
so alt bin?", fragte Nadine. Aurora sah sie an: „Mir war

vom ersten Moment an, als ich dich kennenlernte, egal, wie alt du bist. Der Dschungel hat uns zusammengeschweißt. Hätte auch sein können, dass wir uns im Dschungel trennen oder jeden Tag streiten. Aber wir sind wie füreinander gemacht. Ich liebe dich", antwortete Aurora.

Nadine versuchte, Aurora einzuschätzen. Liebte Aurora sie wirklich? Oder ihren Reichtum und die Verlockung, endlich Vieles im Leben ermöglicht zu bekommen? Sah sie in Nadine nur einen Vorteil für sich? Gerade Sexualität setzte Aurora in der Vergangenheit schon unzählige Male als Waffe oder Mittel zum Zweck ein. Aber die Art, wie sie Aurora gespürt hatte, wie sie sich geküsst hatten, wie sie miteinander umgingen, miteinander redeten, sollte sie überzeugen.

Nadine schmiegte ihren Kopf an den von Aurora und flüsterte: „Ich liebe dich auch. Ich mag dich. Wir sind Freundinnen geworden und wir lieben uns. Mitunter auch sexuell. Für mich ist das okay." Aurora sah sie an: „Denkst du, unsere Männer kommen damit klar? Denkst du, wir sind doch bisexuell?" Nadine lachte. „Noch gibt es da keine Männer. Ob ich bisexuell bin, darüber mache ich mir gar keine Gedanken. Mich interessierten seither keine Frauen, nicht sexuell zumindest. Warum ich mich in deinen Armen gehen lassen kann, weiß ich nicht. Es ist eben einfach diese Zuneigung, das Vertrauen und die Liebe zwischen uns beiden. Ich will das nicht verallgemeinern. Nadine und Aurora. Wir beide. Unsere Leben. Unsere Freundschaft. Unsere Zukunft. Punkt."

„Danke", sagte Aurora und drückte sich fest an Nadine.

„Gehst du heute wieder in die Diskothek?", fragte Nadine, als sie gemütlich Richtung Hotel liefen. Aurora blickte nach unten auf den Weg. „Danke, mein Bedarf ist gedeckt. Gehen wir lieber noch auf einen Trink an die Bar, oder? Ich meine, es ist unser letzter Abend hier. Morgen fliegen wir zurück." Nadine sah sie an. „Ich habe eine andere Idee: Wir holen uns eine gute Flasche Wein und machen es uns auf dem Balkon oder im Zimmer gemütlich." „Hmmm", Aurora rollte einmal ihre Zunge über die Oberlippe, „klingt auch lecker. Ja, da bin ich dabei."

Sie hatten eine Flasche guten, wertvollen Rotwein gekauft und gingen wie gewohnt in Nadines Zimmer. Nadine legte ihr Handy auf einen kleinen Tisch. Leise Jazz-Musik klang aus diesem. „Nicht dein Geschmack?", fragte sie Aurora. „Nicht unbedingt, aber ich höre alles", war ihre Antwort. Sie machten es sich auf dem Balkon in zwei Korbsesseln gemütlich. Eine große Kerze flackerte in einem Glas. Mit einem „Plop" zog Nadine den Korken aus der Weinflasche und goss ein. „Zum Wohl!" Sie stießen die Gläser mit einem „Kling" aneinander. Es war ruhig. Leise schwang die Jazzmusik an ihre Ohren. Nadine atmete durch. „Welch' klare Luft. Es duftet nach Meer und nach den Bäumen." Überall zirpten Grillen ihr Lied in der Nacht. Im schwachen Schein der Kerze sahen sie sich an. Ihre Augen leuchteten. Beide lächelten. Sie nippten an dem Wein und schwiegen weiter. Lauschten dem Gesang der Grillen und der leisen Jazzmusik, die aus dem Zimmer zu ihnen auf den Balkon drang.

„Ich kann dir ja zuhause im Haushalt helfen, wenn du auf Arbeit bist", begann Aurora. Doch Nadine winkte ab: „Lass uns einfach nur im Hier und Jetzt sein. Du und ich. Hinter uns ein Abenteuer, vor uns zwei Gläser Wein und eine Kerze." Sie lächelte. Aurora formte einen Kussmund in ihre Richtung. Während Nadine die Beine übereinander geschlagen hatte, hing Aurora etwas breitbeinig im Sessel. „Es ist so wunderschön", hauchte Aurora. Ihre Augen bekamen Glanz. Schnell wischte sie eine Träne weg. „Ich will dich nie wieder verlieren." „Jetzt sind wir hier zusammen", sagte Nadine, „wie lange unsere Freundschaft hält, haben wir beide in der Hand. Und wir wissen ja: gemeinsam sind wir unschlagbar!" Aurora nickte. Wieder schwiegen sie, genossen Wein, Musik, die Stille der Nacht, die Sicherheit zivilisierter Umgebung.

Es war bereits sehr spät, als Nadine das Zimmer verließ, um kurz darauf mit der zweiten Flasche Wein zurückzukommen. Wieder das „Plop" des Korkens.
Sie lachten, erzählten, gähnten, prosteten sich immer wieder zu. „Oh, mir ist so heiß", stöhnte Aurora, richtete sich auf, stand auf und begann ihr Kleid abzustreifen. Da sie weder BH noch Slip trug, war sie im Nu nackt. Sie legte ihr Kleid im Zimmer über einen Stuhl, kam zurück auf den Balkon und lehnte sich mit angezogenen Beinen, die sie mit ihren Armen hielt, in den Korbsessel. „Schon wieder nackt?", fragte Nadine, „ich weiß nicht. Immer wenn wir nackt sind, passiert irgendetwas." Sie lachte. Aurora kniff die Augen zusammen und grinste: „Das, was jetzt vielleicht noch passiert, ist mir recht." Nadine machte ein fragendes Gesicht, während auch sie ihr Kleid abstreifte und den weißen Slip auszog.
So saßen sie sich einmal mehr nackt gegenüber, tranken von dem Wein und knabberten Erdnüsse dazu.
„Es ist wunderschön hier auf dem Balkon, aber lass uns reingehen. Ich werde müde", sagte Nadine und gähnte. Sie nahmen Gläser und Flasche, löschten das Kerzenlicht und gingen ins Zimmer. Da nur eine Leuchte des Nachttisches leuchtete, lag gedämpftes Licht im Zimmer. Aurora stellte ihr Glas ab. Sie schwankte kurz. „Ups, ich glaube, ich spüre den Wein. Und ich muss pinkeln." Wie immer, hier kannte sie keine Diskretion. Als sie aus der Toilette kam, lag Nadine auf dem Rücken auf dem Bett. Aurora kniete daneben, beugte sich vor und küsste sie kurz auf ihren Schamhügel. Dann lief sie mit ihrem Zeige- und Mittel-

finger über den Bauch und Oberkörper Nadines hinauf bis zu ihrem Mund. Sie streichelte ihre Wange. „Na, schläft meine Freundin schon?" Nadine öffnete ein Auge: „Ich spüre den Wein." „Wenn du zu viel hast, sauge ich dir ein bisschen davon raus", lächelte Aurora, beugte sich über sie und küsste sie fest und innig. Ihr Mund saugte an Nadines Zunge. Diese wehrte sich zunächst, gab aber schnell nach und ließ sich auf das hemmungslose Spiel der Zungen ein. Wild fielen sie übereinander her, küssten und streichelten sich am ganzen Leib. Aurora eroberte mit ihrem Mund und ihrer Zunge die Brüste und Brustwarzen Nadines, die erregt fest und hart im braunroten Kreis der Warzenhöfe standen. Dann hob sie den Kopf und hauchte: „Hey, deine Zimmernummer ist die 69, also lass uns auch so sein." Sie drehte sich auf dem Körper Nadines herum, kniete sich über sie, beugte sich vor und versengte mit Hingabe ihr Gesicht zwischen den Schenkeln von Nadine. Nadine spreizte die Beine weit, hob ihr Becken etwas an und stöhnte, während sie Auroras Hintern packte, die Pobacken knetete, sie etwas tiefer zu sich zog. Sie atmete Aurora ein und stöhnte noch lauter. Auroras Zunge glitt schnell kreisend und zuckend durch die feuchte Spalte Nadines, sie saugte an ihren Schamlippen, drückte gegen die feste Klitoris und stieß mit der Zunge tief in die warme Scheide ihrer Freundin. Nadine schrie kurz auf und stöhnte. Sie roch und spürte die kleine Spalte Auroras, die sich an ihrem Gesicht rieb. Ihre Zunge drängte sich dazwischen. Sie schmeckte Aurora und wurde noch hemmungsloser. Aurora drückte ihr Gesäß und ihr Geschlecht fester gegen Nadines Mund und Gesicht und knabberte an den vor Lust geschwollenen Schamlippen Nadines. Wieder stöhnte diese und krallte ihre Fingernägel in das feste Fleisch von Auroras Po. Aurora hielt inne. Sie atmete schwer. Regungslos klebte sie auf Nadine. Immer noch liebkoste Nadines Zunge ihre feuchte Spalte, die in die Pobacken gekrallten Finger spreizten den Po. Aurora keuchte. Nadine zog ihre Zunge langsam zurück und fuhr Aurora damit sanft kreisend über ihren Damm. Aurora heulte auf wie eine Katze. Nadine zog Aurora noch einen Hauch näher, ihre Zunge strich hauchzart über die kleinen Fältchen von Auroras Anus, Aurora richtete den Kopf hoch wie eine Wölfin im Mondlicht und presste ihr Stöhnen durch den geschlossenen Mund. Nadines Zunge strich nun mit der ganzen Fläche über den Anus und drückte die Spitze ihrer Zunge mit leichtem Druck gegen die kleine geschlossene Öffnung. Aurora gab animalische Laute von sich und genoss dieses Spiel etliche Minuten lang. Ihr Hintern bewegte sich, spielte mit Nadine, ihr Anus zuckte und neckte die Zunge Nadines. Längst hatten sich Auroras Finger ihren Weg in die Spalte Nadines gesucht und erforschten diese gierig und innig. Beide stöhnten und atmeten hechelnd. Immer noch rieb sich Nadines Zunge an Auroras Anus, drückte dagegen, reizte die Fältchen, ihr Finger hatte sich tief in die Spalte geschoben und massierte den Anus von innen. Aurora jaulte. Sie schrie vor Lust, schlug den Kopf hin und her, wurde geschüttelt, stöhnte laut auf und erstickte ihr Stöhnen, indem sie ihr Gesicht gegen das Geschlecht Nadines presste.

Erschöpft sackte sie zusammen und lag schwer auf Nadine. Sie rollte sich zur Seite, ihr Atem ging sehr schwer, wobei sie die Stiche in ihre Rippen ausblendete. Für Momente blieb sie regungslos liegen. Sie spürte die Zuckungen von Nadines Unterleib, der gegen ihren Körper stieß. Sie raffte sich auf, setzte sich so auf Nadine, dass sie ein Bein unter und ein Bein über Nadines Schenkel legte und ihre jetzt tropfend nasse Spalte gegen die von Nadine presste. „Uhh", stöhnte Nadine, „du hattest einen heftigen Orgasmus, ja? Lass gut sein, du bist bestimmt k.o." „Nicht bevor du auch hattest, was du brauchst", sagte Aurora schwer atmend und begann sich rhythmisch auf Nadine zu bewegen. Diese drückte ihr Becken ebenfalls schnell und rhythmisch gegen das Geschlecht Auroras, sie stieß ihr Becken dagegen, immer wilder und hemmungsloser. Wie zwei Scheren, sie sich kreuzen, saß Aurora auf Nadine und ritt diese mit schnellen, stoßenden Bewegungen. „Schneller, fester", schrie Nadine, ihr eigener Rhythmus beschleunigte erstaunlich. „Ja,ja,ja,ja,jaaa", schrie sie, während zwei ihrer Finger ihre eigene Brustwarze stimulierten, wobei Aurora in die andere zwickte, diese rieb und kniff. Schweiß rann in Bächen an Nadines Gesicht ab, ihre Haare klebten am Laken, immer hemmungsloser und fester stieß sie zu, die nassen Körper klatschten aufeinander. Aurora biss sich auf die Unterlippe und rieb sich schneller an Nadines Geschlecht. Mit einem lauten Aufschrei schlug Nadine noch einmal hart gegen Auroras Unterleib, ihre Zuckungen gingen rasend schnell. Dann sackte sie zusammen, krallte nach Aurora, zog diese zu sich, ihr Schweiß klebte aneinander, sie schlang ihre Beine schlangenartig um die von Aurora, sie küssten sich innig und schmeckten sich gegenseitig. Ihr Atem war synchron, gleichmäßig, tief und schwer.

Die Grillen zirpten weiter ihren Gesang, der Jazzmusiker im Handy hatte aufgehört zu spielen. Der Mond schien in das Zimmer, beleuchtete die Insel, das Meer und die Welt. Sanft spülten die Wellen im Dunkel gegen den Sand auf der mysteriösen Insel, die so viele Geheimnisse barg.

Hoch oben am höchsten Gipfel des Gebirges lag im Mondlicht ein großer schwarzer Panther auf dem Fels. Zufrieden schnurrte er vor sich hin. Seine grüngelben Augen glänzten im Mondlicht. Irgendwo in der Ferne machten Fledermäuse und Flughunde über den schwarzen Wipfeln der Bäume ihren üblichen Lärm. Im Dickicht dunkel schwarzer Blätter, Gräser und Pflanzen zu Füßen riesengroßer Bäume zwischen deren knochigen Wurzeln, die sich wie schwere Arme und Riesenfinger durch das Unterholz schoben, schnappte eine Schlange nach einer Maus.

Dienstag

Die Sonne hatte sich behauptend in den wolkenlos blauen Himmel geschoben und die Morgendämmerung verdrängt. Wie üblich stürzten sich die Hotelgäste hungrig und gierig auf das Frühstücksbuffet. Kinder brüllten, Geschirr klirrte und klapperte. In eine enge Jeans und ihr weißes Shirt gekleidet, wählte Nadine das Gericht Nasi Lemak, bestehend aus in Kokosmilch gedämpftem Reis, scharfer Sambal-Paste, getrockneten Anchovis, Gurken, gerösteten Erdnüssen und gekochtem Ei. Aurora, die in ihrem schwarzen Top und der schwarzen Ballonhose neben ihr stand, griff ein mit Banane gefülltes Fladenbrot, dazu Kartoffeln, Aubergine, serviert auf Bananenblättern. Eine etwas korpulente Dame mit auffällig rotem Lippenstift und einem Jumpsuit in wild gestreiftem Zebralook drückte sich gegen Nadine, sodass ihr fast das Essen vom Teller fiel. Neben ihr stand müde und mürbe dreinschauend ein hagerer, älterer Herr in einem steifen, weißen Anzug und einer schrill bunten Krawatte, die einen Papagei darstellte.

„Sie haben nicht zufällig die Zimmernummer 69? Das Zimmer direkt neben uns?", fragte sie verärgert und spöttisch. Nadines Wangen röteten sich. „Und wenn?", antwortete sie. Arrogant hob die Dame den Kopf: „Ich weiß nicht, was gestern Nacht in ihrem Zimmer vorging, aber ich hätte um ein Haar die Polizei gerufen. Ich dachte, es würde jemand umgebracht!" Nadine wurde sichtlich rot. Aurora lachte laut auf. Nadine suchte nach einer Entschuldigung, nach Worten. Aurora drückte sich dazwischen: „Sie, wir sind hier in einem exotischen, wilden Land auf Abenteuerurlaub! Da müssen sie sich schon auch mit wilden Sachen abfinden." Sie lachte und fügte hinzu: „Lassen Sie doch auch mal zur Abwechslung das wilde Tier in Ihnen raus! Sorgen Sie doch mal wieder dafür, dass bei Ihrem Mann nicht nur der Anzug steif ist!" Wieder lachte sie. Die Dame holte Luft. Sie wurde knallrot. Ihr Mann sah verschämt zu Boden. Aurora entging nicht, dass er aus den Augenwinkeln heraus Nadine mit seinen Blicken förmlich verschlang. „Ordinäres Luder", herrschte die Dame Aurora an. „Flittchen!" Sie wandte sich ab und stieß noch aus: „Billige Lesbe!" Nadine holte Luft, doch Aurora winkte nur ab: „Komm, unser Kaffee wird kalt."

Als sie am Frühstückstisch saßen, sagte Aurora zu Nadine: „Wie du mich gestern Nacht ... also ich meine ... wo du mich ... wie du mich ... so hat mich noch nie jemand ... das hat noch kein Kerl bei mir gemacht. Das war für mich immer tabu. An diese Stelle da hinten ließ ich noch nie einen ran. Ich wollte es nicht verlangen, sorry." „Verlangen?", konterte Nadine, „du hast nichts verlangt. Es erfüllt mich mit Stolz und Freude, dass ich, deine beste Freundin, herausfinden durfte, was du wirklich brauchst, was dich erfüllt. Aber du hast mich auch ...", sie wurde unterbrochen. „Achtung, unser Zebra kommt", flüsterte Aurora.
Bissig dreinschauend blieb die Dame dicht neben ihr stehen. Sie hielt ihr Frühstückstablett in Händen, das vollgestellt war, als wolle sie den Turmbau zu Babel nachbilden. „Mein Mann ist Abteilungsleiter! Er hat 300 Leute unter sich", sagte sie stolz. Aurora verstand nicht, gab aber sofort zurück: „Aha, dann ist er wohl Friedhofsgärtner." Die Dame verstand nicht. Sie wurde sichtlich roter, suchte nach einem Trumpf. „Haben Sie hier schon gekochten Affen in Curry-Mango mit Bambussoße bestellt? Wir schon!" Siegessicher sah sie auf Aurora herab. Aurora blieb ruhig und sagte forsch: „Haben Sie hier schon drau-

ßen im echten Dschungel einen Leoparden mit bloßen Händen erwürgt, ihm die Hoden herausgerissen und seine Hinterkeule über dem Feuer geröstet? Wir schon!" Sie nickte bestätigend. Die Dame würgte und ächzte: „Edelbert, weg von hier, die spinnt! Die ist auf Drogen!" Schnell zogen sie weiter. Aurora lachte. Nadine schüttelte den Kopf und meinte: „Also, ein paar Dinge muss ich dir noch beibringen." Wieder lachte Aurora: „Ich dir auch!"

Sie hatten beide ihre Koffer gepackt. Nadine ihre vier Koffer, den kleinen, den mittelgroßen, den großen und den ganz großen Koffer. Auch Aurora hatte ihren Koffer gepackt, der ungefähr halb so groß war, wie der kleine Koffer von Nadine. Nadine hatte sich noch eine deutsche Zeitung am Flughafen gekauft.
Gegen Mittag saßen sie im Flugzeug auf der Rückreise nach Deutschland. Einzelne kleine Wolkenfetzen flogen an ihnen vorüber. Aurora schaute aus dem Fenster und sah das Meer türkisblau und dann dunkelgrau glitzernd unter sich liegen. Bald waren Schiffe nicht mehr zu erkennen. Aurora grübelte: „Unsere schlimme, geheimnisvolle Insel. Was wohl aus ihr wird? Aus dem mysteriösen Bergwerk oder was auch immer das ist. Aus den Opfern der gerissenen Seilbrücke. Was war das nur für ein geheimnisvoller schwarzer Panther? Und wie geht es Jackoff, meinem Affenfreund? Wer weiß, vielleicht werden schon bald die nächsten Menschen auf der Insel in ein gefährliches Abenteuer verwickelt."
Sie konnte nicht ahnen, wie recht sie haben sollte.

Sehr früh am Sonntagmorgen gegen 5 Uhr war der Junge aufgestanden. Am Vorabend hatte er sich vom Abendbuffet verschiedene Dinge eingepackt. Brötchen, Obst, Käse. Sonnenschutzlotion, Taschenmesser, Taschenlampe, Handy, Feuerzeug und Schreibzeug waren im kleinen

Rucksack verstaut. Aufgeregt schrieb er seinen Eltern eine Nachricht: Bin heute schon früh wach und möchte Fotos von der Morgensonne machen. Fahre mit dem Boot ein Stück raus. Keine Sorge, passe auf. Bin am Spätnachmittag zurück. Euer „Frosch". Sie hatten ihn immer liebevoll „Frosch" genannt, weil er als kleines Kind schon immer unruhig war und ständig umher hüpfte.

Entschlossen lief er zum Strand, der noch ruhig und verlassen dalag. Die kleinen privaten Boote schaukelten am Ufer festgebunden vor sich hin. Der Junge stutzte. Irgendetwas hatte er am Strand entdeckt. Er lief darauf zu und traute seinen Augen nicht. Direkt am Ufer steckte eine große schwere, scharfe Machete im Sand. Vorsichtig zog er sie heraus und betrachtete Griff und Klinge. Das war sein Zeichen! Wer auch immer diese Machete hier vergessen hatte oder als Zeichen für irgendjemanden hinterließ. Für ihn war es das Zeichen für den Aufbruch zur geheimnisvollen Insel.

Am späten Vormittag schaukelte das kleine Boot an einem morschen Ast festgebunden im Uferwasser der Insel. Von dem Jungen fehlte jede Spur. Der Dschungel hatte ihn verschluckt. Aber das ist eine andere Geschichte.

Nadine blätterte hektisch die Zeitung durch. „Heute Morgen haben Leute aus unserem Hotel erzählt, dass ein Bericht über die vermissten Personen in der Zeitung stünde – da hier!" Sie schlug die Zeitung zurecht und las leise vor: „ Die seit vielen Tagen vermissten Personen, die bei Kadjar-Dahadsch spurlos verschwunden waren, wurden geborgen. 22 Personen galten als vermisst, darunter auch sechs Jugendliche. Eine Suche auf der unbewohnten Halbinsel lehnte die Behörde zunächst ab, da es sich hier um ein absolutes Naturschutzgebiet handele und keinerlei Expeditionen auf die Insel zulässig seien. Aufgrund hartnäckiger Zeugenaussagen, es hätte doch eine Expedition auf die Halbinsel gegeben, wurde die Insel schließlich doch zunächst mit Militärhubschraubern überflogen. Hierbei fand man die Leichen der Vermissten im Bereich einer historischen, nun aber gerissenen Hängeseilbrücke. Unter schwierigsten Bedingungen konnten 19 Leichen geborgen werden. Eine vermutlich männliche Person gilt weiterhin als vermisst. Zwei Frauen, die ebenfalls als vermisst galten, meldeten sich nach mehreren Tagen wieder im Hotel zurück, gaben aber an, im Landesinneren verschollen gewesen zu sein, bzw. die Orientierung verloren zu haben. Wie die Verunglückten auf die Insel gelangten, ist zurzeit noch Gegenstand polizeilicher Ermittlungen. Nach z.T. widersprüchlichen Aussagen von Angehörigen soll im Hafen eine zweitägige Expedition auf die Halbinsel mit Besuch der Hängebrücke angeboten worden sein. Dies bestätige auch ein bei der Polizei eingegangener anonymer Hinweis. Von einem solchen Anbieter wollen die Behörden nichts gewusst haben, außerdem fehlt von dem Anbieter der Expedition, sowie von dem angeblichen Begleiter, der als Ranger die Gruppe führte, bislang jede Spur. Während vereinzelt Angehörige Fotos per Handy zugeschickt bekamen, die die Gruppe im Bereich der Seilbrücke zeigen, konnten im Zuge der Bergung der Verunglückten keinerlei Fotoapparate oder Handys sichergestellt werden, was für die Ermittler völlig rätselhaft ist. Da es von offizieller Seite aus verboten ist, die Insel zu betreten, wird es schwer werden, Verantwortliche für dieses Unglück zu finden und haftbar zu machen."

„Hart", sagte Nadine trocken weiter, „einfach hart, diese ganze Geschichte. Da hängen oder liegen tagelang Leichen oder Schwerverletzte an Steilhängen oder in Schluchten, Schwerverletzte, die schließlich ihren Verletzungen erlagen, man sucht tagelang nicht nach ihnen, bzw. nach uns und dann werden Leichen geborgen, aber alle Beweisstücke, sprich Handys und Fotoapparate sind verschwunden. Lächerlich!" Aurora schüttelte nur ratlos den Kopf. Sie sah Nadine an: „Sicher ist ja, dass hinter der ganzen Insel eine kriminelle Organisation steckt. Hoffentlich verfolgen sie uns nicht weiter. Schließlich haben wir da ein paar Dinge entdeckt ..." Nadine nickte: „Immerhin haben wir hartnäckig angegeben, nicht auf der Halbinsel gewesen zu sein." „Aber sie sind uns begegnet, sie wissen grob, wie wir aussehen", sagte Aurora und biss sich dabei wie so oft auf die Unterlippe. „Wir hätten so tun sollen, als seien wir auch gestorben, von einem Mann wird ja auch noch die Leiche gesucht", sagte sie weiter. Nadine wehrte ab: „Du vielleicht. Ich kann mich nicht als gestorben ausgeben. Ich habe ein Leben zuhause und einen Job. Ich werde da erwartet und gebraucht und zwar lebend." Sie schwiegen. Die Stewardess brachte Getränke und kleine Snacks.

Zurück in Deutschland fuhren beide mit dem Taxi zur Wohnung von Nadine. Während der Fahrt nahm Nadine Kontakt mit ihrem befreundeten Chefarzt der nahe liegenden Klinik auf und vereinbarte für den nächsten Tag Termine für die dringenden gesundheitlichen Untersuchungen von Aurora und ihr. Nach wie vor schmerzte ihre Schulter heftig und auch sonst tat ihr mittlerweile jeder Knochen im Leib weh und die Füße glühten und schmerzten.

Langsam näherte sich das Taxi der großen breiten Einfahrt. Nadine tippte einen Code auf ihrem Handy ein und das große schwere schmiedeeiserne Gittertor öffnete sich. Zu beiden Seiten des Tores befanden sich zwei hohe, weiße runde Säulen, die mit Dächlein aus terracotta-farbenenTonziegeln versehen waren. Rechts und links zogen sich ebenso hohe weiße Mauern hin.

Das Taxi fuhr ein und Aurora klebte mit ihrer Nase an der Scheibe. Langsam fuhr das Taxi den langen mit feinem Split belegten Weg durch eine Schatten spendende Baumallee. Dann lag die große, in weiße Fassade gekleidete Villa vor ihnen. Das Taxi fuhr um einen Kreisel, welcher aus einem großen Springbrunnen bestand, umsäumt mit unglaublich vielen bunten, schönen Blumen und Farnen. Sie stiegen aus. Aurora starrte auf das große Anwesen. Die Villa war sehr breit mit einem etwas nach hinten versetzten großzügigen Eingangsportal und großen Fenstern mit schmalen eleganten hellgrauen Holzfenstern mit Sprossen. Das Glas spiegelte jedoch blaugrau und gab keinen Blick ins Innere frei. Zwei große runde Erker säumten die Flanken rechts und links.

Sie betraten das Haus und auch hier staunte Aurora weiter über die große Empfangshalle, die in hellen Farben gehalten, jedoch mit einem anthrazitfarbenen Steinboden belegt war. Überall standen Pflanzen und Palmen in verschiedenen Größen dekorativ platziert in hellgrauen schlicht gestalteten Kübeln. In einem Zimmerbrunnen, der beachtlich hoch war, lief gluckernd und sprudelnd Wasser über kaskadenartige kleine Felsformationen, beschienen vom Sonnenlicht, das von oben durch das pyramidenartige Glaskuppeldach schien und die Pflanzen des Brunnens in wechselnd grünen Farbtönen badete.
Der Taxifahrer stellte alle Koffer ab und bedankte sich für das überaus großzügige Trinkgeld, bevor er verschwand.
„Liefen die beiden Brunnen, der außen im Hof und der hier, die ganze Zeit, während Du im Urlaub warst?", fragte Aurora neugierig. „Nein", lachte Nadine, „das ist alles programmiert, ich habe es vorhin nur kurz mit einer Taste auf meinem Handy aktiviert."
Nadine gähnte herzhaft und streckte ihre Arme von sich, wobei ihr ein übler Schmerz durch die Schulter fuhr und

sie zusammenzucken ließ. Sie beugte sich nach unten, zog ihre Schuhe aus und bewegte nacheinander ihre Fußzehen auf dem warmen glatten Steinboden. Aurora lächelte und zog sofort ebenfalls ihre ausgetretenen Schuhe aus und besah ihre geschundenen Füße, die abgebrochenen Fußnägel und die aufgeschürfte Haut überall. „Das ist ein Palast!", staunte sie, sich nach allen Seiten gleichzeitig umschauend, wobei sie kurz aber kräftig schielte.

Nadine strich ihr Kleid glatt und winkte Aurora zu sich. „Komm, ich habe Durst!"

Aurora konnte sich gar nicht satt sehen, als sie das Wohnzimmer betrat. Sofort ging sie ein paar Schritte auf die Glasfensterfront zu, die auf der anderen Seite des Raumes die gesamte Wandfläche einnahm. Saftig grün lag eine von kleinen Bäumen und Stauden umrahmte Wiese jenseits der in hellgrauer Farbe gehaltenen Holzterrasse. Dahinter glitzerten abertausende kleine silberfarbene Sterne auf dem Dunkelblau eines unüberschaubar großen Sees. Sie konnte einen kleinen Steg erkennen und eine kleine elegant gebaute Hütte, in der, wie Aurora später sehen sollte, sich eine geräumige, moderne Sauna befand. „Wie heißt der See?", fragte sie. Nadine kam barfuß auf leisen Sohlen mit zwei Champagnergläsern in der Hand aus der Küche zurück. „Starnberger See", antwortete sie mit einem Lächeln im Gesicht und stellte die Gläser auf den mit vielen kleinen Glasmosaiken getäfelten Glastisch. Aurora atmete tief ein und aus. „Und hier kann ich wohnen? Echt jetzt? Das ist affengeil!" Sie zuckte zusammen, als sie für einen Bruchteil einer Sekunde das Gesicht des wilden Affen aus dem Urwald vor sich sah, den sie liebevoll „Jackoff" nannte. Und der affengeil war.

Sie blickte an Nadine vorbei zur Seite: „Die Figur dort, der Adler, sieht fantastisch aus. Man meint, der schaut einem an." Auf der Terrasse auf einem fast zwei Meter hohen Sockel war ein Adler in Lebensgröße mit ausgebreiteten Schwingen gerade dabei, abzuheben. Sockel und Adler waren aus blaugrauem Stein gefertigt, wobei der Adler sehr naturgetreu gestaltet war und seine Augen wie echt wirkten. „War der teuer?", wollte Aurora wissen.

„Sehr teuer sogar", antwortete Nadine. „Ich habe ihn auf einer Auktion ersteigert. Der Künstler ist anonym, seine Initialen sind L.B. Niemand kennt ihn, aber seine Werke werden weltweit sehr hoch gehandelt. Mir gefällt die Art, wie er Figuren aus totem Material Leben einhaucht. Der Adler stellt für mich Freiheit dar, das Loslösen vom irdischen Untergrund, welcher versucht, ihn festzuhalten. Und im Grunde sind auch alle Lebewesen aus keinem anderen Material als die Erde, auf der sie leben."

„Und das dort?" Aurora zeigte auf einer Vitrine auf eine ca. 40 cm hohe Figur, die ein Mädchen im frühen Teenageralter darstellte, die nackt in großen Sprüngen in eine Pfütze springt. „Bronzeguss. Auch von dem unbekannten Künstler. Die Wasserpfütze ist aus Glaskristallen gefertigt, in denen sich das Mädchen hundertfach spiegelt. Diese Figur stellt für mich die Unbefangenheit und Freiheit der Kindheit und Jugend dar." Aurora staunte. „Hast du noch mehr Kunstwerke von Mr. Unbekannt?" „Ja", antwortete Nadine, „drei weitere, zeige ich dir nachher gerne auch noch."

Aurora rollte die Augen mit einem Augenzwinkern: „Solange es keine Krokodile, Schlangen, Raubtiere, giftigen Spinnen oder Stechmücken sind."

„Genug der wilden Tiere", sagte Nadine mit einem hörbar trockenen Mund und goss aus einer Karaffe klare Flüssigkeit in die Champagnergläser.

Das Sonnenlicht glitzerte in allen Spektralfarben in den gläsernen Kelchen. Was fehlte, war das Prickeln des Champagners. Aurora und Nadine wünschten sich für diesen Anlass der Heimkehr, lebend und bei mehr oder weniger akzeptabler Gesundheit, einfach nur klares Wasser. Frisches, kühles, klares Wasser. Sie sahen darin etwas sehr Kostbares, seit sie aus dem Dschungel heimkehrten.

Entspannt standen sich die beiden unterschiedlichen Frauen gegenüber. „Kling", die Gläser stießen aneinander.
„Auf unser Wohl", lächelte Nadine. „Auf unsere Freundschaft", sagte Aurora stolz. „Auf unser Überleben", fügte Nadine hinzu und hatte damit sehr wohl nicht nur das Überleben der Strapazen im Urwald gemeint, sondern auch die Tatsache, dass Aurora ihre Suizidabsichten überlebte. Aurora schielte kurz und sah dabei endlich auch wieder kurz auf ihre ins Gesicht hängende Haarsträhne. Sie lachte: „Und auf die zwei Männer, die irgendwo da draußen auf der Welt darauf warten, von uns erobert zu werden. Das gibt eine geile Doppelhochzeit!" Nadine verschluckte sich fast, ohne getrunken zu haben. Sie lachte: „Na dann!"

Fortsetzung folgt!

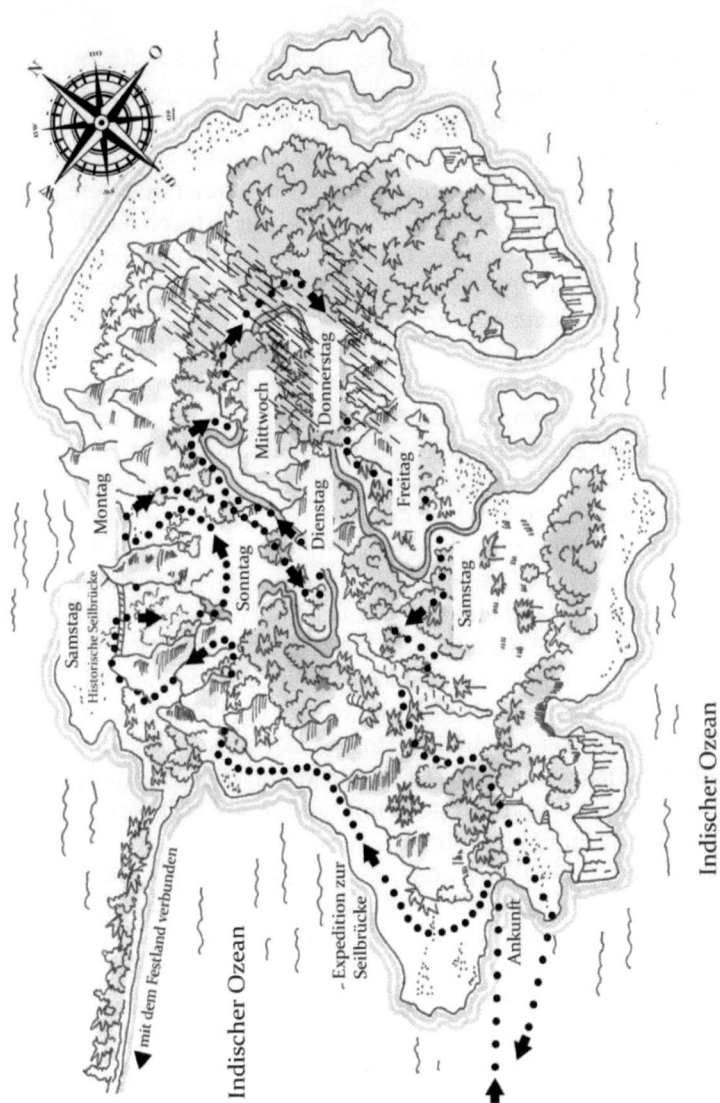

Epilog 1

Penetranter Schweißgeruch lag in dem dunklen Raum schwer in der Luft. An der Decke des schlicht eingerichteten Raumes summte ein Ventilator und vermischte den Schweiß mit schweren Qualmwolken einer dicken Zigarre. Knarrend ging die Türe auf und zwei Männer betraten den Raum. Fahles Sonnenlicht drang nur schwer durch die schmalen Ritzen des herabgelassenen Rollos. Einer der Männer war groß, hager und hing mit dem Kopf leicht nach vorne. Seine schwarzen Haare klebten wie nass am schmalen Schädel und waren streng nach hinten gekämmt. Sein hervorstehender Adamsapfel hing fast wie ein spitzer Stein an seinem Hals. Er war glatt rasiert und roch nach einem strengen Parfüm. Der auffallend rote Anzug, den er trug, war frisch gereinigt und saß maßgeschneidert am dürren Leib des Mannes. Der zweite Mann war etwas kleiner. Er hatte einen dunklen Teint, trug einen schwarzen Oberlippenbart, dessen Spitzen leicht gedreht waren und einen spitz zulaufenden Kinnbart, der vereinzelt mit grauweißen Strähnen durchsetzt war. Sein Haupt zierte ein weißer Turban. Er trug ein schlichtes helles Hemd, das er leger über der Hose trug, eine weite, in Falten geschlagene dunkle Hose und ebenso schlichte, einfache Leinenschuhe. Der hagere Mann im roten Anzug räusperte sich und sah gespannt auf die hohe Rückseite der Sessellehne, hinter der der dicke Qualm hervor stieg. Langsam drehte sich der Sessel. Der hagere Mann schluckte und versuchte, seinen nach vorne hängenden Kopf aufzurichten, was ihm nicht gelang. Im Sessel saß ein Mann. Etwa vierzig Jahre alt. Vielleicht. Schwer zu schätzen. Sein grau meliertes Haar war millimeterkurz geschoren. Der hagere Mann sah in zwei zusammengekniffene Augen, die im schwachen Licht bronzefarben funkelten. Das von der Sonne extrem gegerbte Gesicht des sehr kräftig gebauten Mannes sah kalt und entschlossen aus. Sein Hals glich einem Stiernacken. Seine Schulter-, Brust- und Oberarmmuskeln schienen das in olivgrün gehaltene, von dunklen Schweißplatten durchnässte, ärmellose Shirt zu sprengen. Wulstige Finger zogen die Zigarre aus dem Mundwinkel. Dicker Qualm drang aus Nase und Mund und stieg auf, um vom Ventilator verwirbelt zu werden. Die schweren, muskelbepackten Arme, sowie die Brust des Mannes waren mit bunten, schrillen Tätowierungen nahtlos übersät. Unterhalb des rechten Auges verlief eine lange hässliche Narbe über die Wange am Mundwinkel entlang bis zum unrasierten Kinn.

Wie ein Stier blies er den Rest des Qualmes durch die Nase in die stickige, schwüle Raumluft, lehnte sich zurück und sagte in einer tiefen, monotonen Stimme: „Ich höre!" Der dünne Mann grinste souverän. „Wir haben Informationen, Bull, Sir! Nach der Leiche eines Mannes wird noch gesucht. Alle anderen sind tot." Er räusperte sich und kratzte sich am hervorstehenden Adamsapfel. „Allerdings behaupten zwei Frauen, nicht auf der Insel gewesen zu sein. Angeblich hatten sie sich im Landesinneren verirrt. Einer von Cworvskys Männern gibt aber an, bei Stützpunkt Cobra auf Frauen gestoßen zu sein. Sie seien verwildert und nackt gewesen ..." Der stiernackige Mann lehnte sich nach vorne: „Verwildert und nackt? Splitternackt?" „Splitternackt!", wiederholte der dünne Mann kichernd. Der Mann mit dem Turban zeigte keine Regung. „Und eine der Frauen habe ihn mit einer MP bedroht. Dann seien sie in einem kleinen Ruderboot geflohen", fügt der Dürre hinzu. Die Mundwinkel des Muskelmannes zuckten. „Willst du mir hier dein Todesurteil anbieten? Oder warum erzählst du mir so einen Scheiß?", fragte er gelangweilt und doch grimmig. „Mit einem Ruderboot geflohen? Zwei nackte bewaffnete Frauen? Warum hat er sie nicht umgenietet? War er nicht bewaffnet?" „D-d-doch", begann der andere zu stottern, „aber sie zwang ihn, die Waffe fallen zu lassen und dann flohen sie im Dunkel der Nacht."

„Mit einem Ruderboot. Nackt. Mit einer MP bewaffnet. Davon gepaddelt. Einfach so", knurrte die Muskelmaschine und setzte mit hochgezogener Augenbraue hinzu: „Ich darf davon ausgehen, dass man dieses Weichei sofort eliminiert hat?" Der Mann im roten Anzug wurde blass. „Nein, Bull, Sir, man rang ihm noch ab, eine genaue Beschreibung der beiden Frauen zu liefern. Außerdem hört er auf den Namen Bounders, Felsbrocken, Bull, Sir. Sie kennen ihn."

Die Augen des Angesprochenen weiteten sich. „Bounders? Ich wusste nicht, dass er im Stützpunkt Cobra sitzt. Von einer nackten Frau überrumpelt? Das kann ich nicht fassen. War er wieder sturzbetrunken?" „Nein, Bull, Sir, nüchtern wie selten!" „Dann muss er beim Anblick der nackten Frau den Verstand verloren haben", flüsterte er vor sich hin. „Warum hat man sie nicht eingeholt und versenkt? War das Paddelboot der beiden Frauen zu schnell?" , fragte er zynisch, stützte seine Arme wie zwei Stahlsäulen auf die Sessellehnen seitlich und legte den Kopf leicht zur Seite.

Schweiß rann dem dünnen Mann von der Stirn. Seine Oberlippe zuckte permanent. „Sir, Bull Sir, man folgte den Frauen mit einem schnellen Elektroboot, aber in der Dunkelheit kam plötzlich eine unbeleuchtete Yacht vom Ufer her entgegen. Man vermutete die Küstenwache und zog sich schnell zurück, Bull Sir!" „Die Küstenwache?", fragte der Muskelbrocken und sog dabei tief Luft ein, „das wird ja immer besser. Die Küstenwache? In einer unbeleuchteten Yacht! Hast du mir auch brauchbare Nachrichten? Sonst gebe ich deinen nutzlosen Leib diesem taubstummen Etwas, das da neben dir so reglos an einem schäbigen Turban hängt jetzt wieder mit. Ohne deinen Kopf allerdings!" Der dürre Mann schluckte und sah auf die große, scharfkantige Machete, die greifbar vor dem Stiernacken mit der Spitze im harten Holz des schweren Schreibtisches steckte. „Ja, Sir, Bull-Sir, wir haben die Identität der einen Frau ermittelt." Er versuchte, stolz seine schmale Trichterbrust aufzublasen, was ihm nicht gelang. „Wer die Tussi mit der MP war, wissen wir nicht. Über sie war nichts herauszufinden. Sie muss russisch gesprochen haben. Aber die andere muss auch nicht ohne sein, wenn sie sich in diesem Dschungel nackt durchschlug ..." Der zigarrenrauchende Muskelberg schrie ihn an: „Sabbere nicht um dein Leben, du mickriger Wurm!" Der dürre Mann trat einen Schritt vor und beugte sich leicht. „Eine international bekannte, reiche Star-architektin aus Deutschland. Nadine Vagin." Er zog ein Handy aus seinem Jacket und zeigte ihm ein Foto. „Überall im Internet zu finden. Bingo!" Die Muskelmasse schob sich näher, griff das Handy, lehnte sich zurück und betrachtete das Foto. „Diese Frau? Nackt? Im Urwald? Und hält zusammen mit einer anderen russischen Tussi unsere besten Männer in Schach und entkommt uns?" Jetzt fühlte dich der Dürre wieder sicherer. Der Mann mit dem Turban stand wortlos daneben. Der Dürre sah seinem Gegenüber durch den dicken Zigarrenqualm hindurch in die Augen. „Katze, Schicksal oder Kill? Bull!" Durch das Weglassen des Namens Sir wollte er deutlich seine Überlegenheit und Abneigung demonstrieren. Noch einmal betrachtete die menschliche Kampfmaschine das Foto auf dem Handy.

„Katze!", sagte er schließlich kalt und verzog einen Mundwinkel zu einem Grinsen. „Nackt", fügte er leise vor sich hinsagend dazu, „schaue ich mir näher an." Er drehte den Hals etwas und schrie: „Und jetzt raus! Und nimm den stinkenden Turban mit! Sonst wische ich mit ihm die

Pisslache unter deinen Füßen auf!" Der Mann mit dem Turban sah ihm unbeeindruckt in die Augen.

„Kill". Das war einer der besten Auftragskiller der Organisation und bedeutete: Töten. Aus dem Weg schaffen. Schnell. Lautlos.

„Schicksal". Das hieß: Unfall. Keine Spuren. Nur ein unglücklicher Umstand und eine Tote. Autounfall. Oder Stromschlag. Oder vergiftet durch falsche Pilze. Schicksal eben.

„Katze". Das war die hochgewachsene, blonde Daphne und bedeutete: Die Katze fängt die Maus, bringt sie lebend und legt sie dem Chef vor die Füße. „Katze" hatte Bull-Sir entschieden.

Epilog 2

Einige Tage zuvor. Leise und langsam setzte sich die 8 Meter lange Yacht in Bewegung. Es war bereits dunkel. Begleitet vom tuckernden Geräusch des Motors glitt das Schiff durch die schwarzen Wellen, die gleichmäßig an den Schiffsrumpf klatschten. Nik-ki lenkte die Yacht langsam aus dem Bootshafen und steuerte auf die verbotene Insel zu. Nik-ki hatte einen dunklen Teint, war 21 Jahre alt, trug schwarze, schulterlange Haare. Er war sportlich durchtrainiert wie alle an Bord, aber doch recht schlank. Er war der vermutlich letzte Nachkomme der nordamerikanischen Flamingo-Indianer, einem kleinen Stamm, der vor vielen Jahren in den dichten Wäldern in der Nähe der kanadischen Grenze beheimatet war. An seiner Seite saß sein bester Freund Sabu. Dessen schneeweiße Zähne glänzten im pechschwarzen Gesicht. Sein sehr kurzes, schwarzes, krauses Haar saß wie eine Kappe auf der dunklen Kopfhaut. Er war noch eine Spur schlanker als Nik-ki, aber ebenso trainiert und sportlich. Sabu gehörte zum Stamm der Nuba in Afrika. Beide wurden von Jeff Dulano und seiner Frau Patricia als kleine Kinder adoptiert. „Jeff", sagte eine weitere Person, die mit an Bord anwesend war. Der kräftige, blonde, vollbärtige Jack trug einen Taucheranzug und bastelte an der Pressluftflasche am Ventil herum, „gut, ich weiß, Professor Noa, unser Auftraggeber, bat uns lediglich, nächtliche Tierstimmen aufzuzeichnen, aber ich möchte mehr über diese dumpfen Nebengeräusche erfahren, die alles andere als tierisch klangen." Jack war ehemaliger US-Marine und seit seiner Pensionierung betrieb er in Hamburg ein sehr gut gehendes Fischrestaurant und war in seiner Freizeit mit diesem bunt gemischten Abenteuerteam oft im Auftrag der Wissenschaft unterwegs. Seine Leidenschaft galt dabei seinem Ein-Mann-U-Boot, das er oft bei seinen sätzen sinnvoll einbringen konnte.

Jeff fixierte das Infrarot-Nachtsichtgerät. Er war hauptberuflich in Hamburg bei der Küstenwache beschäftigt, in seiner Freizeit aber mit seiner Abenteuermannschaft auf allen Kontinenten der Welt unterwegs. Um Urlaube zu genießen oder den ein oder anderen Auftrag im Namen der Wissenschaft auszuführen. „Ja, Jack, ich weiß, mich interessiert diese Insel auch. Die Sache mit den verschollenen Personen ist doch sehr merkwürdig. Auch wie sich Polizei und die Behörden hier verhielten. Irgendetwas wird hier verheimlicht oder unter Verschluss gehalten. Mich würde nicht wundern, wenn sogar unser werter Herr Professor an viel mehr dran ist, als er uns verraten will und uns angeblich nur die mannigfaltigen Tiergeräusche dieses wunderbaren Naturschutzgebietes aufzeichnen lässt." Patricia, Jeffs Frau und Desireé, hauptberuflich Stewardess, die mit Jack liiert war, standen an Deck und beobachteten die dunkle Finsternis im Schein des Mondlichtes. „Ich habe was auf dem Schirm", rief Nik-ki aufgeregt, „da kommt ein kleines Ruderboot auf uns zu. Schnell versammelten sie sich vor dem Infrarotschirm. Jeff fuchtelte mit dem Finger, auf den Bildschirm zeigend. „Sieht nach Personen aus, die da paddeln. Bin gespannt, wer um diese Uhrzeit hier so weit draußen mit solch einer Nussschale herumpaddelt. Fahr langsam näher ran, Nik-ki." Nik-ki tat, wie ihm geheißen wurde und steuerte das unbeleuchtete Boot langsam auf das kleine Ruderboot zu. Jack war weiter damit beschäftigt, seine Tauchausrüstung fertigzustellen, denn er wollte die letzten hundert Meter tauchen und sich auf der Insel im Strandbereich umsehen. Auf sein einsatzbereites Mini-U-Boot wollten sie in diesem Fall verzichten, um weniger aufzufallen. Jeff war an Deck zu Patricia und Desireé geeilt, um in der Ferne das kleine Ruderboot mit einem Fernglas ausfindig zu machen. „Jeff", rief Nik-ki erneut, „ich habe noch etwas auf dem Schirm, scheint so als käme uns von der Insel her ein unbeleuchtetes Boot entgegen, es treibt auf das Ruderboot zu!" Schnell war Jeff wieder zu dem jungen Indianer geeilt und sah auf den Monitor. „Seltsame Konstellation! Ein kleines Ruderboot in Richtung Land, weg von der Insel, verfolgt von einem anderen, schnellen Boot?" „Da!" Sabu zeigte auf den Monitor. „Das andere Boot zieht zurück, entfernt sich wieder schnell." Jeff überlegte. Jack war hinzugekommen. „Probleme?", fragte er. Patricia drängte sich dazwischen: „Streng genommen dürfte laut Behörden gar kein Boot auf der Insel sein, geschweige denn hier in der Nacht herumschippern. Möglich, dass sie vor uns schnell kehrt machen und sich zurückziehen. Das sind doch keine Umweltschützer oder Forscher. Kriminelle? Schatzsucher? Illegale Angler? Vielleicht vermuten sie in uns die Küstenwache?" Jeff sah sie an. „Küstenwache? Eine Privatyacht, die hier ebenfalls unbeleuchtet auf die Insel zusteuert?"

Sie waren an dem kleinen Ruderboot angekommen, das leer und verlassen auf den Wellen schaukelte. Nasse alte Säcke lagen in der Wasserlache im Boot, das sich zunehmend mit Wasser zu füllen schien. Zwei Ruder hingen in den Laschen. Gespenstisch schaukelte das kleine Boot in der Nacht. „Seltsam", begann Nik-ki, „ich könnte schwören, ich hätte auf dem Radar Menschen ausgemacht, die hier rudern." „Vielleicht braucht hier jemand Hilfe?", warf Desireé ein, „wir sollten ausleuchten!" „Nein", entschied Jeff, „wir sind hier nicht wirklich legal unterwegs und das Boot, das den Rückzug antrat und in der Nacht verschwunden ist, wohl auch. Lasst uns keine Aufmerksamkeit erregen. Vielleicht waren Taucher in dem Ruderboot, die abgetaucht sind." „Taucher?", fragte nun Jack argwöhnisch, „in dieser maroden Nussschale?" Jeff hob die Hand: „In jedem Falle kein Licht jetzt, wir fahren zurück. Jack, deinen kleinen Tauchgang verschieben wir, das hier ist so vielleicht zu gewagt. Wer konnte ahnen, dass wir hier auf ein Ruderboot treffen mit möglicherweise zwei Ruderern, die plötzlich im nachtschwarzen Meer verschwunden sind und einem seltsamen Boot, das diesem folgte. Rätsel über Rätsel. Lasst uns umkehren, uns einen Reim darauf machen und für morgen eine neue Strategie entwickeln."

Patricia, die einen Schritt in das alte Ruderboot, das heftig zu schaukeln begann, wagte, griff einen der alten Leinensäcke, reichte ihn Jack und leuchtete mit einer winzigen Stabtaschenlampe das mit Wasser volllaufende Ruderboot aus. „Eine MP! Hier liegt eine Maschinenpistole!" Schnell griff sie die MP und reichte sie Sabu. Der kleine Punkt der Stabtaschenlampe huschte weiter durch das schaukelnde Boot. „Blut!", sagte sie überrascht, „schnell, Pipette und Küvette!" Sie zog eine Probe des Blutes und stieg wieder zurück auf die Yacht.

Langsam drehte die Yacht bei und steuerte auf das kleine Lichtermeer des Festlandes zurück. Von möglichen Ruderern, die im kleinen Boot gewesen sein konnten, war weit und breit nichts zu entdecken. Dunkle Wolken hatten sich vor den Mond geschoben und hatten die Sicht erschwert. Dunkel schaukelten die Wellen in der finsteren Nacht vor sich hin. Weit hinter ihnen versank gluckernd das vollgelaufene kleine morsche Ruderboot im Meer.

Jeff und sein Team würden den Geheimnissen dieser Insel auf der Spur bleiben. Und der geheimnisvolle Professor Noa war ihnen ein paar Antworten schuldig.

Aber das ist eine andere Geschichte.

Ebenfalls erschienen

Winnetou und Old Shatterhand, Lederstrumpf und Chingachgook, Bill Robin und Jack Harper, der legendäre König Gilgamesch und der wilde Enkidu, Huckleberry Finn und Tom Sawyer. Legendäre Helden aus Roman, Film und Fernsehen. Sie erzählen von **Freundschaft**, von **Freiheit, Natur** und **Abenteuer**.
Es ist die Geschichte bekannter Helden und Menschen - und die ganz persönliche, authentische des Autors zum Thema Freundschaft.

Der schwarzen Wölfe Schrei
Erschienen: 2015 - 363 Seiten - 11,99 Euro
ISBN: 9783739220871

Der Autor

Klaus Göbel, geboren 1963, ist in Haßmersheim in Baden-Württemberg aufgewachsen und lebt dort mit seiner Familie.

Nach zehnjähriger Tätigkeit in der Bäderbranche absolvierte er 1991 - 1995 ein Grafik-Design-Studium an der Freien Kunstschule Stuttgart, sammelte Erfahrung in verschiedenen Werbeagenturen und nahm mit Illustrationen und Grafiken an Hobby- und Kunstausstellungen teil.

Heute arbeitet er wieder als Geprüfter Schwimmmeister und Hausmeister, ist Mitglied im Bundesverband Deutscher Schwimmmeister, sowie Ausbilder Rettungsschwimmen.

In seiner Freizeit ist er als freier Illustrator, Grafik Designer, Künstler und Autor tätig.

Kontakt: klaus.goebel@gmx.de